Ich möchte irgendwas für dich sein
Am Ende bin ich nur ich selbst

Tocotronic

I was afraid to be alone
But now I'm scared that's how I like to be

Azure Ray

I

Ich bin kein schöner Mensch.

Meine Aura ist irgendwie zahnfarben. Nicht offwhite, nicht creme. Nicht einmal neutral beige.

Das diffus Unangenehme, das *zahnfarben* verheißt, nehme ich voll und ganz für mich in Anspruch. Meine Präsenz fühlt sich an wie ein Kuss von jemandem mit schlechtem Atem, der sich aber gerade eben die Zähne geputzt hat: eine irritierende Nuance unter neutral.

Ich weiß das, denn die meisten Menschen reagieren ganz leicht auf mich. Sie merken es kaum, doch sie fühlen sich minimal unbehaglich in meiner Nähe, können aber nicht den Finger drauf legen. Oft gelingt es ihnen noch nicht einmal, es konkret an mir festzumachen. Aber ich bin es. Und ich weiß es. Wenn sie dieses winzige bisschen irritiert wirken, will ich sagen: »Das bin ich! Ich mache, dass du dich unwohl fühlst.« Selbstverständlich tue ich das nicht.

Ich bin nicht greifbar. Wie ein winziger Schauer, der einem über das Rückgrat fährt, ein Wort, das einem nicht einfällt, das ungute Bauchgefühl, wenn doch eigentlich alles glattgelaufen ist.

So bin ich.

Und ich nehme darauf keinen Einfluss, ich ändere es nicht.

Nicht weil ich mich so irre gut finde, sondern weil es das Einfachste ist.

1.

Daniels kurze Finger wabern auf dem Klavier herum, als wollten sie eigentlich woanders sein, hätten aber hier noch einen unangenehmen Job zu erledigen. Wobei, genau so ist es ja. Nur scheint ihr Besitzer den Job zu lieben, und da müssen die Finger eben mitspielen.

Daniel verachtet mich. Ich finde das grundsätzlich nicht unangebracht, ich verachte ihn auch, allerdings verachte ich mich selbst hier gerade mehr, daher scheint es mir doch nicht gerecht, dass ich von zwei Menschen verachtet werde, er nur von einem.

Der Rest der Bar liebt uns.

Kein Wunder, wir spielen die beschissensten Songs der Achtziger, der Neunziger und das Beschissenste von heute. Und wenn es nicht beschissen ist, dann sorgen wir dafür, dass es beschissen klingt. Denn das ist es, wofür uns die Menschen lieben. Weshalb man uns bucht. Gefällige Musik, *mit einer ordentlichen Portion Soul.* Die Menschen lieben ordentliche Portionen Soul, zumindest in Bars tun sie das. Während sie ihre Weine oder Whiskys oder Cosmos trinken, während sie einander in die Augen sehen, Liebe spielen, Business spielen oder nur Geselligkeit spielen.

Soul macht alles gehaltvoller, *deeper.*

Also singe ich jeden Song auf unserer Setlist, als hätte ich mit Aretha Franklin gefrühstückt. Ich mache das ganze Programm: Ich phrasiere mich dumm und dämlich, meine Finger zittern ekstatisch am Mikrophon auf und ab, und mein Gesicht spielt, in zufällig erscheinender Reihenfolge, immer wieder dieselben drei Formen von Leidenschaft: 1. *Versunken in Emotionen* (Augen geschlossen, Kopf wahlweise nach oben, unten oder schräg zur Seite geneigt, aber immer leicht nickend, ein verträumtes Lächeln, als wäre ich in einer ganz anderen, eigenen Welt), 2. *Ekstase* (Augen, wenn möglich feucht vor Glück, weit aufgerissen, Kopf gen Himmel, die freie Hand auch, ein gejauchztes »Jesus« würde passen, wäre aber zu viel) und 3. *Die Überraschung*. Was Überraschung in Soul zu tun hat, weiß ich nicht so richtig, ich habe es aber oft bei anderen schlechten Performern gesehen, es scheint eine Bedeutung zu haben. *Die Überraschung* entsteht meistens aus *Versunken in Emotionen* und wird mit einer ruckhaften Kopfbewegung nach vorn am besten ausgeführt. Dazu die Augen wieder aufgerissen, dieses Mal aber nicht feucht vor Glück, sondern streng und gradlinig mit direktem Blick in das Gesicht des Nächstbesten. Vielleicht sagt *Die Überraschung*, dass Soul keinesfalls langweilig oder sanft ist. Nein, sagt sie, Soul ist auch konkret und kraftvoll und geht jeden was an. Eventuell ist *Die Überraschung* auch die falsche Bezeichnung für diesen Profiblick, aber all die Souldiven sehen unfassbar überrumpelt aus, wenn sie diesen merkwürdig harten Blick benutzen, und außerdem weiß ja eh niemand, wie er heißt, der Blick. Fakt ist: Er funktioniert. Er rüttelt die Leute auf. *Hui*, denken sie dann, *jetzt aber nicht einlullen lassen, diese wunderschöne Musik, die berührt mich, ja, aber sie for-*

dert mich auch. Und zack haben alle Beteiligten das Gefühl, selbst ein bisschen Soul zu sein. Sie haben ja schließlich indirekt mitgewirkt.

Zumindest ist es das, was die Gesichter der Menschen sagen, wenn ich ihnen, was ich selbstverständlich versuche zu vermeiden, ins Gesicht sehe. Sie sagen: *Ich bin zwar hier mit meiner Frau/Businesspartner/superguten Freunden und ja, ich habe eine enorm gute und entspannte Zeit, aber ich passe auch auf. Dein Soul ist mein Soul,* sagen die Gesichter.

Daniel glaubt auch an *Dein Soul ist mein Soul.* Er begleitet mich jetzt seit zwei Jahren am Klavier und diese drei Abende in der Woche bedeuten ihm viel. Ich bedeute ihm nichts, ich bin nur sein Weg zum Ziel. Weil ich persönlich aber ausschließlich Weg ohne Ziel mache, verachtet er mich. Er spürt, dass mir all das, generell eigentlich *alles,* nichts bedeutet, und das nimmt er mir übel. Unsere gegenseitige Verachtung ist die Schmiere, die unseren Zauber geschmeidig hält, sollte man meinen, aber es ist wirklich nur Verachtung. Daniel will hoch hinaus, ich will nichts. Aber er kann sich nicht verpissen, denn die Leute wollen uns als Duo. Wir wirken eingespielt, aufgrund meines *Versunken in Emotionen*-Blickes sogar manchmal verliebt, zumindest aber sexuell aufgeladen. Nichts davon stimmt, natürlich. Aber die Menschen wollen auch nicht mehr sehen als das, was wir ihnen geben.

Was sie konkret sehen, ist eine recht große Frau Anfang dreißig, eher dürr als schlank, mit verwirrendem Haar. Ich habe unfassbar stark gelocktes Haupthaar. Obwohl niemand in meiner Familie auch nur leichte Wellen hat, kräuseln sich auf meinem Kopf winzige, dicke Locken. Von hinten denken viele, ich hätte afrikanische Vorfahren. »Hey, eine kleine Schokopuppe!« habe ich schon mehr als einmal von angetrunkenen Männern, deren Frauen gerade auf dem Klo waren, in den Nacken gehaucht bekommen. Bis ich mich umdrehe. Dann sieht man ein durchschnittliches, sehr europäisches Gesicht mit eher knappen Features: kleine, ein wenig zu eng zusammenstehende Augen, eine kurze Nase, schmale Lippen. Verhärmt, würde meine Mutter sagen. Diese unfassbar weit auseinanderklaffende Schere zwischen aufregendem Haar und egalem Rest ist mir zuwider, weshalb ich meine Haare große Teile meines Lebens immer entweder auf ein Minimum gekürzt habe oder unter diversesten Kopfbedeckungen verstecke. Hier allerdings passt und gefällt es, wie der furchtbare Rest. Hier im geheimen Land des beschissenen Geschmacks gilt das als exotisch.

Zusammen sind Daniel, dessen vietnamesische Mutter ihr Erbgut zwar eher rezessiv weitergegeben hat, aber immerhin genug, um ihn ausreichend asiatisch anmuten zu lassen, und ich Paradiesvögel. Also lasse ich die dämlichen Haare wachsen und schmiere Kokosnussöl rein, weil man das so macht und es mir egal ist. All das ist mir egal.

Daniel ist all das nicht egal. Er glaubt daran, dass wir Paradiesvögel sind. Er glaubt an unsere exotische Ausstrahlung, er hegt und pflegt sie. Auch er hat raue Mengen Haar und versucht es, so sehr es geht, wie Jamie Cullum zu stylen. Auch er sieht durchschnittlich aus und trägt eher schlecht sitzende Anzüge, was uns aber in die Hände spielt, denn die Leute in Bars wollen nicht, dass der Typ am Klavier besser aussieht als sie selbst, das wäre zu viel, angesichts des vermeintlich eh schon unfassbaren Talents.

Es ist ganz wichtig, dass die Begleitung der Sängerin nur medioker aussieht. Das männliche Publikum muss zumindest die Möglichkeit erahnen, mich abschleppen zu können. Und die Frauen befriedigt es, dass die talentierte und geheimnisvoll anmutende Sängerin nicht auch noch zu allem Überfluss einen heißen Klavierspieler ihr Eigen nennen darf. Das wäre einfach unfair, das würde man mir nicht gönnen. Gleichzeitig stärkt es ihr eigenes Selbstbewusstsein: *Ach, wir schönen Powerfrauen brauchen keine Männer, um glücklich zu sein*, wollen sie denken. *Wir sind unabhängig, wir können uns nehmen, was wir wollen.* Wenn sie diesen nur oberflächlich emanzipierten Mist nicht schon von alleine mitbringen, möchten sie ihn von mir vermittelt bekommen.

Bitteschön. Ich vermittle das. Ich vermittle alles, was sie wollen, diese Menschen in Bars. Ich bin eine Prostituierte der menschlichen Emotionen.

So ein Abend erreicht seinen Höhepunkt (Sicht: Publikum und Daniel) und Tiefpunkt (Sicht: ich) immer dann, wenn wir »Smooth Operator« von Sade spielen. Dieser Song berührt, aus einem mir vollkommen unerfindlichen Grund, das Belohnungszentrum der meisten Menschen, die gegen 21.30 Uhr in einer Bar sind. Wobei hier im Grunde noch mal spezifiziert werden muss: Wir spielen eigentlich in einem Restaurant, das sich nach 21.00 Uhr irgendwie in eine Bar verwandelt. Wir fangen um 20.00 Uhr an zu spielen, für einen richtigen Künstler ist das eine denkbar undankbare Zeit, denn da läuft der Restaurantbetrieb auf Hochtouren und es fühlt sich an, als würde man in einem Hauptbahnhof auftreten. Kellner hetzen durch die Gegend, der ganze

Raum ist erfüllt von zahlreichen *Hallos* und *Endlichs* und *Wiegehtesdirs* und *Kommdocherstmalans*. Es macht keinerlei Sinn, zu dieser Uhrzeit eine Sängerin an ein Klavier zu stellen, aber mir soll es egal sein, ich stehe einfach da und singe, die Gespräche der Gäste mit meinem Soul störend. Als wir vor zwei Jahren hier anfingen, hatte ich einen lauen Versuch gestartet, Andreas, dem Besitzer des Ladens, zu bedenken zu geben, dass man sich beim Essen in einem eh recht wuseligen Restaurant von Livemusik vielleicht eher gestört fühlen könnte, aber Andreas fragte nur: »Wollt ihr den Job oder nicht?« Also dachte ich nein und sagte ja und ließ mich leidenschaftslos von Andreas ficken, und seitdem stören wir die Menschen beim Essen ab acht.

Interessanterweise ist das ganze Hetzige ab 21.30 Uhr schon wieder vorbei. Als ob die Menschen hier tatsächlich Punkt acht alle gleichzeitig ankommen, essen und fertig sind. Dann verwandelt sich die Atmosphäre nahezu schlagartig in etwas Barähnliches. Zwei Drittel der Gäste gehen, der Rest schaltet die Körpersprache auf Krawatte-lockern um, und uns wird plötzlich zugehört. Und dann kommt eben »Smooth Operator«, ein Song, den ich schon immer gehasst habe, und es wird sogar geklatscht. Immer von Männern im Übrigen. Gefälliges Grinsen auf den Lippen inklusive. Meine Theorie ist, dass kaum einer der Herren weiß, was ein Smooth Operator ist. Es hört sich einfach sexy an, *smooth* eben. Sicher ein lässiger Typ, schlau aber eben auch jemand, der die Frauen versteht, dieser Operator. Die Zeile »His eyes are like angels but his heart is cold« singe ich immer mit dem eindringlichen *Die Überraschung*-Blick, direkt in eine dämliche gelockerte Krawatten-Fresse rein. Die dämliche gelockerte Krawatten-Fresse missversteht das immer und zwinkert mich dann *smooth* an.

Jede halbe Stunde pausieren Daniel und ich und setzen uns für zehn Minuten an die Bar. Immer nach »Smooth Operator«. Es ist nicht so, dass wir die Pause brauchen, aber Andreas findet, dass es irgendwie dazugehört. Dass es gut aussieht. Also sitzen wir rum, zischen uns genervt an und vergessen nicht dabei, wie ein gutes, erschöpftes Team auszusehen.

»Du singst zu langsam.« Daniel rührt mit nervösen Fingerspitzen in einem *Robert de Niro-Freshness*. Ein Mädchendrink: irgendwas mit Aperol und Campari und Prosecco und Orange, aber ihm gefällt der Name.

»Hörst du?«, fragt er nach, den Blick auf den Spiegel hinter den Whiskyflaschen gerichtet: Das Haar muss Jamie Cullum bleiben, sonst hat ja gar nichts mehr Stabilität.

Unauffällig sehe ich auf mein Telefon. Andreas will nicht, dass wir das vor den Leuten tun. Es gibt den Gästen das Gefühl, wir wären auch nur Menschen mit verpassten Anrufen. Gott bewahre!

Ich bin ein Mensch mit sechs verpassten Anrufen. Alle von Monika. Eingegangen im Abstand von durchschnittlich zwei Minuten. Zwei Mailbox-Nachrichten, fünf WhatsApp-Nachrichten. Meine Mutter gibt nicht auf.

»Jule, hörst du mir zu? Du singst zu langsam. Du machst, was du willst! Das geht nicht, wir sind ein Team, verdammt!«, sagt Daniel immer noch zu seinen Haaren im Spiegel, während der siebte Anruf meiner Mutter in meiner Hand vibriert. Ich drücke ihn weg, lösche die Mailbox-Nachrichten und gleich die gesamte Kurznachrichten-App dazu. Andreas kommt aus seinem Büro hinter der Bar,

19

nickt mir zu, was sowohl das Zeichen für »Ihr könnt weitermachen« als auch für »Lass uns später noch ficken« ist.

Ich schalte mein Telefon aus, wackle gleichgültig Richtung Piano und schließe die Augen für den *Versunken in Emotionen*-Blick, während Daniel die ersten Takte zu »Someone Like You« von Adele spielt. Ich kriege sie alle kaputtgesoult. Auch die guten Songs.

Als ich aus Andreas' Büro komme, ist es halb zwölf und das Restaurant so gut wie leer. Keine Ahnung, wie sich dieser Laden überhaupt finanziert, wenn nur anderthalb Stunden lang gegessen und zwei Stunden lang getrunken wird, aber Andreas kann es sich trotzdem leisten, dreimal die Woche Livemusik anzubieten. Vielleicht kann er es sich auch nicht leisten, und es ist nur ein eher komplizierter und teurer Weg, an einen Blowjob zu kommen, jedenfalls ist es das, was er eben von mir bekommen hat, während ich an meine Mutter dachte und dabei aufpassen musste, nicht so wütend zu werden, dass ich Andreas' Gesundheit gefährde.

»Du weißt, dass du wie keine andere bläst, richtig?«, fragte er und ich versuchte den Gedanken an meine Mutter, wie sie meine kindliche Hand nicht loslässt, als sie sich vor das Taxi wirft, loszuwerden.

Als wir fertig sind, drückt mir Andreas die Gage des Abends in einem Briefumschlag in die Hand. Ein witziges Bild, findet er, als hätte er mich für duweißtschonwas bezahlt, aber wert sei ich es in jedem Fall gewesen und ob ich morgen mal was von Whitney Houston singen könne.

Daniel sitzt immer noch an der Bar, im Gespräch mit einer Frau Anfang vierzig. Sie trägt ein Paillettenkleid, was ihr gut steht, dem Donnerstagabend steht es allerdings nicht so gut, aber was soll sie sich das von einer Frau mit Afro und rotem Nuttenkleid erzählen lassen. Ich schlüpfe in ein Paar Turnschuhe, auch etwas, was Andreas nicht gerne sieht, aber Andreas glücklich machen wurde heute bereits abgehakt, also stecke ich die 29-Euro-Plateaus in meine Tasche, drücke Daniel seinen Anteil der Kohle in die Hand und verlasse den Laden, ohne mich zu verabschieden.

2.

Vor meiner Wohnung stehen Tims Schuhe. An den Schnürsenkeln ordentlich mit einer Schleife zusammengebun-
den. Tim macht das so. Er macht es schon so, seit er eine
Schleife machen kann. Nachdem er es im späten Alter
von erst neun Jahren endlich gelernt hatte, gab es für ihn
weder Halten noch Gründe dafür, die Schuhe nur am Fuß
zu binden. Stattdessen wurden sie auch außerhalb des
Körpers gebunden. Verbunden. Miteinander. Er tut das mit
all seinen Schuhen. Und mit allem, was man zu einer
Schleife binden kann. Tunnelzüge von Jogginghosen und
Jacken, die geflochtenen Schnüre an meiner Mütze. Ist
eine Schleife nicht möglich, verbindet er die Dinge eben
anders. Er stopft nicht nur Socken paarweise zusammen, er
macht es auch mit Handschuhen. Wenn er meinen BH öffnet, schließt er ihn außerhalb meines Körpers wieder. Es
scheint, als möchte er, dass die Dinge zusammengehören.
Stecker elektrischer Geräte, die nicht in eine Steckdose ein-
gesteckt sind, machen, dass er sich ein bisschen unwohl
fühlt. In seiner Welt gibt es keinen Grund dafür, dass auf
der einen Seite ein A ist, das perfekt in das B auf der anderen Seite passen würde, diese einladende Möglichkeit aber
nicht genutzt wird. Er bildet gern Paare. Wenn es zwei be-

wegliche Komponenten in der unmittelbaren Nähe voneinander gibt, sollen sie miteinander verbunden sein. Bestenfalls mit einer Schleife.

Ich streife meine Turnschuhe, ohne sie zu öffnen, ab und stelle sie zu Tims Schuhen. Sie sind beide mit einer Schleife gebunden, aber eben nicht miteinander, kann also sein, dass Tim das später noch erledigen wollen wird.

In meiner Wohnung riecht es nach Würstchenreis. Tim hat gekocht, dem Geruch von erkaltetem Fett nach zu urteilen, allerdings schon vor Stunden.

»Hey.«

»Hey. Deine Mutter hat angerufen.« Tim sitzt auf dem Bett und blättert in einer Zeitschrift über Fotografie. Er sieht nur kurz auf.

»Dich?«, frage ich.

»Ja. Ich hab gesagt, du arbeitest und würdest zurückrufen.«

Mein Magen fängt an zu brennen, und kurz fürchte ich, dass mir Reste von Andreas' Ejakulat plötzlich wieder hochkommen, was mir Panik macht, denn das hier ist kein Ort für Andreas. Das ist ein Ich-Ort, da hat Fremdes nichts zu suchen. Also schlucke ich und spüle mit Wasser aus dem Hahn nach.

Das Brennen hört nicht auf, es wird zu einem kleinen festen Ball, der in meinem Oberkörper heiß gegen die Rippen schlägt.

»Warum hast du gesagt, ich würde zurückrufen?«, frage ich Tim scharf. Mein Ton lässt ihn überrascht aufsehen. Er sieht verletzt aus, fängt sich aber wieder und antwortet schulterzuckend: »Was sollte ich sonst sagen?

Dass du sie hasst und sie sich aus deinem Leben verpissen soll?«

»Ja.«

Tim tut so, als würde er über den scheinbaren Witz lächeln, und blickt wieder in seine Zeitschrift.

»Wie war es in der Bar?«, fragt er, nachdem wir beide etwas durchgeatmet haben. Es war kein guter Start, nun versucht er, eine Schleife zu binden.

»Kacke.«

Tim seufzt und bindet als Ersatz die Schleife seiner Kapuzenpullischnüre neu.

Er möchte gern sagen, dass ich doch kündigen soll, wenn alles so furchtbar ist. Dass ich das Geld doch überhaupt nicht brauche, dass ich mir stattdessen mal was Gutes tun soll. Mich belohnen, reisen zum Beispiel. Aber Tim weiß auch, dass dieses Gespräch uns den Abend versauen würde, genau wie ein Gespräch über meine Mutter, also steht er stattdessen auf und erhitzt den Würstchenreis für mich.

Würstchenreis ist alles, was wir kochen können. Es ist außerdem unsere gemeinsame Kreation: Reis, gebratene Würstchen und Zwiebeln, Currypulver, Cayennepfeffer und Ketchup. Lauter Lieblingslebensmittel in einer Pfanne zusammengemischt.

Ich ziehe mein furchtbares rotes Kleid aus. Es ist eigentlich gar nicht so furchtbar, das Kleid, aber eben meine Berufskleidung und somit umgehend abzulegen. Stattdessen ziehe ich ein wahlloses Best-of der rumliegenden Kleidungsstücke an. Ich lande in bedruckten Leggings, einem Unterhemd von Tim und einer Windjacke aus Baumwoll-Popeline. Die Haare verbanne ich unter meine Ohrenmütze, entscheide mich dann aber nochmal um und setze stattdessen ein Basecap auf, damit Tim mir aus den geflochtenen Ohrenzipfeln keine Schleife unter dem Kinn machen möchte. Während Tim still den Würstchenreis in der Pfanne hin und her wälzt, setze ich mich, mit dem Rücken zu ihm, an den winzigen Tisch meiner winzigen Einzimmerwohnung und beobachte Tim im Spiegel. Die heiße Kugel in meinem Bauch wütet immer noch über meine Mutter, wird aber kurzzeitig von einem Schwall Selbstverachtung verdrängt. Da sitze ich, meinen kochenden Freund nur über Bande im Spiegel beobachtend, dabei könnte ich einfach die Position wechseln und ihn ganz direkt ansehen. Anfassen sogar. Wir haben uns gar nicht geküsst zur Begrüßung, fällt mir auf. Nach dem »Hey« kam direkt Monika zwischen uns. Und dann lauter lose Enden, die sich nicht in Schleifen legen ließen, und nun sitze ich, wie zur Bestrafung, mit dem Rücken zu Tim und starre ihn heimlich an. Vermutlich fühlt auch er sich bestraft, denke ich und ärgere mich nur noch mehr. Tim soll nicht bestraft werden, Tim hat keine Strafe verdient, Tim muss liebgehabt werden, er ist der einzige Mensch in meinem Leben, dessen Nähe ich will, ertrage.

Ich atme ein, um irgendetwas zu sagen, was das klarmacht, aber mein Mund bleibt nach dem Öffnen stumm und atmet einfach weiter.

»Hier. Ist vielleicht zu wenig Ketchup dran. Ich bin nicht sicher«, sagt Tim und stellt mir einen Teller hin. Ich bedanke mich und warte, bis er sich setzt. Dann erst fange ich an, den Reis mit der Gabel auf dem Teller plattzudrücken, bis er aussieht wie eine unappetitliche Pizza. Es ist ein Ritual, das ich, obwohl ich nicht hungrig bin, automatisch exerziere. Wenn der Reis ganz platt ist, kann man kleine, feste Brocken mit der Gabel ausheben. Ich plätte mein Abendbrot unerträglich lange, ich kann jetzt nicht essen, zu wütend bin ich über Monikas Anrufe und mich und Daniel und mich und Andreas und mich. Und mich. Immer bin ich wütend. Wie anstrengend das sein muss. *Ist.*

Obwohl Tim mir nun gegenübersitzt, sehe ich ihn weiterhin im Spiegel an. Dieses Mal sehe ich nur seinen Rücken. Und mein Gesicht. Obwohl ich wegen des Basecaps nur die untere Hälfte sehen kann, sehe ich hart aus. Die sichtbare Hälfte meines Gesichtes sieht aus wie Wachs. Nicht schön, denke ich und konzentriere mich wieder auf Tims Rücken im Spiegel.

»Alles o.k.?«, fragt er. »Willst du lieber allein sein? Ich kann gehen.«

»Nein. Bitte bleib. Sorry. Ich fang mich gleich wieder«, sage ich zu Tims Rücken im Spiegel und wage dann einen ganz kleinen Blick in sein Gesicht, wie ein kurzer Umweg meiner Augen auf dem Weg zum Teller, wo das Essen platt und traurig darauf wartet, endlich in Brocken geteilt zu werden.

Später liegen wir in meinem schmalen Bett und drücken uns. Ich habe anderthalb Stunden gebraucht, um entspannt genug dafür zu werden. Während Tim abgewaschen und weiter in Zeitschriften geblättert hat, habe ich 90 Minuten im Bad damit verbracht runterzukommen. Meine hässliche Fassade, die für das Leben da draußen bestimmt ist, abzukloppen. Nun fühle ich mich staubig und erschöpft, aber auch anwesend genug, um gedrückt zu werden. Wir liegen ganz still und atmen Körpergeruch. Tim riecht schon immer ungewöhnlich neutral. Er benutzt kein Deo, kein Parfum und riecht oft nur ganz leicht nach Seife und Mensch. Ich mag das gern, weil ich mich so immer ein bisschen anstrengen muss, um etwas Geruch zu erwischen. Also rutsche ich mit dem Gesicht ein wenig tiefer in seine Achselhöhle und finde tatsächlich etwas Schweiß. Ich liebe Achselhöhlen, ich mag, dass sie im wahrsten Sinne des Wortes kleine Höhlen sind, in die man reinkriechen muss, um etwas zu finden. Für mich sind sie der intimste Ort eines Menschen. Oder sagt man Körperteil? Vermutlich nicht, eine Achselhöhle ist nichts, was man klar definiert abschneiden und in Gefriertüten verpacken könnte. Kein Teil also, ein Ort.

Tim atmet in mein Haar, vermutlich ist sein Gesicht vollkommen verschwunden in dem Chaos auf meinem Kopf, vielleicht sieht er auch aus, als hätte er einen sehr dichten Vollbart. Mein Blick sucht den Spiegel, um dies unauffällig zu überprüfen, dieses Mal ist der Blickwinkel aber ungünstig, also bleibe ich in meiner sicheren Achselhöhle und atme.

»Kann ich dich was fragen?«, fragt Tim.

»Bitte nicht«, murmle ich in die Höhle.

Ich möchte nicht sprechen. Sätze, die so anfangen, münden in der Besprechung eines Problems. Ich möchte keine Probleme. Nicht diskutieren. Nicht einen Standpunkt hören und meinen verteidigen müssen. Kein angeblich lösungsorientiertes Gespräch über ein vermeintliches Problem führen, das dann im Endeffekt doch nur gewälzt und nicht gelöst wird. Ich möchte Probleme nicht lösen. Nicht auf zwischenmenschlicher Ebene. Sie sollten gar nicht existieren. Warum kann es zwischen Menschen nicht einfach nur Liebe geben? Bedingungslose, über Konflikten schwe-

bende Liebe. Wofür muss geredet werden, Bedürfnisse geäußert, Anschauungen ausgetauscht werden? Ginge man
davon aus, dass eh immer alles einfach so ist, wie es ist,
und Veränderungen des menschlichen Charakters, Verhal-
tens oder Bedürfnisses nur zu höchstens 5 % möglich sind,
könnte man diesen dennoch so furchtbar beliebten Schritt
einfach übergehen und sich nur mit dem Ist-Zustand an-
freunden. Keine Selbstanalysen, kein sich permanent selbst
Beobachten, kein die gesunde Mitte finden. Generell nicht
dauernd nachdenken, nachfühlen. Nur ganz oder gar nicht,
Liebe oder Hass. Ich habe beides in rauen Mengen in mir.
Warum kann das nicht reichen? Warum muss gesprochen
und verändert und bemüht werden? Lasst uns nehmen,
was wir kriegen können, und einfach gehen, wenn es nicht
genug ist. Liebe oder Verachtung. So einfach.

»Wo bist du die ganze Zeit?«, ignoriert Tim meinen
Wunsch. »Ich meine natürlich nicht körperlich, sondern,
keine Ahnung, dein Geist, dein Herz, *Du*. Wo bist du die
ganze Zeit?«

»Ich bin hier. In deiner Achselhöhle«, versuche ich einen
Ausweg.

Tim ignoriert diese mit affiger Babystimme vorgetra-
gene Albernheit und hakt nach: »Du bist irgendwie ganz
selten hier. Also natürlich bist du *hier*, aber ganz oft bist du
hier und gleichzeitig woanders. Oder hier und jemand anderes.« Ich merke, dass Tim sich ärgert, weil diese Feststel-
lung so abgedroschen klingt. Menschen, die körperlich anwesend, aber im Geiste ganz woanders sind. Er weiß aber
nicht, wie er es besser beschreiben kann, und das muss er
auch nicht, ich weiß ja, was er meint.

Also öffne ich die Augen, so dass meine Wimpern Tims

Achselhaare berühren, verharre noch einen letzten Moment und rutsche dann aus der Sicherheit meiner warmen Höhle heraus. So fühlt es sich vermutlich an, geboren zu werden: Man tauscht unfreiwillig etwas Vertrautes, Warmes, Enges gegen etwas Fremdes, Kaltes und unendlich Weites. Furchtbar.

Ich möchte nicht antworten. Tims Bedürfnis nach diesem Gespräch lässt automatisch einen Alarmknopf einrasten. Meine Mauer, an der jeder, auch Tim, abprallen wird, fährt ganz langsam hoch. Ich kann das leise Schieben und Kratzen förmlich hören. Ich fühle mich bereits jetzt angegriffen, in Gefahr. Ich möchte aber im Moment bleiben. Dieser seltene Zustand von Zufriedenheit und Liebe. Keine Gedanken, nur warme Achselhöhle. Mir genügt das. Aber Tim genügt es nicht.

»Dann lass es mich anders fragen«, versucht er es weiter. Auch er hört, wie meine Mauer sich hochschiebt, aber er kann jetzt nicht ablassen. »Bist du glücklich?«

Mit einem letzten leisen Geräusch rastet die Wand zwischen uns ein. Ab jetzt hat Tim kaum noch eine Chance. Ich werde ihn verletzen. Ich werde ihn dafür verachten, dass er meine Zufriedenheit mit einem vollkommen überflüssigen Problemgespräch stört, und ich werde mich dafür verachten, dass ich ihn verachte. Ich wünschte, ich könnte denselben Teufelskreis mit Liebe haben.

»Ich glaube nicht an das Glück als andauernden Zustand«, sage ich und muss mich sehr anstrengen, ihn nicht spüren zu lassen, wie wütend ich werde.

Tim lässt sich das durch den Kopf gehen, nickt nachdenklich, aber das ist ihm nicht genug, also schiebt er nach: »Bist du dann zumindest zufrieden?«

Für einen kurzen Moment kann ich durch meine eigene Mauer sehen und Tims Würstchenatem riechen, an diese schöne, allabendlich komplizierte Suche nach seinem Geruch denken, die Befriedigung, wenn ich ihn finde, an seinem geheimsten Ort, und denke: Ja. Ich bin zufrieden. Aber ich bin es nur hier, unter deinem Arm und meiner Decke, in meinen vier Wänden. Wir zusammen in diesen verschiedenen Höhlen in Höhlen. Ich bin das kleinste Püppchen einer Matroschka, umschlossen von drei kleinen Höhlen, und hier drinnen bin ich etwas, das Zufriedenheit sein könnte. Aber draußen ist eine Welt, die mir zuwider ist. In der meine Mutter und alle anderen ausschließlich mit sich selbst beschäftigt sind, in der jeder eine Maske aufhat und Aufmerksamkeit will. Eine Welt, in der erwartet wird, dass man empathisch ist, dass man sich Mühe gibt für andere. Eine Welt, in der ich einfach nicht zu funktionieren scheine, in der mir alle und ich mir selbst zuwider sind.

»Nein«, sage ich.

Ganz manchmal, wenn ich mich in einem seltenen Zustand zwischen Wut und Zufriedenheit befinde, also fast neutral, lasse ich es zu, über mich selbst nachzudenken. Ich gehe dann im Kopf ganz langsam mein Leben zurück, wie jemand, der irgendwann im Laufe des Tages seinen Schlüssel verloren hat, und versuche zu rekapitulieren, ob es Momente in meinem Leben gab, in denen ich anders war. Gütiger, weniger gleichgültig. Was waren Momente, in denen ich mich wohl gefühlt habe, was gab mir Gelassenheit? Und dann laufe ich und laufe ich und kucke rechts und links und finde immer nur nichts.

Im Grunde war ich mein ganzes Leben lang nur dann

entspannt, wenn ich weg war. Weg von zu Hause, weg von meiner Mutter, weg von Problemen oder Menschen mit Problemen.

Als Kind habe ich mich am wohlsten bei meinen Großeltern gefühlt. Das waren die einzigen Menschen, die nichts von mir wollten. Ich erinnere mich an meine Oma, die während des Mittagsschlafes neben mir liegt und mir zeigt, dass sich die Geschwindigkeit unseres Atems wie durch Zauberei aneinander anpasst, wenn wir ganz nah nebeneinanderliegen. Ich hatte nie das Gefühl, dass das stimmt, denn klammheimlich hatte ich einfach meinen Atem an den von Oma angepasst, weil es ein schönes Gefühl war, als wären Oma und ich eine Person mit doppelter Ausstattung von allem. Zwei Köpfe, vier Arme und Beine, aber ein Atem. Und ein Atem bedeutet nur ein Mensch. Einen Mittagsschlaf lang war ich nicht ich, sondern meine Oma. Eine leise und warme Frau, die ihr Enkelkind liebt und tröstet und Kind sein lässt.

Zuhause war ich das nicht. Zuhause war ich der Mann in der Familie, eine Verantwortung, die ich zu Recht tragen musste, war der echte Mann der Familie ja durch meine Schuld nicht mehr da. Ich erinnere mich, dass meine Oma zu meinem Opa einmal leise sagte, dass das Kind mehr Kind sein müsse. Das Kind würde seit der Trennung der Eltern von seiner Mutter nicht mehr wie ein Kind, sondern wie ein Therapeut behandelt. Ich verstand nicht, was ein Therapeut ist, aber ich fühlte mich immer unfassbar schuldig.

Als mein Vater mich mal mit einer fremden Frau im Arm vom Kindergarten abgeholt hatte, erzählte ich es meiner Mutter. Ich fand das aufregend. Wie lieb das von meinem sonst so distanzierten Vater ist, dachte ich, dass er nicht nur meine Mutter liebhat, sondern auch noch diese freundliche Frau. Ich mochte diesen Mann, der seine Liebe zeigte. Wem, war mir fast egal, aber dieses verliebte Gesicht stand ihm gut. Machte ihn weicher. Meine Mutter sah das anders, und ich begriff, dass ich einen Fehler gemacht hatte.

Monate später, kurz vor meiner Einschulung, fragte sie mich beim Abendbrot, ob ich fände, dass sie sich von meinem Vater scheiden lassen solle. Ich verneinte vehement. Sie tat es dennoch. Meiner Oma sagte sie, ich hätte darauf bestanden. Und wenn das Kind das will, dann darf man das nicht ignorieren.

Ich habe also meine Eltern zweimal auseinandergebracht. Ich dachte, was auch immer so ein Therapeut macht, wenn er verhindert, dass noch mehr schlimme Sachen passieren, wenn er Mamas Kaffee immer etwas abgekühlt serviert, damit sie sich nicht absichtlich damit verbrüht, dann bin ich eben so ein Therapeut. Ich passe auf, wende Leid ab, behalte Geheimnisse für mich. Wenn meine Mutter in den Hochphasen ihrer Traurigkeit (»Mach dir keine Sorgen, Julchen, Mutti geht es gut. Sie ist nur sehr traurig!«) so viele Beruhigungstabletten nimmt, dass sie nicht wach genug wird, um auf die Toilette zu gehen, dann wasche ich das Laken und hänge es auf dem Balkon zum Trocknen auf. Wenn die Nachbarn auf dem Nebenbalkon die Laken beäugen und fragen, ob ich nicht ein bisschen zu alt sei, um noch einzupullern, sage ich leise: »Ja«, und schäme mich, als wäre es tatsächlich mein Urin auf den Streublumen. Ich verrate nichts. Ich werde nie wieder etwas verraten. Schließlich hat Mama jetzt nur noch mich.

Das sagt sie immer. »Ach mein Schatz, jetzt habe ich nur noch dich!« Manchmal, je nachdem wie traurig meine Mutter ist, wie viele Steine ihr das Leben in den Weg legt, ergänzt sie den Satz noch um: »Wenn ich dich nicht hätte, würde ich mich umbringen.«

Also sorge ich dafür, dass meine Mutter sich nicht umbringt. Und obwohl ich lange nicht genau weiß, was das überhaupt bedeutet, weiß ich immerhin, dass das nicht passieren darf. Und dass ausschließlich ich dafür zuständig bin. Also kümmere ich mich.

3.

»Warum gehst du nie an dein Handy? Ich dachte, dafür hat man die Dinger?«

Monika ist aufgeregt, fast hysterisch. Aber eigentlich ist sie immer aufgeregt, fast hysterisch, also greift bei mir kein Welpenschutz, und ich beiße direkt zu. Ich bin wütend, weil sie mich erwischt hat. Schlaftrunken bin ich ans Telefon gegangen, ohne darauf zu achten, wer anruft.

»Weil du nicht verstehst, wenn man nein sagt«, sage ich. »Wenn *ich* nein sage. Ich will nicht mit dir telefonieren und wenn du dir nicht grade ein Körperteil abgesägt hast und dringend Spenderblut brauchst, dann gibt es keinen Grund, mich mehr als ein Mal anzurufen!«

Meine Mutter spielt entrüstete Stille am anderen Ende der Leitung, aber eigentlich hat sie nur halb zugehört und plappert nach angemessener Wartezeit weiter: »Juliane, ich bin deine Mutter! Es hätte Gottweißwas passiert sein können!«

Sie ist so dumm, meine Mutter. Sie glaubt, dass das der finale Trumpf ist, den sie da in der Hand hält. Aber ich habe ihn, den finalen Trumpf: »Ist denn Gottweißwas passiert?«, frage ich.

Jetzt ist die Stille am anderen Ende echt.

34

Aber sie fängt sich schnell, meine Mutter. So einfach gehen ihr nicht die Worte aus. »Ich glaube, Josi und ich haben uns getrennt.«

Josi heißt eigentlich Joachim und ist seit drei Jahren Monikas Freund. Ich gehe stark davon aus, dass Josi eigentlich lieber bei seinem richtigen Namen genannt werden möchte, aber Monika hat die Macht. Die Macht und das Aussehen, da lässt man sich schon mal Josi nennen. Die Leute lassen viel mit sich machen, wenn sie etwas brauchen, was jemand anderes hat. Sei es Liebe oder Nähe oder Geld. Ein mächtiges Bedürfnis gibt den stärksten Charakteren Rückgrate aus Gummi. Meine Gedanken streifen kurz die Frage, welches Bedürfnis in mir wohl dafür sorgt, ein rückgratloser Gummimensch zu werden, wenn es um Sex geht. Um vollkommen überflüssigen Sex mit jemand vollkommen Überflüssigem wie Andreas. Ich werde nicht gezwungen. Ich würde mich nie zwingen lassen. Andreas zwingt mich nicht, mein Job in der Bar hängt nicht davon ab. Aber meine Gedanken sind schlau, auf dieses Terrain gehen sie nicht. Nicht so früh am Morgen und nicht, während Tim neben mir so tut, als könnte er entspannt weiterschlafen, während ich meine Mutter am Telefon hasse.

Ich steige in Monikas Monolog wieder ein, als sie gerade erzählt, dass sie nun eine Schlaftherapie plant. Sie nimmt einfach zwei *Zolpidem* ein, pennt elf Stunden, isst etwas und nimmt wieder zwei. Ein ganzes Wochenende lang macht sie das. »Das tut dem Körper gut! Im Schlaf verarbeitet man die Dinge! Generell haben die Leute viel zu viel Angst vor Schlaftabletten. Immer höre ich, dass man das nicht machen soll, da würde man Krebs von bekommen.

Ich sag dir mal eins, von schlechtem Schlaf kriegt man auch Krebs. Erst recht sogar! Hat neulich erst Josis Kollege gesagt.« Von Josis Kollegen hat meine Mutter nicht nur das detaillierte Wissen über Medikamente, sondern auch die Medikamente als solche. Josi war bis zu seiner Frühpensionierung (Knie, Rücken, irgendwas) Radiologe in der Charité. Dann hat er meine Mutter kennengelernt, erkannt, dass er da zwar eine enorm bedürftige, aber eben auch für ihr Alter sehr gut aussehende und durch ihren Job bei der Stadt finanziell unabhängige Frau getroffen hat. Josi ist ein Idiot. Ein Mann, der gern Militärparaden im Fernsehen sieht und nur deutsches Essen mag. Josi umarmt mich immer eine Spur zu lange, sollte ich doch mal bei meiner Mutter sein. Dann glotzt er für die restliche Dauer meines Besuches über meinen Kopf hinweg in den riesigen Flachbildschirm, den meine Mutter für ihn besorgt hat, und pöbelt die Leute im Fernsehen an. Meine Mutter hat sich damit arrangiert. Ihre schönen Beine und ihr Geld scheinen bei allem Anreiz nicht genug Bezahlung für soviel Bedürfnis, das sie mit sich rumschleppt, da scheint der Deal, den die beiden miteinander haben, schon irgendwie Sinn zu ergeben. Schien, denn jetzt ist ja angeblich Schluss.

Tim blinzelt fragend unter der Decke hervor, und ich flüstere ihm zu, dass Monika und Josi Schluss gemacht haben (ich verwende Gänsefüßchen in der Luft dabei), und selbst Tim kann sich ein Grinsen nicht verkneifen.

»Wo ist er jetzt?«, frage ich meine Mutter, die inzwischen irgendwie beim Thema Chemotherapie und Echthaarperücken, die so wahnsinnig echt aussähen, dass sie mit dem Gedanken spiele, sich auch eine zu kaufen, angekommen ist. »Ich meine, das ist wirklich wunderschönes Haar!

36

Sehr dicht und glänzend, und man kann sich ja einen ganz frechen Schnitt da reinmachen lassen. Oder einfach mal so. Für zwischendurch, weißt du? Meine Güte, nicht auszudenken, wie lange diese Frauen in Indien, oder wo das herkommt, das haben wachsen lassen. Ich frage mich überhaupt, wie die ihr Haar da drüben so gut pflegen können, die haben doch nichts.«

Ich überlege, ob ich einfach auflegen soll, ich scheine in die übliche Falle geraten zu sein, in der meine Mutter ein international geltendes Recht auf Aufmerksamkeit bei Liebeskummer in Anspruch nimmt, um sich eigentlich nur ein bisschen beschweren und irgendetwas latent Rassistisches über indische Frauen sagen zu dürfen.

Ich knirsche so laut mit den Zähnen, dass Tim wieder unter seiner Decke vorkommt und lächelnd beide Daumen in die Höhe streckt. Weitermachen! Durchhalten! Nicht aufgeben!

Also wiederhole ich die Frage. Für Tim. »Wo ist er jetzt?«

»Wer?«, fragt Monika atemlos und fast ein wenig konsterniert, als ich sie unterbreche.

»Josi.«

»Im Wohnzimmer. Er sieht irgendwas mit Hitler auf N24. Warum?«

Ich lege auf, schließe meine Augen und wünsche mir eine eigene Schlaftherapie. Und schönes glänzendes Haar aus Indien.

»Wutkaffee?«

In meiner zweitsichersten Höhle, meinem Bett, kann ich über diesen Ausdruck gerade noch lächeln. Tim weiß, wie es mir nach diesem vollkommen sinnlosen Gespräch mit

Monika geht. Ohne dass er wirklich mitbekommen hat, worum es ging, ahnt er, dass ich wieder in die Falle getappt bin, dass der kleine harte heiße Flummi in meinem Bauch sich in Rage springt und dass ich jetzt Gefahr laufe, mich brodelnd in mir zurückzuziehen. Also Ablenkung! Wutkaffee.

»Höhle. Dann Kaffee. Danke«, sage ich und verschwinde in seiner Achselhöhle. Nur ein paar kurze Atemzüge. Wenn ich schon keine Schlafkur auf *Zolpidem* haben kann, dann eben eine Achselhöhlenkur. Aber Tim ist zappelig. Er möchte jetzt nicht Höhle sein, er möchte reden.

»Was war denn los?«

Ich stöhne und merke, wie ich gereizt werde. Ich möchte nicht reden. Vor allem nicht über Monika. Ich möchte hier in meiner Matroschka liegen und alles andere aussperren. Aber Tim will die Dinge sauber ausgesprochen nebeneinanderlegen, sich ansehen und kucken, wie man sie neu, besser und vielleicht sogar heilend wieder verbinden kann. Diese Klarheit gibt ihm Überblick und Sicherheit. Ein recht weibliches Bedürfnis, wenn man den gängigen Klischees glaubt. Für ein anderes Mädchen wäre diese Eigenschaft beim eigenen Freund der Jackpot. Für mich nicht. Ich möchte die Dinge nicht klar sehen. Sie sehen klar nur noch hässlicher aus. Und man kann auch nicht jeden verdammten Knoten nur mit genug Liebe und Geduld und Spucke lösen. Manche Dinge sind einfach Knoten, die so fest sind, dass sich klebrige, übelriechende Masse in den Ritzen festgesetzt hat. Unwillkürlich denke ich an einen Satz, den ich in irgendeinem Buch über Depressionen gelesen habe. Ein Psychiater sagt da zu einer offensichtlich verknoteten Patientin: »Knoten halten Sachen zusammen!

Es ist nicht immer sinnvoll, Knoten sofort zu lösen. Vielleicht müssen sie ein bisschen verknotet bleiben, um sich zu schützen!« Siehste! Schützen!

»Haben die nun Schluss gemacht oder nicht?«, hilft Tim mir auf die Sprünge, während er Espressopulver in die Kanne schüttet und sie dann viel zu fest zuschraubt.

»Nicht so fest zuschrauben, ich krieg die dann immer kaum wieder auf!«, sage ich.

Tim ignoriert mich und stellt die Kanne auf den Herd. Dann sucht er in meinem Kühlschrank Frühstückskram zusammen und stellt alles auf den Tisch.

»Jule? Sag doch einfach, wenn du nicht drüber reden willst!«

Das ist natürlich ein bisschen Quatsch jetzt, denn er weiß, dass ich nicht drüber reden möchte, hält es aber für falsch und ungesund und versucht es irgendwie aus mir herauszukitzeln, damit er lose Enden sortieren kann. Die ganze Wut, die ich mit mir herumtrage und die ich mich weigere, für eine vernünftige Innenansicht der Dinge zur Seite zu legen, stört das.

Für Tim ist es einfacher, er kann meine Mutter einfach bemitleiden. Er sieht eine alternde, depressive und unglückliche Frau, die sich einen armseligen Frühpensionär als Sklaven ihrer Emo-Bedürfnisse erkauft hat und sich im Grunde nur Aufmerksamkeit wünscht. Die niemandem etwas tut, die man vielleicht wie einen verwirrten Rentner einfach akzeptieren und oberflächlich mögen könnte. Eine Frau, die nicht schlecht geboren wurde, sondern, wie wir alle, Opfer der Umstände, der eigenen Erziehung wurde. Eine arme Wurst. Das sagt er immer: »Versuch doch zu sehen, dass Monika einfach nur eine arme Wurst ist. Vielleicht kannst du deinen Hass in Mitleid umwandeln? Bevor er dich auffrisst.«

Aber wir wissen beide, dass das zu viel verlangt ist. Und auch in Tim schlummert eigentlich Abneigung gegen Monika, denn Monika ist nicht nur eine arme Wurst, sondern eine arme Wurst, die ihre sechsjährige Tochter fest an der Hand hielt, als sie sich vor ein Taxi warf, weil sie es nicht mehr ausgehalten hat, eine arme Wurst zu sein. Jemand, der auch die anderen halbgaren Selbstmordversuche nicht ohne Kinderpublikum über die Bühne bringen konnte. Ich war fast mein ganzes Leben lang Publikum für Monika, bis ich alt und schlau genug wurde, um die Vorstellung einfach zu verlassen. Jeder zaghafte Moment der erneuten Annäherung meinerseits, des Zugeständnisses, der *Schwäche* wird mit purer, egoistischer Vereinnahmung quittiert. Monika, die einfach nur irgendwen braucht, der zuhört, wenn das Leben sich anstellt. Der ihr offiziell bescheinigt, dass sie auch nur ein Mensch ist, dass sie immer nur gibt und für andere da ist, dass sich nie jemand um *sie* sorgt. Nun, ich habe mich meine ganze Kindheit lang um Monika gesorgt. Jetzt soll bitte jemand anderes übernehmen.

Tim weiß all das. Und obwohl er natürlich in meinem Team spielt, wohnt in ihm ein unerschütterlicher Optimist. Ein Optimierer, der Dinge in die Hand nehmen will, der tatsächlich glaubt, dass man Limonade machen kann aus der Kacke, die einem das Leben gibt. Wenn man es nur versucht. Und Tim findet, ich versuche nicht genug. Das macht ihn ganz wahnsinnig und mich mit ihm.

Also: »Ja. Ich möchte nicht drüber sprechen.«

Und weil Tim nun ganz geknickt vor seiner fertigen Tasse Kaffee sitzt, gebe ich ihm dann doch eine kurze Zusammenfassung meines Telefonats mit meiner Mutter: »Das Übliche: Monika spielt Notfall und redet nur über Belangloses. Probleme, die keine sind, die aber behandelt werden sollen, als wären sie welche. Fertig. Sieben Anrufe in Abwesenheit für indisches Echthaar.«

Tim kommt inhaltlich nicht ganz mit, sieht aber aus, als würde er aufgeben. Ich sehe ihm an, dass auch er Wichtigeres hinter der telefonischen Penetranz meiner Mutter vermutet hatte, vielleicht lodert ganz hinten in ihm sogar etwas Groll gegen Monika und nicht nur gegen mich, weil ich nicht genug Limonade mache.

4.

»Suchen wir was Bestimmtes?«, fragt Tim eher rhetorisch, in seiner Stimme höre ich Ungeduld. Er möchte gehen. Flohmärkte nerven ihn. Das Durcheinander und die Fülle der angebotenen Waren, deren Anordnung sich ihm nicht erschließt, machen, dass er sich unwohl fühlt. Tim ist der einzige Mensch, den ich kenne, der Schlussverkäufe hasst, weil dann die natürliche Ordnung der Läden für ein paar Tage außer Kraft gesetzt wird.

Flohmärkte sind für ihn ein einziger Riesensale, in dem alles nach Preis und nicht nach Warenart sortiert ist.

Ich suche nichts, ich suche nie etwas auf Flohmärkten, aber dieses wuselige Durcheinander gefällt mir und beruhigt mich. Ein großes, nicht zu lösendes Chaos, das zur Abwechslung mal nicht meins ist und in dem man ein bisschen verbummelt gehen kann.

»Lass uns noch kurz hinten bei den Schuhen kucken, ja? Vielleicht finde ich was Günstiges für die Bar«, erfinde ich einen Grund, noch länger zu bleiben.

»Das ist irgendwie eklig«, murmelt Tim, bahnt uns aber dennoch sehr zielorientiert den Weg zu dem Stand mit Secondhand-Schuhwerk.

»Warum kaufst du dir nicht neue Schuhe? Welche, die

nicht schon getragen wurden? Warum gibst du nicht ein wenig von deinem ganzen Geld aus?«, fragt er, während ich meinen Blick über speckige Turnschuhe und hippe Achtzigerjahre-Stiefeletten schweifen lasse.

Ich antworte nicht. Tim erwartet auch keine Antwort, dieses Gespräch hatten wir schon. Jule und der riesige, unangetastete Haufen Geld auf ihrem Konto.

»Haben Sie auch Absatzschuhe?«, sieze ich das Pudelmützenmädchen, das den Stand verwaltet, absichtlich unangebracht. Sie sieht mich durch ihre Buddy-Holly-Fensterglasbrille an und sagt: »Nee, nur Booties. Und halt Sneakers.« Dann drückt sie mir eine Visitenkarte in die Hand und sagt: »Du kannst uns aber mal online bei *Kleiderkreisel* besuchen, da haben wir noch viel mehr. Sehr süße Peeptoes, alle original Vintage!«

Ich nicke und werfe die Karte unauffällig auf den Boden. Während Tim, froh, dass es hier nichts für mich zu holen gab, schon auf dem Weg zum Ausgang ist, fällt mein Blick auf bunte Schnürsenkel: etwa zwanzig Paar, die, alle nebeneinander durch ein Stück Pappe gefädelt, fröhlich rumhängen.

Ich denke an Tim und daran, wie viele Schleifen er daraus binden könnte, und kaufe die ganze Palette.

Am Ausgang der großen Halle, in der sich der Flohmarkt befindet, steht Tim und wartet auf mich. Ich gehe schneller, möchte ihn umarmen, ihm all die losen Schnürsenkel zeigen, und während ich sie aus meiner Handtasche fummele, um sie wie ein buntes Fähnchen zu schwingen, sehe ich, wie sich Tim plötzlich umdreht und in ein Gespräch verwickelt wird. Mit Andreas.

Ich schließe die Augen, lasse die Schnürsenkel fallen und atme aus.

Tim hat Andreas nur ein Mal getroffen. Ich mag es nicht, wenn Tim mich arbeiten sieht, ich mag die Bar-Jule nicht, er soll nicht sehen, wie ich für kleines Geld Soul vortäusche. Trotzdem hatte er darauf bestanden, wenigstens ein Mal zu kommen und zu kucken. Ich bestellte ihn für so spät, dass er nur noch zwei Songs unseres Sets mitbekam, stellte ihm Daniel und Andreas nur flüchtig vor und verließ dann mit ihm zusammen fluchtartig das Restaurant.

Nun stehen Andreas und Tim nebeneinander, grinsen kumpelhaft, smalltalken und vermischen in meinem Kopf zwei Welten, die nicht zusammengehören, die einander vergiften werden, die getrennt sein müssen. Vielleicht, wenn ich nur schnell genug bei ihnen bin, kann ich meine schöne und saubere und liebevolle Welt noch früh genug von der hässlichen, leidenschaftslosen trennen, denke ich. Ich suche auf dem Boden nach den runtergefallenen Schnürsenkeln, ich finde es plötzlich furchtbar wichtig, Tim die losen Enden zu geben, aber als ich wieder aufschaue, hat sich etwas zwischen den beiden verändert. Tims Körperspannung hat plötzlich irgendwie aufgegeben: Seine Arme hängen wie schwere Gewichte an seinen Schultern und ziehen ihn hinunter. Sein Kopf dreht sich langsam in die Richtung, in der er mich vermutet, während ihm Andreas zum Abschied noch einen von diesen furchtbaren *Wird schon wieder!*-Männer-Knuffs auf den Oberarm gibt und das Weite sucht. Meine Schritte werden langsamer, ich bin gar nicht sicher, ob ich mich überhaupt noch bewege, und ich sehe zu, wie Tim mich sucht.

Als sich unsere Blicke schließlich treffen, sind wir beide

das Kaninchen, die Situation ist die Schlange. Wir starren einander über eine Entfernung von 50 Metern an und machen nichts.

Wir sehen uns so eine Ewigkeit an, bis Tim plötzlich genau in dem Moment sein Telefon ans Ohr hält, als meines anfängt zu klingeln.

Den Blick nicht von seinem Gesicht abwendend, gehe ich automatisch ran.

»Verschwinde«, sagt Tim. »Zumindest für eine Weile bitte.«

Und dann legt er auf und findet die nötige Körperspannung wieder, um sich umzudrehen und zu gehen.

5.

Und dann verschwinde ich.

Ich packe meinen 75-Liter-Reiserucksack wahllos mit Klamotten und Kram voll, ignoriere mein prall gefülltes Sparkonto und räume dafür mein Girokonto für einen eher überschaubaren Betrag Bargeld komplett leer. Anschließend fahre ich zum Flughafen. Ich nehme den Bus, das ist erstens billiger als ein Taxi, und zweitens habe ich keine Lust auf Konversation, wofür die Berliner Taxifahrer selten Verständnis zeigen. Und natürlich mag ich keine Taxis. Taxis und ich hatten keinen guten Start miteinander.

»Kann ich kommen?«, hatte ich Jakob per SMS gefragt. Eher rhetorisch, denn ich kann immer kommen.

»Du kannst immer kommen, wann hole ich dich wo ab?«, hatte er geantwortet.

Als Kind habe ich meinen kleinen Bruder gehasst.

Jakob ist das Ergebnis einer kurzen Wiedervereinigung meiner Eltern, die nicht lange genug anhielt, um auch nur seine Geburt zu überdauern.

Ich hatte mir nicht allzu viel von einem neuen Baby versprochen, es würde noch jahrelang zu klein sein, um die Rolle des Mannes in der Familie zu übernehmen, ich hoffte allerdings, dass ein neues Baby meine Mutter irgendwie glücklich machen würde. Also war ich während der Schwangerschaft besonders aufmerksam. Ich machte Abendbrot, wenn Monika genervt von der Arbeit kam, ich machte Abendbrot, als sie nicht mehr zur Arbeit ging, sondern mit riesigem Bauch im Bett lag und an einem Zipfel ihrer Bettdecke nuckelte, und ich machte Abendbrot, wenn meine Mutter weinend in der Küche stand und die Stullenbrettchen im Hängeschrank hilflos anstarrte. »Danke, Schatz. Dein Vater ist ein Arschloch. Wenn du nicht wärst, hätte mein Leben gar keinen Sinn«, sagte sie dann häufig mit geschwollener Nase, aus der ein dickflüssiger, aber glasklarer Strom über ihre Lippen lief.

»Und das Baby!«, erinnerte ich sie an den anderen Menschen, ohne den ihr Leben keinen Sinn machen würde.

»Ja. Und das Baby«, sagte sie. Eher erschöpft als zuversichtlich. Aber mir machte das nichts, ich war sicher, dass das nur eine Phase war. Die letzten Atemzüge einer nun endenden emotionalen Durststrecke. Würde sie das neue Leben nach der Geburt erst mal in den Armen halten, würde sich alles ändern. Sie würde begreifen, dass ein Baby ein unfassbares Wunder ist, dass Kinder ein Geschenk des Himmels sind und dass sie ab jetzt wieder froh sein möchte. Meine Mutter würde glücklich sein. Im Fernsehen hatte ich das mehrfach so gesehen.

Als Jakob dann auf der Welt war, sah es tatsächlich kurz so aus, als wären wir über den Berg. Im Kreise ihrer Familie und umgeben von diversen Ärzten und Krankenhausschwestern, die Monika ausnahmslos bescheinigten, dass ihr Sohn das schönste Baby der Station sei, blühte meine Mutter auf. Sie war stolz, witzig und zärtlich. Sie erzählte

47

unglaublich laut und unterhaltsam von der Geburt, strich abwechselnd dem noch ein bisschen verschmierten Jakob und mir über den Kopf und sagte dann ganz verträumt: »Ach, was ich für schöne Kinder habe!«. Diese zwei Stunden lang hatte ich ihr fast geglaubt, aber als ich an den Händen meiner Großeltern als Letzte das Krankenhaus verließ und mich nach unserem Abschied noch einmal zu ihr umdrehte, sah ich hinter dem abebbenden Abschiedslächeln meiner Mutter für einen kurzen Moment die Wahrheit. Ihr Gesicht fiel erschöpft in sich zusammen. Sie hatte keine Kraft mehr, heile zu wirken. Und Jakob war nicht die Rettung.

Obwohl er dafür natürlich nichts konnte, habe ich es ihm lange Zeit übelgenommen. Dass er meine Familie, die ungesunde und anstrengende Zweisamkeit von meiner Mutter und mir, nicht geheilt hat. Dass seine Ankunft nichts geändert hatte.

Erst als der Bus in Tegel hält, fällt mir ein, dass die ganzen Billigflieger von Schönefeld fliegen. Wann immer ich hier einen Flug bekomme, es wird ein schweineteurer Lufthansa-Flug sein. Ich ärgere mich für einen Moment über meine übereilte Flucht, darüber, nichts geplant zu haben außer einer SMS an Jakob und dem Abheben von knapp 1000 Euro Bargeld. Und darüber, die mich nahezu anschreiende Kohle auf meinem Sparkonto nicht einfach ausgeben zu können. Wann, wenn nicht jetzt? Auf der anderen Seite plane ich ja auch keinen komplizierten Selbstfindungstrip durch Asien. Ich will einfach nur weg. Dafür braucht es vorerst eigentlich nicht mehr Planung und Geld als das, was ich habe.

Ich bin kein großer Freund von Reisen. Und obwohl das ganze Flughafengebäude vor Reiselust, Vorfreude und Wiedersehensfreude vibriert, schwappt nichts davon auf mich über. Ich bin nicht gern in Bewegung, ich habe kein Bedürfnis nach Aufregung, nach Unbekanntem. Ich bin nie auf dem Weg zu einem Ziel. Ich bin einfach. Hier und jetzt und ohne Anstrengung, ohne Risiko.

Ich schaue auf die große Anzeigetafel in der Haupthalle und überprüfe, was der nächste Flug irgendwohin wäre. Ein theoretisches Spielchen, das auf viele Menschen einen großen Reiz ausübt: zum Flughafen fahren und einfach den nächsten Flug nehmen. Egal, wohin. Täte ich das, würde ich in 20 Minuten nach Stuttgart fliegen. Ich scanne die Tafel mit Tunnelblick, bis ich finde, was ich suche: den nächsten Flug nach London. Um 18.10 Uhr mit Lufthansa. Noch knapp drei Stunden. In Schönefeld geht vermutlich alle zwanzig Minuten ein Flieger nach London Stansted, Luton oder Gatwick. Hier, im guten alten und tiefen Westen, wird zweimal am Tag geflogen und zwar ausschließlich zum guten alten Heathrow-Flughafen.

Ich schicke Jakob eine SMS: »19.05 Heathrow. Danke. Liebe.«, und mache mich auf die Suche nach einem Ticketschalter.

6.

Die U-Bahn ist gerammelt voll. Da der Flughafen Heathrow aber End- und eben auch Startstation der *Piccadilly Line* ist, haben Jakob und ich trotzdem einen Platz gefunden und sitzen nun schweigend nebeneinander und hängen unseren Gedanken nach. Vermutlich hängt Jakob eher meinen Gedanken nach, was mir ein bisschen leidtut, weil ich eigentlich gar nichts denke. Vielleicht denkt Jakob also sogar gerade die besseren, zumindest aber aufregenderen, meiner Gedanken.

Je weiter wir fahren, desto mehr erschöpfte Feierabend-Londoner steigen ein und erschöpfte Reisende aus. Heathrow liegt ganz im Südwesten Londons, Jakob wohnt recht weit im Nordosten. Wir werden also, einmal Umsteigen miteingerechnet, eine Dreiviertelstunde unterwegs sein. 24 Stationen (ich habe das auf der Anzeige gezählt) quer durch die ganze Stadt. Quasi eine unterirdische Stadtrundfahrt, bei der man überhaupt nichts sehen kann. Ich finde diese Vorstellung ganz schön und denke daher noch ein wenig darauf rum.

»Hast du Hunger?«, fragt Jakob nach 16 Stationen, zwei Stationen bevor wir in *Green Park* in die *Victoria Line* umsteigen müssen.

Ich weiß das, weil ich Jakob nicht das erste Mal besuche. Tatsächlich kenne ich mich hier sogar ganz okay aus. Aber zum ersten Mal fühle ich mich nicht wie Besuch, sondern wie eine Art Auswanderer auf Zeit. Sofort denke ich an die ganzen dämlichen Auswanderer, die im Fernsehen immer dem »grauen Deutschland« für immer den Rücken kehren, weil sie das Wetter und vor allem die furchtbare deutsche Bürokratie hinter sich lassen wollen. Nur um in Spanien/Kanada/USA festzustellen, dass es dort auch Bürokratie gibt, die ohne jegliche Sprachkenntnisse kaum zu verstehen, geschweige denn zu bewältigen ist, und zack sitzen sie ohne Aufenthaltsgenehmigung/Alkoholausschanklizenz im *Land Of The Free*/in einer runtergekommenen und auf Kredit gekauften Tapas-Bar auf Mallorca, stammeln den örtlichen Behörden bruchstückhafte Wortfetzen ins Gesicht und ärgern sich, dass ausgerechnet ihnen das Leben so viele Steine in den Weg legt, wenn es die Katzenberger doch schließlich auch geschafft hat!

Jetzt bin ich ein Auswanderer. Zumindest beherrsche ich die Sprache, und ich habe keinerlei Ansprüche an das *hier*, ich kenne, außer Jakob, niemanden, und niemand hat Erwartungen an mich. Ich kann hier einfach astrein verschwinden. So wie es mir aufgetragen wurde. Meine bisher eher mechanisch ausgeführte Auswanderung fühlt sich auf Höhe der Station *Knightsbridge* plötzlich gar nicht mehr nur aufgetragen und verordnet, sondern angenehm an.

Mich überrascht und ärgert das ein wenig, ich sollte mich hierbei nicht wohlfühlen dürfen. Dennoch breitet sich angesichts der unfassbaren Erwartungslosigkeit dieser riesigen, anonymen Stadt eine schöne Entspannung in meinem bisher recht steifen Körper aus, und nach einem eher halbgar ausgeführten Versuch, diese zu ignorieren und mich weiterhin angemessen schlecht zu fühlen, gebe ich auf und lasse zu. Ach kieke, neues Land, neuer Mensch, denke ich und muss ein bisschen schmunzeln, weil das so furchtbar dumm ist.

Jakob missversteht das Schmunzeln und sagt: »Keine Sorge, ich koche nicht. Wir gehen in ein Pub oder so.«, und während wir aufstehen, um die Bahn zu wechseln, nicke ich und bekomme Lust auf englisches Essen.

Wir landen in der *West Green Tavern*, schräg gegenüber von Jakobs WG. Die rote Holzfassade im typischen Pub-Stil vermittelt die Illusion urbritischer Kneipengemütlichkeit, wird innen aber sofort mit Neon-Lampen, Reggaemusik und einer beeindruckenden Auswahl afrikanischer Biere korrigiert.

Jakob scheint hier oft zu sein, denn obwohl er ein sehr steifer und fahler junger Mann ist, taucht er, in der überwiegend von Afrikanern besuchten Kneipe, bemerkenswert geschmeidig in die Atmosphäre ein, während er sich hinter einen der Tische gleiten lässt. Er bestellt mit einem geheimen Fingerzeig zwei Biere und entschuldigt sich dann dafür, dass es hier gar kein Essen gibt. »Rose wird was gekocht haben, das essen wir gleich, o. k.?«

Mir ist es egal, ich bin einfach nur zufrieden mit der Aussicht auf pures Sein. Also gleite ich auch, bedeutend weniger geschmeidig als er, neben Jakob hinter den Tisch, strecke meine staksigen Beine aus und wippe leicht zu den Klängen des mir eigentlich verhassten Reggaes, der mich jetzt aber durch seine Fremdartigkeit irgendwie kriegt.

Alles ist ganz anders als zu Hause. Alles will nichts von mir.

Das Pub ist überhitzt, weshalb Jakob bald rote Bäckchen bekommt, das *Nile Special* tut sein Übriges, und bald sehen wir beide im Gesicht ganz gesund und frisch aus, was irgendwie lustig im Gegensatz zu unserer genetisch bedingten steifen Körperhaltung steht.

Wir haben kaum miteinander gesprochen, seit ich aus dem Flugzeug gestiegen bin, ein Teil von mir ist in permanenter Alarmbereitschaft, falls Jakob nun doch endlich mal wissen will, was los ist. Aber Jakob trinkt an seinem ostafrikanischen Bier rum und sieht ein paar Leuten beim Poolspiel zu.

Ich verfolge ein stummes Cricketspiel auf dem Bildschirm eines enorm großen Fernsehers und esse Nüsse.

Die WG, in der Jakob wohnt, ist zweckmäßig belegt. Er teilt sich das Vier-Zimmer-Appartement mit einem weiteren Deutschen, Jan, einer kleinen, drallen Tschechin namens Tereza und der imponierend wuchtigen Dominikanerin Rose. Keiner der vier hat eine echte Beziehung zu einem der anderen, man lebt zusammen, weil London teuer ist, man teilt sich Küche, Bad und Nebenkosten und geht sonst seinem eigenen Leben nach.

Eine Art emotionslose Zwangsehe, die mir besonders jetzt unfassbar attraktiv erscheint.

Die Wohnung befindet sich direkt über einem schäbigen Hühnchen-Imbiss, dessen fettige Frittierdämpfe sich hartnäckig in jeder Ecke der Wohnung festgesetzt haben. Allgemeine WG-Regel ist es, die Fenster nur dann zu öffnen, wenn der Imbiss geschlossen hat. Was leider ein recht übersichtliches Zeitfenster ist. Außerdem gibt es, wie in und über jedem eher fragwürdigen Imbiss, Kakerlaken. Unfassbar große Exemplare. Bei meinem letzten Besuch begegnete ich nachts im Bad einem, das fast fünf Zentimeter lang war.

Gemessen an der Zahl der in der Wohnung anwesenden Schädlinge, möchte man gar nicht darüber nachdenken, wie es unten im Restaurant aussieht.

Niemand von uns hat je im *Chicken Palace* gegessen.

Die Wohnung ist die einzige in dem kleinen, dreigeschossigen Haus. Von einer Seitenstraße kommt man über ein schmales Treppenhaus auf eine winzige Terrasse, auf der man im Sommer wunderbar rumhängen, rauchen und auf die belebte Hauptstraße sehen kann. Nachts kommt es ab und zu vor, dass einen zufällig die Suchscheinwerfer von Polizeihelikoptern einfangen. Die Terrasse führt direkt in die enge Küche der Wohnung, gefolgt von einem kleinen Flur, dem Bad, einem winzigen Zimmer (Jakob), einem großen Zimmer (Tereza) und der Treppe zum oberen Geschoss, wo Rose (winziges Zimmer) und Jan (großes Zimmer) wohnen.

Wie das gesamte Viertel ist sie schäbig, die Wohnung, aber sie hat einen rumpeligen Charme. Vielleicht empfinde ich es auch nur so, weil sie eben keine Berliner Altbauwohnung mit Fischgrätparkett und Fliesen aus Schieferimitat ist, von denen ich in meinem Leben schon so viele gesehen habe.

Dies hier ist ein typisch englisches Arbeiterviertel-Miethaus: zwei Stockwerke, alles gedrungen und eng. Linoleum und abgewetzter Teppich, zusammengewürfelte, altbackene Oma-Möbel. Zweckmäßigkeit zeigt Stil den Finger.

54

Natürlich gibt es das in London auch in schön. Mit ge-
wachsten Holzfußböden, eierschalenfarben getünchten
Wänden, Kamin und Erker. Der Vater eines Kommilitonen
von Jakob beispielsweise wohnt in der Nähe des Hydeparks
in so einem Haus. Ich habe es gesehen, als Jakob letzten
Sommer dort als Nebenjob das Treppengeländer lackiert
hat.

Aber hier ist eben nicht der Hydepark, hier ist es nicht
schön. Und das ist schön.

Obwohl es unter der Woche und beste Zuhausesein-Zeit ist,
ist die WG bis auf Rose, die tatsächlich, schwitzend und den
kompletten Raum der Küche einnehmend, kocht, leer in der
Wohnung. Während Jakob mit meinem wuchtigen Rucksack sofort in seinem Zimmer verschwindet, lasse ich mich
auf einen der zwei Küchenstühle fallen und starre auf Roses beeindruckendes Kreuz. Im Gegensatz zu allen anderen
WG-Mitgliedern ist sie schon Anfang vierzig und nimmt
daher automatisch die Rolle des die emotional nicht ver-
bundene Familie zusammenhaltenden Rudelführers ein.

»Jules, schön dich mal wieder zu sehen. Bist du noch
dünner geworden? So kriegst du nie einen Mann. Männer wollen einen ordentlichen Hintern!«, deklariert sie mit
kräftiger Stimme, in einem schönen, aber oft schlecht zu
verstehenden karibischen Akzent. Um die Aussage zu be-
kräftigen, schlägt sie sich feste auf den eigenen, durchaus
vorhandenen Hintern.

»Ich habe einen Mann«, antworte ich reflexartig, merke
aber sofort, dass in diesem Satz ein Fehler versteckt ist.

»Jakob sagt, du bleibst eine Weile?«, ignoriert sie meine
Aussage und knallt mir einen Teller voll mit zerdrücktem,

gebratenem Dosenfleisch und nicht mehr zu erkennendem Gemüse vor die Nase. Alles, was Rose kocht, sieht furchtbar aus und schmeckt fantastisch, also bedanke ich mich und fange an zu essen. Lustig, dass Jakob davon ausgeht, dass ich bleibe. Dass auch er instinktiv spürt, dass das hier kein Besuch, sondern eine Phase ist. Wir haben nicht ein Wort über mich gesprochen, und trotzdem weiß er auf irgendeine Art Bescheid. Dafür liebe ich meinen Bruder sehr und boxe ihn daher verknallt auf den Hintern (höher komme ich im Sitzen nicht), als er wieder die Küche betritt.

»Ich weiß«, sagt er nur und holt sich labberigen Toast aus dem Küchenschrank, um sich ein Sandwich zu machen.

»Du isst den ganzen Tag nur diesen englischen Mist, Jakob. Kein Wunder, dass du so weiß bist. Du siehst schon aus wie ein Engländer«, schimpft Rose in angenehmem karibischen Singsang und knallt sich einen Teller Fleischmatsch vor die eigene Nase. Da nun beide Küchenstühle besetzt sind, lässt Jakob die Beine von der Arbeitsplatte baumeln, und wir essen alle stumm.

Als wir fertig sind, wasche ich die Teller ab, während sich Jakob nach den anderen WG-Mitgliedern erkundigt.

»Jan hab ich das letzte Mal heute morgen gesehen, und Tereza ist nach der Arbeit nur ganz kurz hier gewesen, ist einen halben Block mit der Töle gegangen, hat sich wie ein Straßenmädchen angemalt und ist wieder abgehauen.«

»Tereza hat jetzt einen Hund«, erklärt mir Jakob. »Vorübergehend. Irgendeinen Mischling, so was Kleines. Er gehört eigentlich einer Freundin, die aber gerade einen neuen Typen kennengelernt hat, der auf Hunde allergisch ist. Jetzt bleibt er so lange bei Tereza, bis ihre Freundin sicher ist, ob der Mann es wert ist, den Hund ins Tierheim zu geben oder nicht. Keine Ahnung.«

»Dumme Schlampe«, murmelt Rose und sieht mich mit einem *Was?! Ist doch so!*-Blick an.

»Sie kümmert sich überhaupt nicht um das Tier, geht nur genau so viele Meter mit ihm spazieren, bis er das Nötigste erledigt hat, und lässt ihn dann den Rest des Tages in ihrem Zimmer. Tierquälerei ist das, wenn ihr mich fragt!«

Mir sind Tiere egal, daher kann ich nicht die gleiche Menge Leidenschaft wie Rose aufbringen, verstehe aber zumindest theoretisch, was an der Geschichte Mist ist.

Rose wuchtet sich schnaufend vom Küchentisch hoch und verlässt watschelnd die Küche, wobei ich ihr ein bisschen verträumt hinterhersehe. Anfangs mochte ich sie nicht. Mir ging dieses Mütterliche unfassbar auf die Nerven, dieses wandelnde Klischee von dicker, gemütlicher Liebe, karibischer, etwas zu lauter Fröhlichkeit und erdrückender Fürsorge. Bis ich relativ schnell dahinterkam, dass Rose all das nur spielt. Nicht einmal besonders gut. Sie spiegelt mit ihrer beeindruckenden Oberfläche einfach alles, was man sich von einer dicken Schwarzen erwartet, vielleicht sogar erhofft, und bleibt darunter eine missmutige, tendenziell unglückliche Frau, die sich eine Wohnung mit drei Mittzwanzigern auf der Durchreise teilen muss. Seit ich diesen Teil an ihr gefunden habe, empfinde ich so etwas wie Zuneigung für sie. Auch sie spielt den Soul nur. Und zwar genauso schlecht, wie ihr dummes Publikum es von ihr braucht.

Während Jakob duscht und Rose oben in ihrem Zimmer die verpasste Folge *EastEnders* von heute Abend online nachholt, sitze ich auf der winzigen Dachterrasse und drehe uns mit Jakobs Gras und meinem Tabak einen krummen Joint. Jan, der andere Deutsche, ist inzwischen nach Hause gekommen, begrüßte mich aber nur kurzangebunden mit einem »Hey!« und verschwand sofort in seinem Zimmer.

Die Gleichgültigkeit, die hier im Haus, generell in dieser Stadt, herrscht, macht, dass ich immer lockerer werde. Alle sehen durch mich hindurch, niemand hat das Bedürfnis, mich zu knacken, um mich zu durchschauen, zu verstehen und schlimmstenfalls ganz zu machen. Ich interessiere einfach keine Sau.

Nun, vermutlich stimmt das nicht ganz, da ist immer noch Jakob. Auch wenn er jetzt die Füße stillhält, wird er irgendwann wollen, dass ich mich erkläre. Fakten nenne, wie, was genau los ist, wie lange ich bleiben werde und der ganze Rattenschwanz, den so ein Gespräch nach sich zieht. Und vermutlich schulde ich ihm ein paar Fakten, aber ich weiß auch, dass er mir dafür noch etwas Zeit geben wird.

Obwohl der Nachthimmel wolkenlos ist, kann man so gut wie keine Sterne sehen. Dass das in Großstädten eben so ist, weil es einfach zu viel Streulicht und Smog gibt, ist mir klar, aber hier gibt es noch weniger Sterne als in Berlin, und das ist, vor allem wenn man schon auf einer Dachterrasse sitzt, irgendwie schade.

Jakob kommt aus der Küche und bringt einen Schwall Essensgeruch und einen Pullover für mich mit. Er wirft ihn mir in den Schoß und setzt sich auf einen leeren Wasserkasten neben mich.

»Willst du den Stuhl?«, frage ich.

»Nee, ist o.k. so. Hast du schon gedreht?«

Ich nicke und zeige ihm den schiefen Joint. Jakob schmunzelt und schüttelt amüsiert den Kopf. Ich zeige ihm den Finger und sage: »Ist doch egal, wie der aussieht. Die inneren Werte zählen!« Jakob steckt sich dramatisch einen Finger in den Hals und zündet den Joint an. Ich beobachte ihn dabei und bewundere heimlich erneut seine Geschmeidigkeit. Hier in England passt Jakob irgendwie besser zu sich selbst. Er hat eine ganz eigene, fließende Natürlichkeit entwickelt, die er zu Hause nie hatte und auch bei seinen seltenen Besuchen dort nicht beibehalten kann. Hier hingegen geht das. Als würde er hier hinpassen. Als ob Jakob erst in London Sinn ergibt. Plötzlich bewundere ich das nicht nur, sondern ärgere mich. Ich fühle einen Funken im Bauch. Ich bin neidisch auf Jakob und auch enttäuscht, dass ich das nicht haben kann. Missgünstig sogar, weil ich für einen Moment denke, dass ich das mehr verdient hätte als Jakob, der es im Leben, auch Dank mir, leichter hatte als ich.

»Was?«, fragt Jakob, und ich bemerke, dass ich ihn immer noch ansehe, ganz verkniffen, aber das kann er in der Dunkelheit hoffentlich nicht sehen.

Irgendwo bellt gedämpft ein Hund, und um der Situation, *mir*, zu entgehen, frage ich, ob das der von Tereza sei.

»Nee. Der bellt nie. Würde er, hätte Rose ihn schon dem Vermieter gemeldet.«

Ich nicke und Jakob reicht den Joint an mich weiter. Ich ziehe zweimal und gebe ihn zurück. Ich vertrage nicht viel, behaupte ich immer, Fakt ist aber, dass mir nur ein bestimmtes Maß an bekifft sein wirklich gefällt. Es ist ein schmaler Grat zwischen Wohlgefühl und Paranoia. Daher kiffe ich auch ausschließlich mit Menschen, die ich liebe.

Was im Grunde nur Jakob und Tim sind. Tim. Ich sehe kurz wieder, wie ihn auf dem Flohmarkt seine Körperspannung verlässt und er plötzlich ganz wie aus Gummi rumsteht und mich sucht.

Schnell blinzle ich den Gedanken weg und konzentriere mich auf den leichten, warmen Druck, der sich in meinem Oberkörper ausbreitet. Spürt man ihn nicht, war es zu wenig, wird er zu stark, tja nun.

»Willst du noch mal?«, fragt Jakob, und ich fühle mich sicher genug, um ein letztes Mal an dem nun nicht mehr ganz so krummen, weil schon halb abgebrannten Joint zu ziehen. Danach lehne ich mich zurück und lege die Füße auf Jakobs Schoß.

»Du wirst dir ein eigenes Zimmer suchen müssen. Anfang nächster Woche fährt Jan für vier Wochen nach Aachen, in der Zeit kannst du bei ihm schlafen, aber danach wird es zu eng für uns zwei in meinem Zimmer.«

»Ich weiß. Danke. Also nicht nur für das Zimmer. Auch für mich in Ruhe lassen und nicht fragen und …«

Mehr fällt mir nicht ein. Nicht einmal vernünftig danke sagen kann ich. Wieder kratzt ein bisschen Selbstverachtung an meiner Tür, aber ich bin bekifft genug, um sie einfach zu ignorieren, statt sie zu reiten. Jakob schnippst den abgebrannten Rest des Joints über die Brüstung der Terrasse und fragt, während er ächzend aufsteht: »Hast du Lust, am Wochenende nach Brighton zu fahren? Bisschen Meer kieken?«

»Das wäre toll!«, sage ich und lass mir einen Gutenachtkuss auf den Kopf geben, bevor Jakob in die dunstige Küche zurückgeht, um sich bettfertig zu machen.

»Ich komm gleich nach, ich brauch noch ne Minute!«,

rufe ich ihm hinterher, woraufhin ich ihn nur irgendwas von »Gern alleine aufs Klo gehen« murmeln höre.

Es ist nicht so, dass man gar keine Sterne sieht. Sie sind schon da, aber eben nur irgendwie verschwommen. Aber das könnte ja auch erst mal reichen: zu wissen, dass sie da sind, man sie aber eben nur ab und an richtig klar sehen kann.

Klarheit ist eh der Teufel.

Vielleicht könnte das hier alles gut sein.

Ich habe schon wieder kein Ziel, aber ein bisschen Bock auf einen Weg.

7.

Irgendwo scheppert es ein bisschen.

Ich lasse die Augen geschlossen und versuche zu orten, ob das Geräusch aus mir kommt, was nicht unrealistisch ist, oder von außen.

Das Scheppern ist leise, aber rhythmisch, begleitet von einem konstanten Rauschen. Ich beschließe, dass das nicht aus mir kommt, und öffne die Augen.

In Jakobs Zimmer ist es dunkel, obwohl es bereits Mittag sein müsste. Zum einen liegt das daran, dass Jakob nur in vollkommener Dunkelheit schlafen kann, er daher einen schweren, schwarzen Vorhang aus diesem lichtschluckenden Stoff, den man auch auf Theaterbühnen nutzt, vor dem winzigen Fenster hängen hat, und zum anderen geht das Fenster nach hinten raus, im rechten Winkel zum Badfenster, so dass auch ohne den Vorhang nicht besonders viel Licht reinkommt.

Ich bleibe noch ein wenig in der Dunkelheit liegen und suche das scheppernde Geräusch, das ich, abgelenkt von den Gedanken über die Beleuchtung von Jakobs Zimmer, kurz verloren habe. Als ich es wieder finde, bin ich fast ein bisschen erleichtert. Wie eine Mutter, die ihr Kind für eine Sekunde in der Fußgängerzone aus den Augen verloren hat. Starke Emotionen für ein kleines, schepperndes Geräusch, ich weiß. Aber wenigstens fühle ich etwas Schönes. Denke ich mir und finde mich armselig.

Die Wohnung ist leer. Alle haben einen Job (Rose) oder sind an irgendeiner Uni oder College (Jakob, Jan, Tereza), ich habe vorerst nur mich.

Jakob hat weder einen Guten-Morgen-Zettel noch anderen Happy-Besuch!-Kram hinterlassen. Ich bin ja nicht zum ersten Mal hier, und außerdem möchte er wahrscheinlich den Grund meiner Anwesenheit nicht aus Versehen falsch definieren, indem er mich durch das Schenken eines Stadtplans oder Ähnlichem als Besuch abstempelt.

In der Küche steht Filterkaffee auf der Heizplatte der Kaffeemaschine, der allerdings durch das stundenlange Rumstehen und Warmgehaltenwerden ganz bitter geworden ist. Ich mache neuen Kaffee und stelle mich auf die Terrasse, um zu rauchen. Während ich auf die *West Green Road* starre, finde ich mein schepperndes Geräusch wieder, das ich durch das ganze Kaffeedebakel schon wieder vergessen habe. Und wieder fühle ich mich ein ganz kleines bisschen erleichtert und froh. Guter, alter Freund Geräusch. Da biste ja wieder. Schönschön.

Hier draußen ist er bedeutend lauter, mein alter Freund, ich drehe mich, wie eine betrunkene Ballerina, im Kreis, weil ich jetzt doch wissen will, woher die Schepperei kommt, und stolpere nach einer Dreivierteldrehung in eine schmierige Wolke aus Fett. Dann fällt mir wieder ein, dass das *Chicken Palace* bereits geöffnet hat und die ganzen armen Hühnerseelen über einen Lüftungsschacht direkt auf die Terrasse scheppert.

Für einen Moment bin ich über die Maßen enttäuscht: Mein Freund das Geräusch ist einfach nur ein winzige Fettpartikel kotzender Dunstabzugsventilator.

Ich schnipse meine Kippe auf die Straße und gehe zurück in die Küche, wo inzwischen neuer Filterkaffee durch die Maschine gelaufen ist und seinen schönen Duft auf meinen nun nach Hühnerfett riechenden Körper legt.

Mit einer Tasse, auf der der Londoner *Millennium Dome* abgebildet ist, laufe ich durch die stille Wohnung. Den Lärm der Hauptstraße hört man kaum, da alle Fenster, aus gegebenem Anlass, verschlossen sind. Jakobs Zimmer kenne ich ja bereits, es ist höchstens zwölf Quadratmeter groß und karg eingerichtet. Ein schmaler Futon auf dem Boden, auf dem wir beide schlafen, wenn ich zu Besuch bin, ein kleiner, mülliger Schreibtisch vor dem Fenster und mehrere Bücherregale, teils mit Büchern, teils mit Kleidung gefüllt.

Die Zimmer in der oberen Etage sind von Schnitt und Größe deckungsgleich mit denen unten, die große Rose wohnt also auch auf zwölf Quadratmetern, Tereza und Jan hingegen auf fast doppelt so viel Platz. Leise öffne ich die Tür neben Jakobs Zimmer. Obwohl Tereza definitiv nicht zu Hause ist, bin ich vorsichtig wie ein richtiger Einbrecher. Ich überlege mir sogar eine kleine Ausrede, falls sie doch anwesend sein sollte.

Ihr Zimmer ist jedoch wie erwartet leer und, im Gegensatz zum Rest der Wohnung, lichtdurchflutet. Da das Haus ein Eckhaus ist, hat Terezas Zimmer drei Fenster. Zwei auf die Hauptstraße, eins auf die kleine Seitenstraße, über die man auch ins Haus kommt. Es ist ein schöner Raum, von Tereza allerdings auf schlimmste Mutti-Art furchtbar verstümmelt: Betthussen, raue Mengen Zierkissen, mehrlagige Raffgardinen und bunte, kleine Teppiche auf dem Boden und an den Wänden. An der Wand am Kopfende des Bettes ein geschwungenes *Cappuccino!*-Wandtattoo, was meiner Meinung nach nirgendwo, außer vielleicht noch in einem Starbucks, Sinn macht, ganz sicher aber nicht über einem Bett.

Auf der Kommode zwischen den beiden Fenstern zur Straße stehen unzählige Flaschen und Tuben und Büchsen und Gerätschaften, die alle der Gesichtsanmalung dienen, auf dem Boden liegen verschiedene bunte Kleidungsstücke, vor allem aber BHs in irren Neonfarben. Fasziniert von der verrückten und aufregenden Welt der Damenunterwäsche (ich trage immer nur schwarz. Baumwolle unten, keine Bügel oder Schleifen oben), knie ich mich hin, um einen BH mit dem Muster des Union Jacks genauer anzusehen. Als plötzlich links von mir etwas mit einem weichen »wupp« vom Bett fällt, erschrecke ich mich unfassbar.

Der Hund! Ich habe die arme Töle, die hier im am schlechtesten eingerichteten Tierheim der Welt wohnt, ganz vergessen. Bemerkbar hat er sich nicht gemacht, sonst hätte ich ihn ja viel früher entdecken müssen. So tarnte er sich einfach auf dem pompösen Bett als flauschiges Zierkissen und hat meine Schnüffelei peinlich genau beobachtet. Kleiner Ficker, denke ich und sehe ihn mir genauer an.

Es ist tatsächlich ein eher kleiner Hund, aber ich hatte eine vollkommen andere Vorstellung in den zwei Minuten, in denen Rose gestern Abend über ihn sprach. Ich dachte an eines der kleinen Arschlochtiere, die Prominente immer wie einen kleinen Pokal herumtragen. Diese winzigen, rehähnlichen Hunde mit basedowschen Glubschaugen und glänzendem Fell in einer Farbe, die Schokolade mit 65 % Kakaoanteil hat.

Der hier ist anders. Der hier ist eher ein kleines bisschen runtergekommen. Und auch nicht ganz so klein. Nachdem er vom Bett gesprungen ist, hat er sich geschüttelt, den Hintern mit einem ganz lässigen Scheißegal-Blick zum Strecken in die Luft gehoben und sitzt nun abwartend vor dem Bett und sieht mich an. Es scheint fast so, als möchte er mir erst mal Zeit geben, um mir ein Bild zu machen, also mache ich mir eins.

Ich habe kein Verhältnis zu Tieren. Ich hatte nie ein Tier, ich kenne niemanden, der eins hat. Müsste ich mich in einem dieser dämlichen *Mars oder Snickers?*-Spiele zwischen Hund und Katze entscheiden, würde ich Katzen nehmen, weil sich Hunde immer so furchtbar anbiedern. Hunde spielen einem bedingungslose Liebe und tiefes Verständnis vor, würden dieses Gefühl aber im Grunde jedem vermitteln, der ihnen Nahrung gibt. Sie kommen allerdings ganz beeindruckend durch mit dem Mist, schließlich gelten sie ja immer noch als »der beste Freund des Menschen«. Ein winziges bisschen Respekt bringe ich also durchaus für diese konsequente Täuschung der Menschheit auf. Katzen sind mir auch egal, aber ich ihnen eben auch und da macht es keinen Unterschied, ob ich sie füttere oder nicht. Sie nähmen aus meiner Hand und würden mir danach, wenn nicht sogar schon währenddessen, direkt den Finger zeigen. Das mag ich.

Aber eben nur, wenn ich mich entscheiden müsste.

Ich trinke einen Schluck von meinem lauwarmen Kaffee und starre den Hund an. Er hat irgendwie grüne Augen, was ich merkwürdig und ein bisschen affektiert finde. Für eine Sekunde ziehe ich in Erwägung, dass er von Tereza farbige Kontaktlinsen bekommen hat, aber das ist vermutlich Quatsch. Tereza scheint den Hund nicht besonders zu mögen, sonst hätte er ein glitzerndes Halsband um. Auch sonst ist er nicht Terezas Typ. So einen Reh-Hund hätte sie schon ganz gut gefunden, überlege ich. Der hier ist zwar auch braun, aber die Farbe erinnert eher an Schokolade, die schon ein bisschen geschwitzt und daher diesen gräulichen Überzug hat. Überhaupt ist das Fell des Tieres irgendwie stumpf und wirr. Es legt sich am Körper noch recht o. k. an, im Gesicht ist es allerdings ganz viel und ganz durcheinander. Viel Haar da, wo beim Menschen die Augenbrauen sind, viel Haar um die Schnauze herum, viel Haar auf den Wangen. Im Grunde hat er einen Vollbart im ganzen Gesicht. Außerdem scheinen mir seine Ohren bedeutend zu groß für das sonst höchstens wadenhohe Tier, jedenfalls hängen sie ihm irgendwie in die Augen, wie ein Pony, den man rauswachsen lassen will, der von rechts und links aber immer wieder nervend ins Gesicht fällt.

Sofort möchte ich ihm die Ohren mit kleinen Glitzerspangen aus dem Gesicht klemmen. Tim würde vermutlich eine Schleife aus den Ohren binden wollen.

Tim.

Ich hab den Hund genug angestarrt und versuche, ächzend aus meinem Schneidersitz aufzustehen. Das Geräusch, oder die Bewegung, oder was weiß ich, lässt Leben in den Hund fahren, und er kommt in merkwürdig devoter Körperhaltung, den Schwanz zwar vage wedelnd, aber fast zwischen die Hinterläufe geklemmt, auf mich zu und stupst meine Hand an.

Eher einem Instinkt als einem Bedürfnis folgend streiche ich ihm, wie eingefordert, über den Kopf und werde sofort, Zehntelsekunden vorher von einem überraschend lauten Knurren anmoderiert, in den Handrücken gebissen. Der Kenner würde das vermutlich nur ein Schnappen nennen, aber weh tut es dennoch ein bisschen, vor allem aber bin ich auf einer anderen Ebene verletzt: Ich wurde ausgetrickst, bin einem Instinkt gefolgt und habe dafür aufs Maul bekommen. Richtig zufrieden scheint der Hund aber auch nicht zu sein. Bevor ich überhaupt auch nur in irgendeiner Form körperlich auf das Geschehene hätte reagieren können, verzieht er sich, geduckt und mit nun final eingezogenem Schwanz, in eine Ecke des Zimmers, schüttelt sich und sieht mich an.

»Fick dich!«, murmle ich, nicht sicher, ob ich es zu mir oder dem Tier sage, und verlasse das Zimmer.

Mit einer weiteren Tasse Kaffee und meinem Telefon gehe ich in das winzige Bad und setze mich auf den geschlossenen Klodeckel. Aus den Augenwinkeln sehe ich eine kleine, vermutlich schlafwandelnde Kakerlake, die nachher sicher mächtig Ärger mit ihrer Familie bekommt, denn erste Regel im Kakerlakenclub ist: nie tagsüber blicken lassen!

Ich stelle die Tasse auf dem Waschbecken ab und zögere das Anschalten meines Handys hinaus, indem ich mich, die Hand auf dem on/off-Schalter ruhend, umsehe.

Wie der Rest der Wohnung ist auch dieser Raum tendenziell schmuddelig und, wenn auch zumindest nicht fensterlos, klein. Geduscht wird in einer winzigen Wanne, deren zum Trocknen halb zugezogener Duschvorhang den Raum noch bedrückender macht. Über der Mischbatterie der Wanne hängt irritierenderweise eine Art Duschlampe, die wohl den sich Säubernden in ein schmeichelndes Licht hüllen soll, anders kann ich mir ihre Existenz nicht erklären, für ein Leselicht hängt sie zu weit oben und ist auch falsch ausgerichtet.

Verrückte Engländer, will ich denken, dann fällt mir aber ein, dass hier gar kein Engländer wohnt, nur andere Verrückte mit Duschscheinwerfern.

Ich schinde Zeit. Ich merke das und ärgere mich darüber, also schinde ich nur noch ein ganz kleines bisschen weiter, indem ich mir die Stelle an meiner Hand ansehe, an der mich die kleine Kacke gebissen hat, um zu überprüfen, ob ich vielleicht wenigstens eine schöne Fleischwunde davon getragen habe. Ich kann aber nur zwei ganz schwache Zahnabdruckstellen sehen, also schalte ich mein Telefon an.

Die wenigen Sekunden, die ein Handy braucht, um sich in ein neues Netz einzuwählen, um dann die üblichen Geräusche von erhaltenen Nachrichten/Mails/Sprachanrufen zu übermitteln, erscheinen mir lang, und ich schließe die Augen, damit ich Neues nur hören, nicht aber sehen muss.

Tatsächlich erklingt nach einiger Zeit der Ton einer SMS, der mir den Arsch ein wenig auf Grundeis gehen lässt. Ich möchte lieber von niemandem erreicht werden. Am wenigsten von Tim. Was immer er mir sagen wollen könnte, macht mir Angst. Die Bandbreite der verschiedenen Möglichkeiten ist zumindest theoretisch sehr groß. Von »Komm wieder zurück« über »Bleib, wo der Pfeffer wächst, und zwar für immer!« bis zu einem schlichten »Wie geht es dir?« ist von Tims Seite aus alles drin. Nichts davon möchte ich hören. Zumindest jetzt gerade nicht. Irgendetwas werde ich aber hören, bzw. lesen, denn das Telefon hat jetzt zum zweiten Mal den Erhalt einer SMS angekündigt.

Ich atme tief ein und blicke aufs Display.

BT Mobile teilt mir mit, dass ich in ihrem Netz wirklich sehr willkommen bin, und Vodafone weist mich darauf hin, dass Roaming-Gebühren anfallen könnten.

Ich atme scheinbar mehr aus, als ich eingeatmet habe, und bin erleichtert. Beziehungsweise tue so, denn eigentlich bin ich nicht wirklich erleichtert, sondern traurig. Worüber genau weiß ich gar nicht. Jegliche Meldungen privater Natur hätten mich tatsächlich überfordert. Das Fehlen selbiger müsste mich also freuen, tut es aber nicht. Ich fühle mich plötzlich erst dumpf, dann feurig einsam. Beide Gefühle passen mir nicht in den Kram, daher schalte ich das Telefon wieder aus, nehme eine Dusche in schmeichelndem LED-Scheinwerferlicht und beschließe, das Haus zu verlassen.

Um in einer riesigen Stadt wie London nicht dauernd verbummelt zu gehen, ist es, auch als Einheimischer, trotz Smartphone sinnvoll, einen Stadtplan dabeizuhaben. In London ist das ein ganzes Stadtplanbuch, der *A to Z*, den es in verschiedenen handlichen Größen gibt und der tatsächlich unfassbar befriedigend im Gebrauch ist. Ich stecke mir Jakobs Exemplar in die Tasche, werde ihn aber heute nicht brauchen, denn ich plane erst mal eine unterirdische Stadtrundfahrt mit der U-Bahn. Der Gedanke, der mich gestern schon so gekriegt hat, wird heute einfach aktiv weitergeführt. Zum Rein- und Ankommen sehe ich mir heute meine vorübergehend neue Heimat erst mal vorsichtig von unten an, mit den Augen halbgeschlossen quasi.

Die Gegend, in der Jakob wohnt, heißt *Seven Sisters*. Ein leicht ärmlich anmutender, enorm multikultureller Bezirk im Norden Londons. Weil ich den Namen so mag, hatte ich ihn vorhin endlich mal gegoogelt und rausgefunden, dass er nach sieben, bereits Anfang des 18. Jahrhunderts im Kreis gepflanzten, Ulmen benannt wurde. So Quatschwissen befriedigt mich immer sehr, weshalb ich noch eine ganze Stunde lang in der leeren WG-Küche die Gegend ergoogelt hatte, bevor ich endlich einfach losmachte.

Auf dem Weg zur U-Bahnstation riecht es nach Schweiß, Curry und Gewürzen, die ich nicht kenne, aber auch nach Abgasen, was ich als Geruch ganz gerne mag, und nach warmem, öligem Bürgersteig. Ich rauche noch eine letzte Zigarette und steige dann ganz ehrfürchtig die Stufen zur *Tube* hinab, in der ich plane, die nächsten Stunden zu verbringen.

8.

Ich liebe Zugfahrten. Ich bin, wenigstens hier, ein unkomplizierter Zeitgenosse. Ich muss nicht am Fenster oder in Fahrtrichtung sitzen, mir ist es egal, ob ich rauchen darf oder nicht, ich fühle mich nicht einmal von schwatzenden/riechenden/schnarchenden Mitreisenden belästigt. In einem Zug werde ich immer von einer Blase der Zufriedenheit umschlossen, die alles Hassenswerte außen vor lässt. Tiefenpsychologisch wäre es sicherlich interessant zu erörtern, weshalb ausgerechnet dieser Ort den Ruheschalter für mich umlegt, aber mich interessiert das gar nicht, also muss ich auch nicht darauf rumdenken.

»Weißt du noch, wie wir immer nach Stralsund gefahren sind, um Oma zu besuchen?«, fragt Jakob, der mich die erste halbe Stunde unserer nur knapp 70-minütigen Zugfahrt nach Brighton meinen Gedanken hat nachhängen lassen. Augenscheinlich hat er seine 30 Minuten Ruhe dazu genutzt, ein bisschen in der Vergangenheit zu schwimmen, und ich merke, dass er jetzt, als er seine Gedanken mit mir teilt, direkt ins Schwarze trifft, was meine Liebe zu Zügen angeht.

Zwei Jahre nachdem sich meine Eltern zum zweiten Mal getrennt hatten, verließ meine Mutter mit uns Kindern ihre, und unsere, Heimat Stralsund und zog für einen neuen Mann nach Berlin.

Meine Großeltern blieben, was ich damals furchtbar fand und mir wie eine Strafe vorkam, am Meer zurück. Natürlich gibt es in Stralsund keinen direkten Meerzugang, zumindest nicht in der für mich relevanten Definition von Meer, nämlich kein störendes Rechts oder Links, kein »dahinter könnte man es aber sehen!«, sondern Augen auf und Meer überall.

Nur in seiner Weite und Unnahbarkeit berührt mich das Meer. Diese wunderbare, düstere Aussichtslosigkeit, die ein vor einem hingegossener Ozean vermittelt, fasziniert und rührt mich. Das empfand ich schon als kleines Kind so. Meer ist nichts wert, wenn es sich nicht zu 180° vor mir erstreckt. Weil ich das wohl schon früh so kommunizierte, fuhr meine Oma regelmäßig mit mir per Fähre auf die Insel Hiddensee, von deren Nordseite dem offenen Meer nun tatsächlich überhaupt nichts mehr im Wege stand.

Als Monika uns in unserem braunen Wartburg endgültig nach Berlin schiffte, schienen das Meer und die dazugehörige Meer-Oma für immer verloren, bis meine Mutter entdeckte, dass ein Besuch der Kinder bei ihrer Mutter ihr mehrere Tage Ruhe von uns und somit Zeit für ihre Traurigkeit verschaffte.

Von da an wurden wir sehr regelmäßig in einen Zug zur Meer-Oma gesetzt, nur beim ersten Mal in Begleitung eines Erwachsenen, danach immer allein. Eine Zehnjährige, die mit einem Vierjährigen zusammen alleine Bahn fuhr, fand man damals bedeutend weniger verantwortungslos, als man es heute vermutlich täte, es hätte aber auch kaum etwas passieren können. Meine Mutter setzte

73

uns in den Zug, instruierte das Zugpersonal, ein Auge auf uns zu haben, und blieb, bis der Zug losfuhr. In Stralsund wartete bereits meine Oma auf uns, und die drei Stunden dazwischen gehörten nur mir.

Ich kam mir so außerordentlich erwachsen und frei vor. Natürlich waren Jakob und ich bis unters Kinn mit Unterhaltungsmaterialien bepackt, aber während Jakob die ganze Zugfahrt über krakelige Kleinkinderkunst malte, die er nach unserer Ankunft immer unserer Oma schenkte, die wiederum jedes Mal vor Freude über die von der Fahrt ganz verruckelten Bilder nahezu hysterisch wurde, ignorierte ich meistens meine ganzen Bücher und Ausmalhefte und träumte aus dem Fenster. Ich erschuf immer dieselben drei Szenarien: Im ersten stellte ich mir vor, Jakobs Mutter zu sein. Ich war eine zugegebenermaßen junge, aber auch unfassbar schöne und ganz besonders verantwortungsvolle Mutter, die ihr Leben ohne einen Mann (»Männer machen alles kaputt!«, hatte ich von Monika gelernt) lebt und so viel glücklicher und vor allem selbstständiger ist als die ganzen anderen Frauen mit Mann. In dieses Szenario vertiefte ich mich oft so sehr, dass ich dem hochkonzentriert malenden und sich dabei mit der Zunge über die Lippen leckenden Jakob manchmal gedankenverloren über den Kopf strich und Dinge wie »Mama hat dich sehr lieb!« und »Wir brauchen gar keinen Mann!« murmelte. Jakob nahm das oft gar nicht wahr, und wenn doch, dachte er vermutlich, dass ich von unserer Mutter und Männern im Allgemeinen sprach. Meinen Vorschlag, mich während dieser Zugfahrten mit »Mama« anzusprechen, fand er anfangs lustig, später, nachdem er mich mehrfach versehentlich doch mit meinem Namen ansprach, worauf ich eher unwirsch reagierte, weigerte er sich jedoch. »Du *bist* gar nicht die Mama!«, meckerte er sich in seinen kleinen Bart und zog wütende Striche auf seinem Malblatt.

Eine weitere schöne Fantasie, die ich damals hatte, war, mich auf der Zugtoilette einzuschließen und bei unserer Ankunft in Stralsund/Berlin die jeweilige Erziehungsberechtigte in Angst und Schrecken durch meine plötzliche und geheimnisvolle Abwesenheit zu versetzen. Ziel war es nicht, vorrangig Mutter oder Oma zu bestrafen (aber auch), sondern in erster Linie, ihre Liebe zu mir zu testen. In meiner Vorstellung warfen sich beide an den jeweiligen Bahnhöfen, manchmal auch zusammen und einander haltend, tränenüberströmt auf die Erde, trommelten mit den Fäusten auf den schmutzigen Boden und riefen Dinge wie »Oh Jule, wo bist du? Wie soll mein Leben ohne dich nur weitergehen? Du bedeutest mir alles! Bitte komm wieder!« Auch Jakob würde dann vor Schreck ganz blass und stünde, den Daumen im Mund undeutlich »Mama« murmelnd, damit selbstverständlich dann doch mich meinend, hinter der weinenden Monika/Oma. Erst in letzter Sekunde käme ich aus der Zugtoilette und würde ein Fest der Erleichterung und Liebe lostreten, bei dem es Küsse wie Konfetti regnen würde.

Das letzte der drei Szenarien war recht schlicht: Eine vom Weinen ganz verquollene Oma holt uns am Bahnhof ab, verkündet den plötzlichen Tod meiner Mutter, nimmt uns beide in ihre dicken Arme und sagt: »Von nun an werdet ihr bei mir leben. Aber das macht nichts, denn es wird jeden Tag Kakao geben, und wir fahren immer ans Meer.« Ende.

Selbstverständlich verschwand ich nie und auch meine Mutter war immer noch am Leben, wenn wir am jeweiligen Bahnhof ankamen, aber diese drei Stunden zwischen Stadt und Meer waren wunderbar.

»Du wolltest immer, dass ich Mama zu dir sage«, kichert Jakob neben mir und kneift mich in den Oberarm. Irgendwie haben wir es beide nicht so richtig drauf, uns angemessen unsere Liebe zu zeigen.

»Mamamamamama!«, äfft er den kleinen Jakob nach und wirft affektierte Kussmünder in meine Richtung. Ich muss lachen und sage: »Wir brauchen keine Männer! Männer machen alles kaputt! Ich bin Mama *und* Papa!«, und dann kichern wir ein bisschen, bis bei uns beiden faulig durchsickert, dass es ja im Grunde tatsächlich so war und damit gleich viel weniger lustig ist.

Brighton ist so malerisch, wie es eben alle finden, allerdings habe ich keinerlei Interesse an dem berühmten Seebad, ich bin hier, um unverstelltes Meer zu sehen, und das ist leider durch eine obszön große Seebrücke gestört. Jakob und ich biegen also vor dem *Brighton Pier* nach rechts ab und laufen am Strand entlang, um möglichst großen Abstand zur Seebrücke zu erhalten. Nach etwa 500 Metern sind wir auf Höhe des *West Piers*, der, früher ein eleganter Konkurrent des *Brighton Piers*, heute wie ein erschöpftes Skelett aus rostigem Stahl mitten im Meer rumsteht, die brüchige Verbindung zum Strand schon vor Jahren eingebrochen. Auch hier ist der Blick aufs Meer noch nicht so unverstellt, wie ich es mir wünsche, allerdings rührt mich der Anblick der kaputten Seebrücke, also schlage ich vor zu bleiben. »Aber so siehst du das Meer nicht richtig«, wirft Jakob ein, korrigiert sich aber sofort: »Ah, du willst die Kaputtness«, und lässt sich neben mich in den Sand fallen.

Das Meer ist ganz grau und sieht kalt aus, genau, wie ich es mag. Obwohl wir in London in schönstem Spätsommersonnenschein losgefahren sind, hat die Sonne hier keine Lust auf Anwesenheit, und so färbt der aschfarbene Himmel das Meer unschön und befriedigt mich ungemein.

»Er wohnt jetzt hier.«

»Wer?«, frage ich, aber da fällt mir schon die Antwort ein.

»Michael. Also nicht hier in Brighton, aber im Süden. Bei Eastbourne. Du weißt schon, wo du zum Schüleraustausch warst. Da in der Nähe. Pevensey heißt der Ort. Er hat da mit Ruth ein Häuschen gekauft.«

Jakob spricht plötzlich zu schnell und ein wenig kurzatmig, was ein deutliches Zeichen seiner Nervosität ist und mich sofort auch nervös macht.

Ich frage mich, warum er mir erzählt, wo unser Vater jetzt wohnt. Ich habe Michael das letzte Mal vor vier oder fünf Jahren gesehen.

Natürlich weiß ich, ohne darum gebeten zu haben, durch meine Mutter immer über die gröbsten Stationen seines Lebens Bescheid (»Der feine Herr wohnt jetzt bei seiner neusten Schlampe in England! Sieh an, sieh an, es hat ihm wohl nicht gereicht, halb Deutschland zu besteigen, jetzt muss es eine Engländerin sein!«), aber ich habe nie um nähere Informationen gebeten. Ich denke selten an ihn, den Mann, der meine Mutter so traurig gemacht hat. Ich vermeide es aus verschiedenen Gründen, aber einer ist, dass ich gar nicht richtig weiß, was ich über ihn denken möchte. Oder könnte. Daher lasse ich es.

Dass Jakob ihn jetzt, und dann noch an diesem schönen fast 180°-Meer, zu uns einlädt, nehme ich ihm, ach, *beiden*, übel.

»Warum erzählst du mir das? Was ist aus der alten *Ich frage schon, wenn ich etwas wissen will*-Regel geworden?«, frage ich, ein wenig zu druckvoll.

»Er hat Krebs. Und. Naja. Ich dachte, das solltest du wissen.«

Die Information macht überhaupt nichts mit mir. Das überrascht mich nicht, aber dass Jakob offensichtlich in einer Form, dessen Ausmaß ich noch nicht ganz begreife, involviert ist, hinterlässt mich betroffen.

»Na und? Ich kenne tausend Leute, die Krebs haben. Was ändert das?«

»Ja? Wen?«

»Darum geht's nicht«, antworte ich bedeutend zu hart. Ich merke, wie Überforderung in mir hochkriecht. Natürlich kenne ich de facto niemanden, der Krebs hat, die Meer-Oma zählt nicht, sie starb daran so schnell, dass ich nie die Chance hatte, die Krankheit als solche wahrnehmen zu können. Ich habe das Gefühl, falsch auf Jakobs Information zu reagieren. Bei Krebs ist man berührt/traurig/erschüttert. Ich bin nichts. Nicht nur nichts von diesen Optionen, sondern tatsächlich gar nichts. Außer eben überfordert, aber nicht von der Krankheit oder ihrem aktuellen Besitzer, sondern von der Falle, in die ich schon wieder getappt bin.

In einer sich wohlig und sicher anfühlenden Situation wurde ich, erneut, von einem mir nahestehenden Menschen genötigt, mich falsch zu verhalten. Ein gefühlloses Arschloch zu sein.

Und so sitze ich, panisch im Versuch, die aufbrodelnde Selbstverachtung runterzuschlucken, und letztendlich natürlich daran scheiternd, im Sand und schlucke einfach weiter.

Ich weiß nicht, wohin mit mir, Jakob bemerkt das, wenngleich er die falschen Gründe vermutet, und lässt mich vorerst in Ruhe.

Statt mich zu beruhigen, schaukelt sich mein Innerstes weiter auf. Ich versuche, auf das Meer zu sehen, mich von seiner trostlosen Weite auffangen zu lassen, aber meine Wut ist inzwischen unauffangbar. Ich habe den Punkt verpasst, an dem ich hätte abbiegen können, also sitze ich, wie so oft, hilflos in meinem eigenen Sud.

»Habt ihr Kontakt?«, frage ich Jakob nach einer Weile, nicht weil ich es wirklich wissen will, sondern weil etwas passieren muss. Notfalls Kommunikation. Jakob bemerkt den Vorwurf, den ich gar nicht erst zu verstecken versuche, in meiner Frage. Es ist nicht fair, ich bin nicht fair, es darf ja jeder selbst entscheiden, wie viel *Papa* man von seinem Erzeuger will, aber ich dachte, Jakob und ich ruderten im selben Boot. Dass dem nicht so ist, macht alles schlimmer.

»Jule, er ist mein Vater!«

»Dein Erzeuger ist er, mehr nicht. Dein Vater bin ich. Und deine scheiß Mutter auch!«

Jakob seufzt und reibt sich das Gesicht. Dann sagt er: »Ich weiß nicht, was ich dazu sagen soll.«

Dann kommt die Sonne raus und lässt das Meer komplett wertlos werden, also stehen wir auf und gehen.

Obwohl unsere Rückfahrt dem Meer den Rücken zuwendet, tritt ihre beruhigende Wirkung dennoch ein. Zumindest halbwegs. Wir trinken Tee aus Pappbechern, reden über Egales und verstecken uns vor der aktuellen Thematik. Irgendwann fängt Jakob an, auf seinem Handy rumzuspielen, und so lasse ich doch noch ein bisschen Denkerei zu. Besser hier, eingeschlossen in dieser mich in Sicherheit lullenden Zugblase, als an einem Ort, an dem ich meine Wut weniger kontrollieren kann.

Es ist kompliziert, ein greifbares Gefühl für meinen Vater einzufangen. Allein das Wort Vater macht mir Schwierigkeiten. Je weiter ich in meiner Erinnerung zurückgehe, desto schwammiger wird mein Bild von ihm. Ich versuche mich damit zu trösten, dass er ja eh nur knapp sieben Jahre mehr oder weniger aktiv in meinem Leben war, aber selbst diese eher kurze Zeitspanne müsste doch ein paar klassische Erinnerungen zulassen. Besuche im Zoo, gemeinsame Fernsehabende, Urlaube. Diese Dinge müssen stattgefunden haben, aber ich erinnere mich an nichts.

Michael wollte nie wirklich Kinder. So habe ich mir das zumindest aus diversen Erzählungen meiner Mutter und der Meer-Oma zusammengereimt. Ich habe das nicht in Frage gestellt, sondern mich damit arrangiert. Michael konnte mit mir einfach nicht so recht etwas anfangen. Ich war ein stilles Kind, vorsichtig und geduckt, lebte ich doch in einer Welt, die permanent Gefahr ausstrahlte, die offensichtlich die Macht hatte, Menschen unfassbar kaputtzumachen. Michael, der also neben einer ganz kaputten, aber wenigstens unheimlich schönen Frau, nun auch noch eine merkwürdig fragil anmutende Tochter hatte, schien überfordert von dem Leben, das er sich da eingefangen hatte. Vermutlich hätte er gern wenigstens einen Jungen gehabt. Einen klassischen Sohn, unkompliziert, jemand, mit dem man Fußball wahlweise spielen oder im Fernsehen schauen konnte, den man als Zeichen von Zuneigung einfach in den Schwitzkasten nehmen würde, jemanden, der keine Arbeit macht, zumindest nicht emotional. Einen glücklichen Sohn, als Ausgleich für seine unglückliche Frau.

Also zog er sich zurück. Von den beiden kaputten Mädchen. Er spielte uns und sich Familie vor, ging aber eigentlich seinem eigenen Leben nach, zu feige, um zu gehen, zu schwach, um zu bleiben.

Es ist nicht so, dass er nicht versuchte, eine Verbindung zu mir herzustellen. Es gab immer wieder Momente, in denen er sein stilles Kind zu animieren versuchte. Und das stille Kind, das ich war, ließ sich, teils aus kindlichem Gehorsam, teils aus dem Bedürfnis, diesem Vater-Mann irgendwie ans Herz wachsen zu wollen, animieren. Nur war mein Vater eben auch recht eingeschränkt, was seinen Bewegungsradius anging. Es musste, wenn schon kein Fußball, zumindest immer Leistung sein. Messbare Leistung. Dass ich schon sehr früh ganz gut lesen konnte, war nicht greifbar genug. Also musste ich an Vorlesewettbewerben teilnehmen. Michael wollte einen Gewinner, ganz gleich in welcher Kategorie. So wurden auch unsere seltenen Treffen nach der finalen Trennung meiner Eltern zu Wettbewerben. Spaziergänge durch Mecklenburger, später Brandenburger Wälder beispielsweise wandelte er zu kleinen Parcours um, gespickt mit Mutproben und sportlichen Hindernissen. »Ich wette, du traust dich nicht, die Hand in das Astloch zu stecken!« Ich enttäuschte Michael permanent. Ich wollte im Zoo nicht so nah mit dem Gesicht an das Spinnen-Terrarium, bis meine Nase das Glas berührte. Ich war nicht stark genug, um einen kleinen Baum hochzuklettern. Ich traute ihm nicht genug, um von Klettergerüsten in seine Arme zu springen. Ich wollte Federball zum Spaß und nicht um Punkte spielen. Ganz zerrissen von dem Bedürfnis, diesem Mann nicht nur einfach zu gefallen, sondern ihm ganz schlicht einen Erfolg *mit mir* zu schenken, und damit Daseinsberechtigung zu erlangen, und meiner Unsicherheit und eben ganz anderen Interessen und Fähigkeiten, versuchte ich alles und gewann nie.

Michael konnte seine Enttäuschung nur selten verbergen, er versuchte sich noch nicht einmal an einem pädagogisch wertvollen »Macht ja nichts!«, sondern kommentierte jeden meiner missglückten Versuche, die sich später in bockige Verweigerungen umwandelten, mit einem langgezogenen »Och Jule ...«.

Wenn ich weinte, weil ich beim ersten Mal Radfahren ohne Stützräder sofort einfach wie ein Sack zur Seite kippte und mir dabei die Knie aufgeschlagen hatte, hagelte es *Habdichdochnichtsos* und *Duhastesjanochnichtmalrichtigversuchts*.

Als ich mit Monika und Jakob nach Berlin zog und unsere Treffen immer seltener wurden, waren wir vermutlich beide erleichtert.

Ich weiß gar nicht, wessen Intention es folgte, aber bis ich Mitte 20 war, sahen wir uns dennoch einige Male. Nicht regelmäßig, aber durchschnittlich einmal im Jahr. Anfangs war sicher meine Mutter dafür verantwortlich, denn obwohl sie meinen Vater hasste, war sie schlau genug zu wissen, dass ihre Kinder eine Vaterfigur brauchen könnten. Also arrangierte sie regelmäßige Treffen, die alle Beteiligten schuldbewusst und mit eingezogenem Kopf absolvierten. Aus irgendeinem Grund trennte sie Jakob und mich dafür. Vielleicht, weil sie jedem Kind seine eigene Vater-Zeit zugestehen wollte, vielleicht weil sie wusste, dass ich in der Gegenwart von Jakob nur noch kürzere Streichhölzer ziehen würde.

Monikas Rechnung ging nie auf. Auch als ich älter wurde, waren Treffen mit Michael immer wie ein schwieriges Vorstellungsgespräch. Vor jedem Treffen sammelte ich hektisch jegliche Erfolge der vergangenen Monate in meinem Kopf zusammen, um sie Michael als attraktives Paket darbieten zu können. Jedes Mal scheiterte ich. Mal mehr, mal weniger, aber ein Scheitern war es immer. Für mich, und im Grunde auch für ihn. Aus diesem Gefühl konnte vermutlich nur Verachtung erwachsen, und das ist es eben, was aus all den Jahren übrig geblieben ist: Verachtung. Für mich, weil ich nie stark genug war, um auf meine eigene Persönlichkeit zu bestehen, und für ihn, weil er es zugelassen hat.

Also was empfinde ich für Michael unter den neuen Umständen?

Ich versuche, mich auszutricksen, und sage, leise genug, als dass Jakob es nicht versteht, aber deutlich genug, um dem Satz die nötige Realität zu geben: »Mein Vater hat Krebs.«

Ich hoffe, dass es, laut ausgesprochen, spontan das dazu passende, vor allem echte Gefühl hervorbringt.

Und das tut es: Ich fühle nichts.

9.

Es ist ein angenehmer Zufall, dass Jan, der andere Deutsche in der WG, ausgerechnet jetzt einen Heimaturlaub macht. Über einen längeren Zeitraum mit Jakob das Bett zu teilen, wäre für uns beide anstrengend. Wir haben kein Problem mit der körperlichen Nähe, wir haben unsere gesamte Kindheit gemeinsam in meinem Bett geschlafen. Diese Nähe schien damals überlebensnotwendig, jetzt aber brauche ich Platz, um zu atmen.

Wie Terezas Zimmer ist auch Jans Zimmer ein Eckraum. Durch die Dachfenster ist der Raum sogar noch heller als der in der unteren Etage. Auch Jan schläft auf einem Futon und ist recht einfach eingerichtet. Ich bin dankbar dafür; wäre Tereza mein Zimmerspender gewesen, ich wäre sicher ganz aggressiv geworden zwischen all den flauschigen Kissen und Rüschen. Nun ja, noch aggressiver.

Wobei, eigentlich fühle ich mich ganz gut.

Fast entspannt.

Allerdings ist das vielleicht doch ein bisschen übertrieben, entspannt bin ich so gut wie nie, außer ich kann in (Tim) einer Achselhöhle liegen und einfach (Tim) sein, aber das kann ich jetzt eben nicht, und selbst wenn ich es könnte, hätte ich es nicht verdient.

So einfach ist es.

Ich bin nicht hier, um mich wohlzufühlen, ich bin hier im Exil.

Nicht sicher, ob das Wort Exil meinen Zustand vernünftig beschreibt, lese ich seine genaue Bedeutung bei Wikipedia nach:

Da das Exil typischerweise auf Unfreiwilligkeit beruht, empfinden Exilanten ihren Zustand meist als unerwünscht und bedrückend. Sie streben daher in der Regel eine baldige Rückkehr ins Heimatland an, sobald der ursprüngliche Grund für den Gang ins Exil beseitigt ist, etwa durch einen Regierungswechsel. Tja nun.

Ich frage mich, wer wohl die Regierung in meinem Fall ist. Ist es Tim? Oder bin ich es am Ende selbst? De facto wurde ich von Tim ja nicht des Landes verwiesen. Nur seines Lebens. *Nur*. Wenn ich also das Problem, die Regierung, bin, wie kann ich denn dann gewechselt werden? Sofort verspüre ich Druck, die Dinge zu ändern, wiedergutzumachen, ein besserer Regierender zu sein, aber haha, wenn das so einfach wäre, dann, nun ja, wäre es eben einfach.

Ich merke, dass diese Gedankenkette das Volk in mir nur noch unzufriedener mit seiner Regierung macht, und bekomme ein starkes Bedürfnis nach Meer.

Da ich mein weniges eigenes Geld zusammenhalten muss, um nicht auf das viele hässliche fremde auf meinem Sparkonto zurückgreifen zu müssen, kann ich nicht schon wieder ans echte Meer fahren, also erhebe ich mich träge aus Jans Futon, um einen Spaziergang an das andere schöne englische Meer zu unternehmen.

London ist eine ganz merkwürdige Stadt. Sie unterscheidet sich enorm von deutschen Großstädten. Im Grunde besteht sie aus einer furchtbar präsenten City, die tatsächlich, so klischeehaft es eben klingt, mit geballtem Leben vollgepumpt ist. Wobei dieses Leben eigentlich nur aus Tourismus und Business besteht. Das gesamte Viereck, das sich aus den U-Bahn-Stationen *Piccadilly Circus, Leicester Square, Oxford Circus* und *Tottenham Court Road* bildet, ist vollgestopft mit Hektik. Hektisch shoppende und staunende Touristen, hektisch vor den Türen ihrer Büros rauchende Angestellte, hektisch diversen Hindernissen ausweichende Fahrradkuriere. Alles ist unfassbar voll und immer in Bewegung. Wenn man das zum ersten Mal erlebt, ist es ganz aufregend und auch angemessen überfordernd, wenn man die Wege allerdings halbwegs kennt, kann man sich ganz wunderbar von dieser anonymen Hektik tragen lassen. Man schwimmt tatsächlich einfach mit den verschiedenen Strömen, bis man an seinem Ziel angekommen ist. Natürlich ist es auch außerhalb dieses Bermuda-Vierecks immer noch voll von Touristen und in ihr Handy brüllenden Anzugmännern, aber zwischen diesen vier Stationen brennt es am heißesten. Und irgendwann hört es einfach auf. Irgendwann öffnet diese riesige Stadt einfach die Tore zu einer ganz anderen, leisen und unbeschreiblich tristen Welt: den Wohngebieten. Wie ein dicker Schal legen diese sich um das laute, heisere und irgendwie unangenehm pulsierende Cityleben und halten es ganz fest umschlossen. Wie eine feste, beruhigende Umarmung. *Beruhige dich erst mal, London City,* scheinen diese Außenbezirke zu sagen, *komm mal ein bisschen runter!* Denn hat man erst mal die magische Grenze, und somit *Big Ben* und den *Buckingham Palace* und *Covent Garden* und die Millionen Filialen von *Topshop* und *Sainsburys* und *Caffé Nero* hinter sich gelassen, steht man plötzlich, sobald man die U-Bahn-Station seiner Wahl, und somit noch vereinzelte Zeitungsstände und Lebensmittelläden, wenige hundert Meter hinter sich gelassen hat, in einem grauen, sich scheinbar unendlich und bräsig vor einem ausstreckenden Ozean aus zweistöckigen, trostlosen Einfamilienhäusern. Sich bis zum Horizont erstreckende Straßen, bestehend aus diesen schmalen, ganz nah aneinandergepressten Häusern, fast immer mit leicht zerfallenen Backsteinfassaden, oft nur zu unterscheiden an den Gardinen, die der jeweilige Besitzer für die winzigen, aber obligatorischen Erker gewählt hat. Hier und da ein *Tandoori Take Away*, wenn man Glück hat eine Bushaltestelle, ansonsten nur Batterien von Häusern, gepfercht in Ströme aus Straßen. Ich kenne die Engländer nicht, ich weiß nicht, ob sie es hassen, so eng und grau und irgendwie kiezlos einsam zu wohnen, oder ob sie es lieben. Der Londoner mietet nicht, er kauft. Mit einem Kredit finanziert er sich sein winziges langgezogenes Häuschen, das nach hinten raus fast immer in einen noch winzigeren Garten mündet und da gleichzeitig schon wieder einen unvermeidlichen Blick auf die Rückseite des gegenüberliegenden Häuschens bietet. Er kauft es in der scheinbar unendlichen *Inderwick Road* oder der *Mount Pleasant Road* oder jeder anderen tristen Wohnstraße außerhalb der glitzernden Innenstadt. So ist es tatsächlich. London ist innen eng und wunderschön und bunt und glitzert, und draußen ist es trist, fast melancholisch.

Und obwohl ich es liebe, mich von der hysterischen,

anonymen Masse in der Stadt mitreißen zu lassen, vielleicht hier und da ein wenig unverdienten Glitzer abzustauben, geht mein Herz erst richtig an diesem grauen Meer aus Tristesse auf.

Viel leichtfüßiger, als ich mich mit dem unzufriedenen Volk in mir fühle, hüpfe ich die Treppe ins Erdgeschoss der Wohnung herunter. Für einen Spaziergang zum Arbeiterviertelmeer werde ich Jakobs *A to Z* nicht brauchen, dennoch stecke ich ihn mir vorsichtshalber ein. Mich daran erinnernd, dass Tereza raucht, gehe ich in ihr Puffzimmer, in der Hoffnung, dort ein paar Zigaretten klauen zu können. Ich brauche eine Weile, um zu finden, was ich suche, denn, ich hätte es wissen müssen, Tereza raucht, wie sie auch sonst lebt: mädchenhaft und geschmacklos. Nachdem ich sie mehrfach übersehen habe, finde ich auf ihrer Kosmetikkommode zwei noch volle Packungen *Silk Cut Superslims*. Die eine, augenscheinlich Menthol, ist grün, die andere lila. Beide mit aufdringlich floralem Muster, gestaltet wie kleine Parfümverpackungen.

Für einen Moment bin ich zu stolz, um diese affektierten extraschmalen Lady-Zigaretten zu stehlen, andererseits sind Zigaretten in England irre teuer, und ich bin ja nun mal die Regierung, und außerdem sind es eh nur zehn Zigaretten pro Packung, ich füge also niemandem ernsthaften Schaden zu.

Ich wähle zwischen Pest (Menthol) und Cholera (Lila) und verschwinde schnell vom Ort des Verbrechens. Kurz bevor ich die Tür hinter mir schließe, nehme ich aus dem Augenwinkel Bewegung auf Terezas Bett wahr. Mir rutscht sofort das Herz in die Hose bei dem Gedanken, eventuell die schlafende Tereza übersehen und somit direkt vor ihren Augen, ihre dämlichen Kippen geklaut zu haben. Reflexartig überlege ich mir schon wieder eine halbwegs glaubhafte Erklärung für das eben Geschehene, bis mir klarwird, dass die Bewegung gar nicht von Tereza sondern von dem furchtbaren Tier kam. Ich öffne die Tür wieder ein bisschen, um mich davon final zu überzeugen und gleichzeitig etwas beruhigen zu lassen. Tatsächlich steht der Hund auf dem Bett, mit dem er bis eben so organisch verschmolzen war, dass ich ihn bereits zum zweiten Mal übersehen hatte, und streckt sich wieder ganz desinteressiert, den kleinen Hintern lasziv in die Höhe gehoben. Obwohl ich genervt bin, weil ich schon wieder so dumm auf ihn hereingefallen bin, finde ich einen kleinen Teil in mir, der diese Geste unfassbar cool findet. Sehen alle Hunde so lässig aus, wenn sie sich strecken? Oder hat nur dieses kleine Arschloch es ganz besonders drauf?

Für einen Moment empfinde ich sowohl Respekt als auch Zuneigung für das augenscheinlich permanent schlechtgelaunte, aber eben auch so schön desinteressierte Tier, schließe dann aber leise die Tür und friemle an der Zellophanverpackung der lilafarbenen Zigarettenschachtel rum, um an ihr viel zu dünnes Gold zu kommen.

Ich gehe auf die Terrasse, stecke mir dort eine Zigarette an und stehe unschlüssig rum. Ich meine, ich gehe spazieren. Da drinnen langweilt sich ein frustrierter Hund, ich könnte mal etwas Gutes tun und ihn einfach mitnehmen. In irgendeiner Welt gäbe es dafür sicher Karma-Punkte, und die Regierung würde vermutlich ziemlich gut dastehen vor ihrem verärgerten Volk. Tiere und Kinder besänftigen ja immer, notfalls auch ein ganzes Volk. Auf der anderen Seite habe ich keine Ahnung, wie man mit einem Hund spazieren geht. Läuft er einem einfach hinterher oder muss man ihn anleinen? In Berlin sind Hunde selten angeleint. Sie latschen einfach nur vor oder hinter oder neben ihrem Besitzer rum und kacken und schnüffeln und machen eben so Hundezeugs. Dieser Hund kennt (und mag) mich aber gar nicht, vermutlich würde er einfach sofort abhauen, sobald er erst mal Freiheit wittert, und dann müsste ich hinterherlaufen oder, bedeutend realistischer, später, wenn Tereza nach Hause käme, so tun, als hätte ich keine Ahnung, wo das Tier sei.

Ich bin hin- und hergerissen, da dieser Zustand aber unerträglich anstrengend und kontraproduktiv ist, beschließe ich, Nägel mit Köpfen zu machen und einfach ohne den Hund loszugehen. Ist schließlich eh mein Meer, das ich sehen will. Soll doch wer anders Gutes tun.

Der Nagel, den ich da gemacht habe, hat allerdings leider gar keinen Kopf. Eigentlich ist es noch nicht mal ein Nagel. Ich stehe also weiterhin unschlüssig rum, die Entscheidung, die ich vorgebe, getroffen zu haben, ignorierend, den unentschiedenen Zustand einfach weiter, nahezu masochistisch, ausdehnend. Um mein doofes Rumgestehe zu rechtfertigen, zünde ich mir eine weitere Zigarette an und versuche zu rauchen, ohne zu denken. Wie jemand, der sehr wohl eine echte Entscheidung getroffen hat, aber eben lässig genug ist, um sie nicht sofort ganz hysterisch umzusetzen.

Dann habe ich die Schnauze voll von mir, gehe in Terezas Zimmer und hole den Hund.

Aus Angst, ihn zu verbummeln, habe ich mich für Spaziergang mit Leine entschieden. Da in dem grellen Glitzerchaos von Terezas Zimmer weder Hundeleine noch Halsband zu finden waren, habe ich improvisiert, so dass der Hund jetzt ein Halsband aus einer alten schwarzen Baumwollunterhose von mir trägt. Ich habe ihm selbstverständlich nicht einfach einen Schlüpfer über den Kopf gezogen, wobei ich die Vorstellung ganz hübsch fand, sondern ein bisschen daran rumgeschnitten, so dass er jetzt wie ein kleines Dreieckstuch um den Hals des Hundes baumelt. Einen Leinenersatz konnte ich beim besten Willen nicht finden, ohne meine gesamte Garderobe zu zerschneiden, weshalb der Hund jetzt durch anderthalb Meter Paketschnur, die ich in der Küche unter der Spüle gefunden habe, mit mir verbunden ist. Wie ein träger, brauner Luftballon.

Ich bin ein bisschen stolz auf mich: Sowohl die Leinen-/Halsbandaction war nicht ganz leicht, als auch der Fakt, dass ich dem Hund recht nahe kommen musste, um ihn anzuleinen. Unser letzter Körperkontakt lief ja eher rabiat ab, für einen Moment zog ich also in Erwägung, das ganze Hundespaziergangding abzublasen, bevor ich wieder gebissen werde. Allerdings hatte ich da bereits eine halbe Stunde mit Halsbandbastelei verbracht, also ging ich mit besonders autoritärer Körperhaltung erneut in Terezas Zimmer. Wieder sah der Hund mich nur kurz träge an und steckte dann seine Schnauze unter seinen Schwanz. Mit so wenig Enthusiasmus hatte ich gar nicht gerechnet, weshalb ich für einen Moment ganz konsterniert war. Meine Empörung wechselte schnell zum altbekannten Ärger über mich selbst und den Umstand, dass ich überhaupt gar keine

Ahnung habe, dass nichts, was ich anpacke, einfach nur glatt funktioniert, selbst wenn ich etwas ganz Selbstloses tun möchte. Bevor ich aber in die klassische Spirale nach unten, da wo die ganz fiese Selbstverachtung wohnt und vor sich hin stinkt, rutschen konnte, riss ich mich zusammen, klatschte motivierend in die Hände und sagte laut und sehr deutlich, wie zu einem alten, tauben Menschen: »Möchtest du rausgehen?« Das Klatschen machte kurzfristig etwas mit dem Tier, seine riesigen Ohren spitzten sich, so gut sie eben konnten, und der Kopf schoss in meine Richtung. Kurz erregt von einer so ungewohnt konkreten Reaktion, klatschte ich erneut in die Hände und sagte mit fiepsiger Stimme etwas aus dem Fernsehen Erlerntes, nämlich »Ja, feeeeinnnn!« Sofort schoss eine Woge heißer Scham durch meinen Körper, um in einem vermutlich hochrotem Gesicht zu münden. Ich stehe in einem Zimmer mit Plüschkissen, eine Schachtel pinker Zigaretten in der Arschtasche, und spreche in Babysprache mit einem Hund, der mich hasst, dachte ich. Doch bevor ich meinem Selbstwertgefühl nachgeben konnte und umgehend das Zimmer verließ, reagierte der Hund wieder auf mich: die Ohren immer noch interessiert gespitzt, fing nun auch der Schwanz an zu wedeln, auch wenn sich der Körper des kleinen Arschlochprinzen immer noch in abwartend liegender Position befand und augenscheinlich noch nicht ans Aufstehen dachte. »Pass auf, Ihmchen, ich hab nicht alle Zeit der Welt, entweder willst du jetzt rausgehen oder ich gehe alleine. Deine Wahl!«, erklärte ich dem Tier so abgeklärt, wie es mir möglich war, und fügte nach ausbleibender Reaktion des Hundes und kurzem Zögern meinerseits ein unfassbar hohes und affektiertes »Ja, feeeeeiiin, willst du spazieren

gehen? Feeeeiiinnn!« hinterher. Innerhalb von Zehntelsekunden sprang das kleine Tier vom Bett und wedelte sich
dumm und dämlich vor meinen Füßen. Mit zur Sicherheit
übergezogenen Ofenhandschuhen stülpte ich ihm schnell
das Schlüpferhalsbandpaketschnurleinengebilde über und
jetzt stehe ich eben ganz stolz und noch rotohrig neben
dem Hundeballon und bin bereit für meinen ersten Hun-
despaziergang ans Meer.

10.

»Kommst du eigentlich mit deiner Kohle hin?«, fragt Jakob und zieht am Joint.

Ich versuche den Tabakkrümel zu erwischen, der sich bitter irgendwo in meinem Mund versteckt hat, und sage: »Ich gebe ja kaum was aus.«

Jakob zieht seine Augenbrauen hoch und grinst. »Eben!«

»Sorry, ich gebe natürlich was zum Essen und so dazu.«

»So meinte ich es nicht«, murmelt Jakob und gibt den Joint an mich weiter.

Natürlich hat er es so gemeint, aber er wollte es nicht so meinen, also macht er jetzt einen kleinen Rückzieher. Aber er hat ja recht. Bisher lebe ich nicht nur auf schmalem Fuß, sondern auf Kosten Dritter. Jan lässt mich umsonst in seinem Zimmer wohnen, was natürlich sehr großzügig ist, allerdings zahlen eh seine Eltern die Miete, ich stehle also nicht direkt aus seinem Mund. Aber tatsächlich habe ich es die letzten anderthalb Wochen irgendwie versäumt, Geld für Lebensmittel und allgemeinen Haushaltskram zuzuschießen. Sie sind überhaupt merkwürdig traumartig vergangen, die letzten zehn Tage.

»Wie lange willst du denn bleiben?«, tastet sich Jakob erstmals zart heran.

Ich atme tief ein und fühle mich umgehend in die Ecke gedrängt. Um nicht zu eskalieren, ziehe ich am Joint und tue so, als müsste ich erst mal den ganzen klassischen Kifferkram machen: tief inhalieren, den Rauch so lange wie möglich in der Lunge halten, dramatisch und langsam ausatmen, nachwirken lassen, versonnen irgendwo hinstarren. Als mir nichts mehr einfällt, sage ich: »Bis es eine neue Regierung gibt.«

Jakob runzelt die faltenfreie Stirn und fragt: »Wo?«

»In mir.«

»Wer wählt die?«

»Ich.«

»Du bist gleichzeitig das Volk?«

»Ja.«

»O.k.«

Für einen Moment verzeihe ich Jakob das Herantasten. Was für eine wunderbare Eigenschaft, etwas so Kompliziertes und nach außen fraglos sinnlos Erscheinendes wie diesen Regierungswechsel nicht in Frage zu stellen.

»Wer hat dich ins Exil geschickt?«, fragt Jakob nach einer Weile. Loslassen tut er aber nicht.

»Tim. Und im Grunde ich mich selbst.«

»Warum war Tim unzufrieden mit der Regierung?«

Dumm ist er auch nicht, mein kleiner Bruder. Er benutzt meine eigenen schiefen Bilder, um sich der Thematik zu nähern. Und es ist verdammt schief, das Bild, denn schließlich wird man ja immer noch, ob direkt oder indirekt, von der Regierung ins Exil geschickt. Aber darauf habe ich ja schon selbst rumgedacht.

»Wer ist denn bitteschön nicht unzufrieden mit der Regierung?«, frage ich.

Jakob ist für einen Moment still, dann sagt er: »Ich komme nicht mehr ganz mit«, und kratzt sich den Knöchel. »Aber wenn nach wie vor du die Regierung in dieser Metapher bist, dann würde ich dich weiterhin wählen!«

Ich trete ihm zärtlich gegen das Schienbein und wechsle das Thema brachial.

»Vielleicht suche ich mir einen Job.«

Jakob will mich jetzt nicht so leicht davonkommen lassen: »Was ist mit dem Geld von Michael?«

»Das weißt du.«

»Eigentlich weiß ich nichts. Nur, dass du es nicht willst. Aber nicht wirklich, warum.«

»Es ist Blutgeld.«

»Ach du meine Güte, geht es noch dramatischer, Jule?«

»Leck mich!«, sage ich, stehe auf und schnipse den noch nicht einmal halb aufgerauchten Joint hinunter auf die Straße. Das ist natürlich dumm, passt aber eben gut zu einem Abgang.

Jakob stöhnt leise genervt und sieht mir ganz bewusst nicht hinterher, während ich zurück in die Wohnung gehe. Leider komme ich nur bis zur Wohnungstür, die geschlossen ist. Wie es sich für eine richtige Wohnungstür gehört, hat sie nur innen eine Klinke, außen einen Knauf. Und sie ist eben geschlossen.

In meinem dramatischen Abgang empfindlich gestört, trete ich wie ein bockiges Kleinkind halbgar gegen die Tür, während Jakob kichert.

Ich ignoriere ihn und frage: »Hast du einen Schlüssel?«

»Nö. Der ist drin. Wie der Keil.«

Dass Jakob jetzt so entspannt ist, obwohl wir ausgeschlossen sind, nervt mich. Dass ich die Tür habe zufallen lassen, ohne, wie üblich, den zernagten Holzkeil zwischen Tür und Boden zu klemmen, nervt mich noch mehr. Nirgendwo ein Schuldiger zu finden. Außer, natürlich, in mir.

»Entspann dich, Tereza müsste demnächst nach Hause kommen. Rose kommt auch spätestens um neun.«

Ich reibe mit beiden Händen mein Gesicht und streiche dann mit dem Zeigefinger mehrfach über meine Lippen, eine Geste, die mich schon als kleines Kind immer sehr beruhigt hat. Seufzend lasse ich mich auf den zerschlissenen Korbstuhl fallen, der noch meine Po-Wärme gespeichert hat.

»Wie heißt eigentlich der Hund?«, frage ich, nachdem die Hitze in meinem Oberkörper wieder Körpertemperatur erreicht hat.

»Bruno.«

»Irgendwie albern«, sage ich, allerdings eher reflexartig, um noch das letzte bisschen Resterregung loszuwerden.

»Ach, geht auch schlimmer: Der Hund von Ruth heißt zum Beispiel Champ.«

»Wer ist Ruth?«, frage ich, da fällt mir wieder ein, dass das Michaels aktuelle (und vermutlich letzte) Frau ist, und schiebe schnell ein »Ach so« hinterher, bevor ich Jakob nötigen muss, das Pulverfass wieder zu öffnen.

»Ich war heute spazieren. Mit dem Hund.« Ihm einen, seinen, Namen zu geben, fühlt sich irgendwie falsch an.

Jakob ist ernsthaft überrascht und lacht: »Echt? Wie war das? Hast du ihn wieder mit zurückgebracht?«

»Du bist ein sehr lustiger Mann. Kannst du vielleicht schnell nach unten laufen und den Joint wieder hochholen?«

Jakob zeigt mir einen Finger, fängt dann aber an, einen

neuen Joint zu drehen. Mit dem Filter im Mund schiebt er nach: »Im Ernst, wie war das? Wart ihr im Park?«

Ein Park! Das wäre tatsächlich sinnvoll gewesen. Für einen Hund. Parks sind generell Orte, an denen Menschen mit Tieren spazieren gehen. Auf die Idee bin ich gar nicht gekommen. Andererseits war der Hund, Bruno, ja auch nur Zaungast meines eigenen Spaziergangs, und der führt nun mal nicht in den Park, sondern in die nahe gelegenen Wohnstraßen.

»Wir sind nur durch die Gegend gelatscht, um Häusermeere anzusehen. Ich wollte eigentlich ein bisschen weiter raus, nach *Finsbury* oder so, aber ich wusste nicht, ob Hunde U-Bahn fahren dürfen.«

»Und habt ihr gespielt?«

»Was sollten wir denn spielen? Wir waren spazieren.« Ich werde ein bisschen unsicher, Jakob hat so viele plötzlich ganz natürlich wirkende Möglichkeiten, einen Hund zu unterhalten, parat, dass ich das Gefühl habe, versagt zu haben.

»Ich weiß nicht, Ball werfen oder so«, schlägt Jakob vor.

»Mann, ich bin kein Hundesitter, ich wollte spazieren, dachte, die Töle muss vielleicht mal pinkeln, und dann hab ich ihn halt mitgenommen.«

»Ist ja gut. Hattet ihr Spaß?«

»Wir waren nur spazieren!«

Aber ich hatte ihn tatsächlich. Spaß. Oder eher eine schöne, stillende Form von Befriedigung. Mit so einem Hund durch die Gegend zu gehen, hat etwas angenehm Verbundenes. Auch wenn man überhaupt nicht miteinander kommuniziert, jeder seinen eigenen Bedürfnissen nachhängt (ich: mich von der schönen Tristesse des Londoner Nordens einlullen lassen, er: schnuppern und pinkeln), ist man dennoch zusammen unterwegs. *Partners in crime*, unausgesprochen, wortlos. Wie ein einsamer Cowboy, der, verkniffenen Gesichtes eine Kippe in den Mundwinkeln haltend, zusammen mit seinem treuen Gaul durch weite Steppen reitet.

Nur dass ich eine affige, schmale Damenzigarette im Mund und einen ein bisschen zappeligen Hund an anderthalb Metern Paketschnur hielt. Ob wir wohl von außen wie ein eingespieltes Team ausgesehen haben? Wie zwei coole Typen, die das jeden Tag machen, dieses gemeinsame Spazierengehen? Vermutlich hat uns die Paketschnur verraten. Ich werde unauffällig aufpassen müssen, wo Tereza die Leine versteckt.

»Machst du das jetzt regelmäßig?«, fragt Jakob, während jemand die Treppe zur Terrasse hochkommt.

»Nö. Der Hund nervt. Er ist schlechtgelaunt und hat mich sogar schon gebissen.«

Jakob sieht mich eine Weile sehr erwachsen an, ein leichtes Lächeln kräuselt sich um seine Lippen, und sagt dann, während Tereza aus dem Treppenhäuschen auf die Terrasse tritt: »Der ist wie du.«

Dass er das sagt, trifft mich. Nicht nur, weil es mich so hässlich charakterisiert, sondern weil es sich logisch anfühlt.

Tereza haucht uns ein gehetztes »Hey guys!« entgegen und schließt die Tür auf, durch die ich schnell hinter ihr verschwinde. Während ich die Treppen zu meinem/Jans Zimmer hochlaufe, höre ich, wie Tereza den Hund in ihrem Zimmer mit der gleichen piepsigen Hundestimme begrüßt, wie ich es heute Nachmittag getan habe, und spüre einen kleinen Stich.

99

11.

»Wo bist du?«

Tim klingt verunsichert und gleichzeitig unangenehm kühl.

Es ist das erste Mal, dass ich seine Stimme höre, seit wir uns auf dem Flohmarkt über Menschenmassen hinweg am Telefon angestarrt haben. Ich überlege, wie lange das jetzt her ist, und knibble dabei an der Sohle meiner Turnschuhe herum.

»Bei Jakob.«

Tims Anruf macht mich nervös. Er stört ganz empfindlich mein Exil und zwingt mich, mich mit dem Grund meiner Auswanderung auseinanderzusetzen. Ich möchte mich aber gar nicht auseinandersetzen, ich möchte bloß weiterhin in diesem stinkenden Tümpel treiben, in dem ich einfach nur *sein* kann, aber eben nicht funktionieren muss.

»Ja. Das dachte ich mir«, sagt Tim und entlässt mich wieder in die Stille dieses Telefonats. Ich knibble weiter an dem staubigen Gummi meiner Sohlen herum und entdecke einen Grashalm, der sich mit Kaugummi ins Profil gesetzt hat. Wann war ich denn auf einer Grünfläche? Oder ist das noch Berliner Gras? Vermutlich nicht, der Halm ist noch verhältnismäßig grün, es muss also englisches Gras sein, stelle ich erleichtert fest. Berlin ist nach wie vor weit weg. Vielleicht sollte ich doch mal mit dem Hund in einen Park gehen. Andererseits, wie viel Unterschied macht es für einen Hund, wenn er trotz allem an der Leine sein muss? Und frei rumlaufen lassen kann ich ihn nicht. In einem Park kann er genauso gut verbummelt gehen.

»Jule?«

»Ich bin hier«, sage ich, ganz überrascht, dass er es noch ist.

»Wollen wir drüber reden?«

Plötzlich muss ich dringend auf die Toilette. Eine rührende Geste meines Körpers, um meinen Kopf vor dem Folgenden zu schützen.

Tim am Telefon zu hören, leise und ganz unsicher, bricht feine Haarrisse in meine schöne Mauer aus Ignoranz und Verdrängung und lässt kleine Ströme aus Verlangen raussickern. Ich schaffe es nicht mehr, mich auf meine Schuhe und englischen Rasen zu konzentrieren, sondern muss plötzlich an Tims Achselhöhlen denken.

»Mir fehlt deine Achselhöhle.«

Tim ignoriert das und poltert los: »Warum ausgerechnet Andreas? Ich dachte, du hasst Andreas!«

Ich habe schon früh begriffen, was für ein mächtiges Werkzeug Sex ist.

Ich hatte es direkt während meines ersten, recht unbeholfenen Mals verstanden: Beim Sex ist alles anders als in der Zeit davor oder danach. Als würde man durch einen schweren Vorhang aus seinem aktuellen Leben heraustreten und eine andere Welt besuchen. Eine Welt, in der der

Körper der Bestimmer ist und der Kopf die Fresse halten muss. Obwohl ich mein erstes Mal mit meinem damaligen Freund Fabian hatte, also durchaus alle Zeichen auf Romantik und Liebe hätten stehen können, war die knappe Stunde des Aktes ganz anders als alles, was wir vorher miteinander teilten. Mich überraschte Fabians vollkommen ungewohnte und irgendwie unfassbare Konzentration auf mich. Nicht auf meinen Geist, natürlich nicht, wir waren 15, sondern auf meinen Körper. Ich war fasziniert davon, wie er sich, wie ein eifriger Schüler, zu schnell und viel zu aufgeregt an meinem Körper entlangtastete, seine Finger ungeduldig in Löcher und Ritzen steckte, sich alles ganz genau ansah und sich im Geiste Notizen zu machen schien. Nach klassischen Gesichtspunkten war es kein gutes erstes Mal. Obwohl wir einander Romantik vortäuschten, versuchten, unser beider erstes Mal so angemessen zu gestalten, wie wir es eben aus der *Bravo* kannten, konnten weder die *Kuschelrock*-CD noch die Kerzen auf dem Nachtisch des Bettes seiner Mutter darüber hinwegtäuschen, dass wir Zärtlichkeit nur spielten. Fabian war, nicht in böser Absicht, sondern eben unfassbar von seiner eigenen Erregung gefangengenommen, nicht besonders liebevoll und von einem eifrigen Entdeckergeist okkupiert.

Dennoch: Ich war unglaublich fasziniert. Diesen nervösen Jungen meinen ganz still und steif liegenden Körper, so ausgiebig abtasten zu fühlen, sein ganzes zerstreutes, aber eben auf mich gerichtetes Verlangen zu spüren und diese Ruppigkeit, die mit seiner pubertären Ungeduld einherging, war eine Form von hochkonzentrierter Aufmerksamkeit, die ich so nicht kannte. Mir war egal, dass sich sein Verlangen nur auf meine steife Hülle bezog, es war dennoch ich, die im Mittelpunkt stand, nichts hätte ihn in dieser Stunde von mir losreißen können.

Wäre Fabian zarter gewesen, mehr auf meinen Geist konzentriert als auf die sich neu bietenden Möglichkeiten, wären wir beide interessierter an den Gefühlen des anderen gewesen, die Büchse der Pandora wäre vielleicht geschlossen geblieben. So aber öffneten wir mir eine Tür, die ich bis heute dankbar durchschreite.

Nach Fabian hatte ich, besonders in meiner Jugend, unfassbar viel Sex. Es war eine dankbare Zeit: Alle Jungs entdeckten, von hysterischen Hormonen zerrüttet, ihre Körper, mehr aber ihr Verlangen. Es war eine Zeit, in der auf jeder Party so viel wie nur möglich getrunken wurde, im Bemühen, sexuelle Unsicherheiten und ängstliche Bedenken über Bord werfen zu können. Partys als Vorstufe alkoholgeschwängerter und plumper sexueller Raserei. Sex in Elternschlafzimmern, gebettet auf den Jacken der Partygäste, Sex auf Gästetoiletten, Sex in Hausfluren. Es war den Jungs egal, wo und mit wem, es mussten Erfahrungen gemacht und permanente Erregung abgebaut werden. Und ich war zur Stelle. Ich wusste inzwischen, dass die *Bravo* lügt, ich glaubte ihrem Serviervorschlag für Sex nicht, ich musste nicht mit Blumen oder Komplimenten umspielt und dann erobert werden. Ich war einfach da und bereit, meinen Körper zur Verfügung zu stellen.

Ich hatte wirklich viel Sex, in diesen Jahren bis ich zwanzig wurde. Danach wurde es schwerer. Jungs wurden zu Männern, ihre Bedürfnisse konkretisierten sich von sich selbst weg und zu den Frauen, mit denen sie schliefen, hin. Man fing an, nachzufragen, wo es denn schön sei, wie sich dies anfühlen und ob man jenes mögen würde. Die Hormone mit der Zeit in überschaubare und somit handhabbare Bahnen gelenkt, bekam das Miteinander beim Sex eine größere Bedeutung und machte meine persönliche Bedürfnisbefriedigung komplizierter.

Ich wollte in diesen Momenten keine konkrete Aufmerksamkeit, im Gegenteil: Ich liebte es, so unsichtbar zu sein beim Sex. Unter jemandes Hitze zu liegen und seine sexuelle Begeisterung zu beobachten, zu verschwinden in all der Lust. Diese Art von Sex stellt bis heute für mich eine Nähe her, die ich gut ertragen kann. Sex erlaubt fast alles, was ich in mir trage: Sex gewährt Wut, es ist sogar Platz für Verachtung. Bei Sex darf man nehmen statt zu geben. Sex schaltet den eigenen Kopf und die Ansprüche anderer an selbigen aus. Beim Sex interessiert es keinen, wie es in mir aussieht. Ob ich ein guter Mensch bin oder nicht. Je ignoranter mein Sparringspartner, desto entspannter bin ich in diesem Pool aus anonymer Nähe.

Ich wurde von unzählbar vielen Jungs und später Männern dankbar auf diese Art in Empfang genommen. Nach gängiger Definition vielleicht sogar ausgenutzt. Aber so ist es eben nicht. Ich benutze Sex als Türöffner für unkomplizierte Nähe. Ich lasse mir von all den geilen Arschlöchern dabei helfen, mich nicht vollkommen in meiner Wut zu verlieren. Ich weiß, wo ich ansetzen muss, um zu bekommen, was mich halbwegs zusammenhält. Ich nutze aus. Um irgendwie zu überleben.

»Es ist kompliziert, Tim«, sage ich und denke an die gleichnamige Facebook-Beziehungsstatus-Option.

»Wie kompliziert kann es schon sein?«

»Es hat nichts mit dir zu tun. Oder mit uns«, erbreche ich Plattitüden. Wie soll ich es denn besser erklären?

»Schon klar, es liegt nicht an mir, sondern an dir«, erwidert Tim, und ich bin nicht sicher, ob er damit ironisch auf meine Phrasendrescherei reagiert oder es tatsächlich so meint.

»Tim …«

»Ist er dir wichtig?«, ignoriert er meine unausgesprochene Bitte nach, nach was eigentlich? Verständnis? Verschonung?

»Wer?«

»Andreas!«

Andreas. Lustig, wie ich komplett vergessen habe, dass hinter dem anonymen Nähe-Büfett tatsächlich ein Name, ein ganzer Mensch steckt. Ich lache.

»Fick dich! Echt, fick dich, Jule!«, sagt Tim und macht Geräusche, die Leute machen, kurz bevor sie das Telefon auflegen.

Ich werde plötzlich panisch und sage lauter als nötig: »Warte!«

Tims Aufleggeräusche stoppen, sagen tut er aber nichts.

»Bist du noch da?«, frage ich, plötzlich ganz sicher, dass es jetzt überlebenswichtig ist, dass er es ist.

»Ja.«

»Kannst du es bleiben?«

»Was?«

»Da. Kannst du dableiben bitte?«

Und während ich es frage, wird es plötzlich ganz dringende Realität: Tim darf nicht gehen. Unter keinen Umständen darf ich zulassen, dass er sich abwendet und geht. Sonst ist in meinem Leben überhaupt nichts übrig, was mir Schutz gibt und was mich mag und mir ermöglicht, dass ich Dinge mag und nicht nur verachte.

»Es tut mir leid, Tim. Ich bin ein Idiot. Es ist nur tatsächlich nicht so einfach, und ich kann es nicht gut erklären, weil du es dann vielleicht nicht verstehen würdest, und es ist aber ganz wichtig, dass du es verstehst«, spreche ich hektisch ins Telefon.

»Versuch es!«, sagt Tim nüchtern. »Versuch, es zu erklären. Vielleicht verstehe ich es.«

Seine Pistole an meiner Schläfe lässt mich zusammensacken.

»Kann ich es aufschreiben?«, frage ich erschöpft.

»Mir wäre lieber nicht. Das ist wichtig. Du sagst es selbst.«

Ich fühle mich in eine Ecke gedrängt. An den Haaren aus meinem sicheren Exil-Tümpel gezogen. Ich muss reagieren, tauche ich jetzt wieder unter, dann ist über der Wasseroberfläche nichts mehr, wofür es sich aufzutauchen lohnt. Und wie lange kann man denn unter Wasser bleiben?

Hektisch versuche ich zu denken, die Verbindung zu Tim aufrechtzuerhalten, und spiele dann, vollkommen überfordert, auf Zeit:

»Kannst du dann vielleicht kommen? Hierher? Hier gibt es ein Meer!«

Der letzte Satz ist auf verschiedenen Ebenen unglaublich dumm. Erstens, weil es fast überall Meer gibt, und zweitens, weil das Meer nur mich versöhnt, nicht aber Tim.

Ich höre ihn am anderen Ende der Leitung atmen. Er macht wieder diese Geräusche, die man kurz vor dem Auflegen macht, wenn der Körper aus der Telefonierstarre erwacht und das Telefon vom Ohr genommen wird, um die rote Taste zu drücken. Aber er legt nicht auf, er windet sich nur. Vor meinem geistigen Auge sucht er zwei Enden, die er zusammenbinden kann, seine Schnürsenkel vielleicht, irgendetwas, was leichter eine Schleife bilden könnte als wir beide.

»Tim? Bitte?«

Mehr Rauschen, mehr Winden. Mehr Stille.

»Lass mich drüber nachdenken, ja?«, fragt er schließlich, und dann lasse ich ihn gehen.

12.

Ich dachte, in einem dieser von Touristen überfluteten Second-Hand-Läden im hippen *Camden Stables Market* zu arbeiten, wäre perfekt. Eine Flut an Menschen, deren Anonymität mich wahlweise tragen oder verschwinden lassen könne. Die Realität aber ist anders. Ich stehe in den engen Gängen des vollkommen mit Menschen und Kleidung zugestopften Shops und hänge die von Kunden hektisch von den Stangen gerissene und dann achtlos fallen gelassene Vintage-Kleidung wieder zurück auf ihre Bügel. Meine Chefin Gretchen (ich glaube nicht, dass das ihr richtiger Name ist, vermutlich ist sie einfach eine Marion oder Shannon, gefällt sich in ihrem Hippieshop aber besser als flatterndes Gretchen) besteht darauf, dass das schnell gehen muss und, scheinbar wichtiger als alles andere, dass alle Bügel in die gleiche Richtung zeigen müssen. Unter keinen Umständen darf ich das anders machen. Da der Laden voll ist von hysterischen Bloggermädchen, die sich jedes Mal in die Hose zu pissen scheinen, wenn sie ein Jeanshemd mit Dolly-Parton-Stickereien in die Hände kriegen, komme ich kaum damit hinterher, die eben noch so *awesome* Ware, plötzlich aber aufgrund des nächsten Fashion-Goldes wieder komplett wertlos geworden, vom

Boden aufzuklauben, vor den Tritten der vielen *Nikes* und Ankle Boots und Ballerinas zu retten und wieder sicher auf ihre Bügel zu hängen. Das allein wäre o.k. Eine Art Fließbandarbeit, die meiner Stimmung in die Hände spielt, roboterhaft funktionieren kann ich gut. Aber wo hysterische Modemädchen sind, ist eben auch Geplapper. Und vor allem Fragen. Fragen nach kleineren Größen (das ist ein Second-Hand-Laden, also nein), anderen Farben (nein), ähnlichen Modellen (da drüben). Ob ich noch etwas aus dem Lager holen könne (nein), wollen sie wissen, ob ich noch was am Preis machen könne (frag die Chefin selbst), wo es sonst noch (in ganz London?) Cowboy-Stiefeletten gebe (keine Ahnung, *Topshop*?). Hinzu kommt die irrsinnige Freude Deutscher Touristen zu erkennen, dass wir anscheinend Gleichgesinnte sind. *Ah, du kommst auch aus Deutschland? Cool! Woher? Lebst du hier richtig?* Plötzlich bin ich mit wildfremden Menschen, mit denen ich nur meine Nationalität teile, zwangsverbündet. Seit mir das an einem Tag dreimal passiert ist, spreche ich nur noch englisch. Mit jedem, vor allen mit den Deutschen. Ich habe außerdem recht schnell angefangen, diverse Anfragen von Kunden mit einem gemurmelten »Ich arbeite hier nicht« zu beantworten, eine riskante Angelegenheit, da ich dabei selbstverständlich nicht von Gretchen erwischt werden darf, der mein grundsätzlich fehlendes Funkeln eh ein Dorn im Auge ist.

Ab und zu muss sie aber sehen, dass ich mit Kunden spreche, vielleicht sogar dabei lächle, also bin ich nach einer Woche inzwischen bei einer ganz okayen Quote angekommen: In sieben von zehn Situationen behaupte ich, selbst Kunde zu sein und keine Ahnung zu haben, die restlichen drei Male mache ich meinen Job und beantworte Fragen. Lächeln tue ich nur ein Mal von dreien.

Ich sehe auf die Uhr, die neben einem dümmlich lächelnden Buddha-Bild an der Wand über den Trainingsjacken hängt, und seufze wie eine alte Frau bei der Aussicht auf noch drei Stunden Geschubse.

Morgens ist es immer ganz schön hier. Ich habe mir angewöhnt, direkt an der U-Bahn-Station *Camden Town* einen Kaffee zu kaufen, und genieße den knapp 300 Meter langen Weg zum *Camden Stables Market*. Besonders am Wochenende ist es um acht Uhr morgens angenehm ruhig entlang der *Camden High Street*. Ladeninhaber öffnen ihre Geschäfte, vereinzelt stolpern verkaterte Feiermenschen die Straßen entlang, der Markt ist noch nahezu frei von Touristen, und ich nicke den Besitzern der direkten Nachbarshops kumpelhaft zu. So früh am Morgen ist auch Gretchen meistens noch relativ entspannt. Sie spielt laut *Fleetwood Mac* und tanzt, leise mitsingend, in ihrem eigenen Laden rum, anscheinend ganz verliebt in die Idee, selbst ein bisschen wie Stevie Nicks zu sein.

Voll wird es relativ schnell, viele Touristen sind nur zum Shoppen in der Stadt, da bleibt keine Zeit für Ausschlafen und ein entspanntes Frühstück. Da wird der Wecker schön auf neun Uhr gestellt, so dass man vor dem abendlichen Rückflug mit dem Billigflieger noch schnell die gesamte *Oxford Street* und danach eben das alternative *Camden* abklappern kann. Man hat schließlich auch Lust, mal eine andere Seite der Stadt zu sehen. Und dann stehen sie ab spätestens zwölf Uhr mittags hier, zusammen mit all den anderen Leuten von der *Oxford Street*, rammen mir ihre prall gefüllten *Topshop*-Tüten zwischen die Beine und spielen alternatives Leben im aufregenden London. Schon am ersten Tag hatte ich Gretchen gefragt, ob sie all die schlimmen Leute nicht hassen würde, sie sagte einfach: »Warum? Sie zahlen meine Miete und ich kann sie mit meinen Sachen glücklich machen.« Vielleicht ist sie tatsächlich ein bisschen Stevie Nicks. Vielleicht heißt sie tatsächlich Gretchen und nicht Shannon. Vielleicht ist sie einfach nur unfassbar mit dem Leben allgemein und sich selbst im Reinen, ein Zustand, den ich abgrundtief verabscheue. Weil ich ihn einfach nicht für mich selbst herbeiführen kann.

Ich merke, dass ich immer noch auf die Uhr starre, in der einen Hand ein schillerndes Achtzigerjahre-Abschlussballkleid, in der anderen den dazugehörigen Bügel, als mein Handy klingelt. Dankbar für die Ablenkung, lege ich Kleid und Bügel auf einer Tonne, gefüllt mit Tüchern, ab, pule mein Telefon aus der Hosentasche und gehe Richtung Ausgang des riesigen Ladens. Auf dem Weg treffen sich Gretchens und meine Augen, sie runzelt die Stirn und schüttelt ganz leicht den Kopf, dann zeigt sie auf eine imaginäre Armbanduhr, um mir klarzumachen, dass private Anrufe nicht während der Arbeitszeit, sondern in meiner Pause zu erledigen sind. Diese ist allerdings schon seit einer Stunde vorbei, also zucke ich gleichzeitig entschuldigend und hilflos mit den Schultern, um zu signalisieren, dass ich mir des Vergehens bewusst, der Situation aber eben auch ausgeliefert bin, quasi ans Telefon gehen *muss*. Gretchen schüttelt erneut den Kopf, wendet sich dann aber mit einem gleißenden Lächeln einem jungen, sehr dünnen Mann in furchtbar engen Jeans zu, um seine Frage nach, ich schätze, übergroßen Wollpullis zu beantworten.

Während ich mir einen Weg nach draußen erkämpfe,

111

klingelt das Telefon weiter in meiner Hand. Ich werde es nicht rechtzeitig schaffen rauszukommen, bevor der Anrufer auflegt, daher beantworte ich es bereits auf Höhe der Jeansshorts, kurz vor dem Eingangsbereich.

»Ich bin's«, sagt Tim. »Störe ich?«

Wieder rutscht mir mein Herz in die Hose. Das muss aber auch mal aufhören, dass ich immer ganz verstört bin, wenn ich mit Tim spreche. Er ist schließlich mein wichtigster Mensch, mein Notfallkontakt im Blutspenderausweis. Aber vielleicht ist eben das das Problem: Es ist gar nicht klar, ob er jetzt kommen würde, wenn ihn ein Rettungssanitäter anrufen würde, um ihm von meinem schlimmen Unfall zu erzählen. Er würde vielleicht sagen, dass man doch Andreas anrufen solle.

Das ist natürlich Quatsch, im Notfall wäre Tim immer da. Unter allen Umständen. Immer.

Andererseits ist jetzt eben kein Notfall. Ich blute nicht, ich lebe noch, ich muss nicht gerettet werden. Nur liebgehabt unter widrigen Umständen. Dafür hat Tim, glaube ich, nicht unterschrieben.

»Neinnein, ich muss nur mal schnell aus dem Laden rauskommen, warte ne Sekunde«, sage ich ganz kurzatmig, teils weil es tatsächlich anstrengend ist, sich aus dieser dichten Menschenmenge herauszuarbeiten, und teils weil ich Angst habe vor dem, was Tim zu sagen hat. Meine Bitte, mich hier zu besuchen, ist jetzt eine Woche her. Eine Woche gefüllt mit Funkstille. Jetzt ist das zu Ende. Vielleicht nur die Stille, vielleicht alles. Für einen Moment finde ich genug Aufmerksamkeit, um mich über die Location dieser vielleicht anstehenden Trennung zu ärgern: Ich stehe direkt neben dem Chinaimbiss, der gegenüber von Gretchens Laden ist, und rieche gebratene Nudeln. Meine Augen suchen panisch einen besseren, angemesseneren Ort für dieses Gespräch mit Tim, aber es ist überall voll. Also kann ich genauso gut hier stehen bleiben.

»So. Jetzt kann ich«, sage ich ins Telefon.

»Bist du einkaufen?«, fragt Tim.

»Nein, ich bin *ver*kaufen. Ich arbeite jetzt in Camden in einem Second-Hand-Laden. Ich muss eigentlich nichts anderes machen, als Kleidung auf Bügel zu hängen. Den ganzen Tag. Es ist furchtbar«, plappere ich.

»Ah«, sagt Tim.

»Ja«, sage ich.

Ich trete nervös von einem Bein aufs andere und beschließe dann doch, den Chinaimbiss zu verlassen, um meinen Einlauf woanders in Empfang zu nehmen. Die Essensgerüche reizen meinen eh plötzlich ganz flauen Magen unerträglich, mich jetzt zu übergeben, ist das Letzte, was ich gerade gebrauchen kann, also drängle ich mich an kauenden Menschen vorbei und finde eine ruhige Ecke vor einem Antiquitätenladen, aus dem es zwar stark nach Räucherstäbchen, aber wenigstens nicht nach Essen riecht.

»Jule, ich … ähm …«

Tims Stottern schallt unangenehm laut in meinem Kopf. Es ist ein Zeichen. Kein gutes. Am Liebsten möchte ich ihm und mir das Ende der Stotterei einfach ersparen und auflegen. So käme keiner von uns in die Verlegenheit, in die dieses Telefonat abzudriften scheint. Aber ich lasse mich einfach auf einen antiken Melkschemel fallen und schließe die Augen.

»Ich … pass auf. Ich komme. Aber das heißt nichts, Jule. Wir müssen sprechen. Und du hast recht, das ist von Angesicht zu Angesicht besser. Es ist zu wichtig, um das am Telefon zu machen. Also komme ich. Aber wie gesagt: das heißt nichts. O.k.?«

Ich sehe aus den Augenwinkeln, dass Marge, die Besitzerin des Antikshops, mit einer hebenden Handbewegung klarmacht, dass ich aufstehen soll, dies hier ist keine Ausruhmöglichkeit, sondern Ware. Dann erkennt sie aber, dass ich nur die Neue von Gretchen bin, macht ein erkennendes Gesicht und lässt fünfe gerade sein. Ich nicke dankbar, stehe aber trotzdem auf, weil ich jetzt ein bisschen weine, und das kann ich Marges Kunden tatsächlich nicht zumuten.

13.

»Tut mir leid, dass ich nicht konkreter sein kann. Ich bin durcheinander. Das ist alles eine ganze Menge, Jule.«

Ich nicke und reiche Tim den Joint. Jakob hat ihn für uns gedreht und mir kommentarlos aufs Bett gelegt, damit ich ihn sofort finde, wenn wir ankommen.

Auch Tim hat sich nicht die Mühe gemacht, einen Billigflieger zu nehmen, und kam, wie ich vor vier Wochen, in *Heathrow* an. Er hat kein Gepäck dabei, also plant er nicht, lange zu bleiben. Nachgefragt habe ich aber nicht, als ich ihn am Ausgang des Gates einsammelte. Ich nahm ihn einfach in den Arm, länger als er es wollte, das konnte ich spüren. Dennoch ließ ich den richtigen Moment, ihn loszulassen, einfach verstreichen. Eine kleine Vergewaltigung, wenn man es genau nimmt, aber ich brauchte eben mehr Zeit als er, um Geruch aufzusaugen und ein bisschen Körperwärme abzuspeichern. Irgendwann wurde er dann ganz steif und ich ließ ihn wieder los.

Bis auf die üblichen Höflichkeiten über die Qualität des Fluges, die Qualität des inzwischen fast vergangenen Tages und die Qualität der Londoner Verkehrsbetriebe sprachen wir kaum, die Luft zwischen uns so dick, dass ich

mir eine Kettensäge wünschte, um ein Loch hineinzu-
sägen.

Nach fünf unfassbar langen Stationen mit der U-Bahn
war das alles so unerträglich, dass ich einfach aufgab und
steil nach vorne flüchtete. Ich wartete nicht mehr ab, bis
wir zuhause oder in einem Pub oder zumindest über der
Erde waren, ich setzte alles auf die eine Karte, die ich eh nur
besaß. Inmitten der ganzen Fremden, der ein- und ausstei-
genden Engländer, der vor Aufregung vibrierenden Besucher, goss ich all meine Kaputtheit über Tim aus, zu verlieren gab es eh kaum noch etwas.

Und so stiegen wir nicht in *Green Park* in die *Victoria
Line* um, die zur WG führt, sondern fuhren einfach mit
der *Piccadilly Line* weiter durch die gesamte Stadt bis zur
Endstation *Cockfosters*. Dort angekommen, fuhren wir
wieder in die andere Richtung zurück und stiegen nach
acht Stationen in *Finsbury Park* aus, weil keiner von uns
wieder zurück zum Flughafen wollte. Ganz erschöpft von
der knapp zweistündigen unterirdischen Fahrt und der
fehlenden Frischluft liefen wir die letzten paar Kilometer
nach Hause. Still und abgekämpft von mir und meinem
ganzen Mist spazierten wir wie müde Touristen durch
den dunklen *Finsbury Park*, wo meine Gedanken kurz Terezas Hund streiften, denn dies wäre sicher ein guter Ort
für einen Hund. Was Tims Gedanken streiften, konnte
ich nicht sagen. Fürs Erste wollte ich es auch gar nicht
wissen, zu gut fühlte sich die einsetzende Taubheit an.
Die angenehme Leere, die eben dem Abwerfen einer
schweren Last folgt. Meine Gedanken wurden immer
dünner, strichen hier und da bloß Kleinigkeiten, nahmen
nur ganz nebenbei den Geruch des indischen Imbisses

an der Hauptstraße und die ihr Kind ankeifende Mutter wahr.

Als wir den Park verließen, um nicht zu sehr von der ursprünglichen Route nach Hause abzuweichen, nahm ich Tims Hand. Es war keine Geste, nicht einmal Absicht, eher ein Reflex. Und Tims Hand ließ sich, demselben Reflex folgend, nehmen. Wir hielten uns einfach ein bisschen fest, damit niemand umfallen konnte, bis wir zu Hause waren.

»Tereza hat einen kleinen Arschlochhund«, sage ich, um Tim das Gefühl zu geben, dass ich auch nichts Konkretes von ihm einfordere. »Er ist irgendwie komisch. Aber ich hab ihn auf einen Spaziergang mitgenommen, und ich glaube, er mag mich. Auch wenn er es nicht so richtig zeigen kann.«

Ich finde den letzten Satz plötzlich sehr albern. Wie zeigen Hunde denn, dass sie einen mögen? Wobei, Knurren und Schnappen gehört vermutlich nicht dazu. Ich nehme an, dass Hunde einem das Gesicht lecken und freudig an einem hochspringen, wenn sie einen leiden mögen. Das tut Bruno tatsächlich nicht. Wie komme ich also darauf, dass er mich mag? Oh je, vielleicht habe ich das nur gesagt, damit Tim sieht, dass mich sehr wohl jemand leiden kann. Obwohl ich nicht so unfassbar liebenswert bin.

Ich fühle mich umgehend schäbig, weiß aber nicht, wie ich aus dieser Situation wieder herauskommen kann. Also erneut Flucht nach vorn: »Das war Quatsch, was ich gesagt hab. Der Hund hasst mich.«

Tim grinst und sieht mich das erste Mal, seit wir in der WG angekommen sind, direkt an.

»Warum hasst er dich?«

»Keine Ahnung. Wenn ich ihn streicheln will, leckt er sich erst ganz niedlich übers Maul, und dann knurrt er und schnappt nach mir.«

»Vielleicht will er nicht gestreichelt werden?«, schlägt Tim vor.

»Schon klar, ich würde ihn auch nicht einfach so streicheln, aber er kam an und hat mich angestupst. Ich habe nur gemacht, was er wollte, und trotzdem aufs Maul bekommen«, verteidige ich mich instinktiv.

»Er hat sich übers Maul geleckt?«

Jetzt nimmt der Hund für meinen Geschmack doch ein bisschen zu viel Platz in unserer wertvollen Zeit ein.

»Ja.«

»Er ist nur unsicher«, sagt Tim knapp.

»Er hat mich gebissen!«

»Aber er hat sich vorher übers Maul geleckt. Beobachte das mal. Das ist eine Beschwichtigungsgeste. Das bedeutet ›tu mir nichts!‹«

Ich bin verblüfft. Nicht über die Möglichkeit des unsicheren Hundes, sondern über Tims Fachwissen.

»Woher weißt du sowas?«, frage ich und lege unseren Joint auf der Lehne meines Stuhls ab, um ihn ausgehen zu lassen. Ich habe den angenehmen Druck auf der Brust bereits erreicht, mehr brauche ich vorerst nicht.

»Meine Eltern hatten einen Hund. Spike.« Tim kichert über den abgedroschenen Namen, und ich möchte ihn am liebsten dafür küssen, aber ich glaube, so weit sind wir noch nicht. Trotzdem mag ich seine aufkommende Lockerheit, also bleibe ich im Thema, um sie nicht zu zerstören.

»O.k., wenn das bedeutet, dass er unsicher ist, weshalb kommt er dann überhaupt an?«, frage ich.

»Keine Ahnung. Ist doch manchmal so. Man möchte Liebe, hat aber auch Angst davor.« Das klingt nach Menschenpsychologie, da habe ich keine Lust drauf, also konkretisiere ich: »Aber ich hab ihm gar nichts getan. Ich habe ihm über den Kopf gestrichen, und sofort gab's Ärger.«

»Was ist danach passiert?«

»Ich hab ihn beschimpft und bin gegangen.«

»Nein, wie hat er sich direkt danach verhalten? Hat er weiter gemacht? Gedroht? Die Zähne gefletscht oder geknurrt, das Fell hochgestellt, sowas?«

Erleichtert darüber, dass wir wieder das Feld der Tierpsychologie betreten haben, erzähle ich freimütig weiter: »Nein. Er hat sofort den Schwanz eingezogen und war ganz geduckt und hat sich verpisst.«

»Hm«, macht Tim und trinkt einen Schluck von seinem afrikanischen Bier, das Jakob, wie den Joint, für uns besorgt hat.

»Ist das gut oder schlecht?«, frage ich, inzwischen tatsächlich ein bisschen interessiert an der Thematik.

»Es ist merkwürdig. Es klingt, als wäre der Hund irgendwie zerrissen. Gar nicht bösartig, sondern eher ängstlich.«

Ich denke daran, wie Jakob das Verhalten des Hundes mit meinem verglichen hat, und werde traurig. So ein blödes Bild für meinen eigenen Zustand. Eins, das schon wieder ein bisschen Sinn ergibt, wenn ich es zulasse.

Ich stochere in den Resten unseres Chicken Tikka Masalas herum, das wir uns noch schnell auf der Straße gekauft hatten, und schiele zu Tim, um ein bisschen in seinem Gesicht zu lesen. Es ist dunkel auf der Terrasse, und Tim schaut, sein Gesicht von mir abgewandt, auf die Straße, daher gibt es nichts Verlässliches zu lesen. Ich kann allerdings die Weichheit seiner Gesichtszüge erkennen, die sich verstärken, wenn Tim gekifft hat. Es ist, als ob alle für die Mimik relevanten Muskeln einfach beschließen, mal eine Runde loszulassen, so dass sein Gesicht einen ganz jungfräulichen Ursprungszustand erreicht. Erst als Tim sich plötzlich zu mir umdreht, bemerke ich, dass ich aufgehört habe zu stochern und ihn nur noch anstarre.

»Wollen wir schlafen gehen?«, fragt er, und ich kappe die Sichtverbindung zu seinem Gesicht und nicke.

Durch das gekippte Fenster hört man, wie sich auf der Straße zwei Frauen anschreien. Sie sprechen in starkem Dialekt, vermutlich ein karibischer, daher kann ich nicht verstehen, worum es geht, aber sie sind laut und leidenschaftlich genug, um einen gewissen Erzürnungsgrad klarzumachen.

Tim liegt auf dem Rücken, die Hände hinter dem Kopf verschränkt, die Augen geschlossen. Wir schlafen nicht, wir liegen nur und lauschen dem Geschreie auf der Straße und in unseren Köpfen. Der schöne Druck, den Jakobs Gras auf meinen Oberkörper ausübt, lässt langsam nach. Mit ihm verschwindet auch die Taubheit und macht Platz für Verlangen.

Nicht sexueller Natur, aber Tims Achselhöhle befindet sich direkt auf Höhe meines Kopfes. Auf der Seite liegend, die Beine angewinkelt, kann ich sie ganz direkt ansehen. Ich klemme die Hände zwischen meine Knie, damit ich dem starken Bedürfnis, die Achselhöhle wenigstens mit dem Zeigefinger zu berühren, nicht nachgehen kann. Stattdessen starre ich sie eben an. Mein geheimer Ort für Ruhe und Entspannung und Zufriedenheit. Er liegt direkt vor mir, nur wenige Zentimeter von meinem Gesicht entfernt, aber er ist nicht zugänglich für mich. Nicht mehr. Oder zumindest nicht heute. Keine Ahnung.

Wie ein Hund schiebe ich meine Nase unauffällig wenige Millimeter nach vorn und schnuppere, in der Hoffnung wenigstens ein ganz kleines bisschen von diesem schönen Ort riechen zu können.

Tim seufzt, nimmt die Arme unter dem Kopf hervor und legt sie an die Seiten seines Körpers. Jetzt ist der Ort nicht nur theoretisch unzugänglich, sondern auch praktisch. Ich drehe mich auch auf den Rücken, in meiner vorherigen Position gibt es nichts mehr für mich zu holen, und sehe an die Decke.

»Was bedeutet all das für unseren Sex?«, fragt Tim plötzlich in die Stille rein.

»Was genau meinst du?«, frage ich zurück, glaube aber schon zu wissen, wohin die Reise geht. Es ist tatsächlich kompliziert. Ich habe Tim ja nicht in einem klassischen Sinne betrogen. Ich habe mir von Andreas nicht das geholt, was sich Leute normalerweise vom Fremdgehen erhoffen: Abwechslung, Befriedigung, Rache. Ich habe nicht mit ihm geschlafen, weil meine Beziehung nicht funktioniert, mir etwas fehlt. Ich bin einfach dumpf einer Gewohnheit gefolgt. Es ging ja nie um echte Intimität, geschweige denn Leidenschaft. Nicht bei mir. Es ist eher das Bedürfnis danach, nicht funktionieren oder abliefern zu müssen, aber zeitgleich auch nicht zu verschwinden. Ein ganz aktives Dasein und gesehen werden, ohne aber denken oder gar fühlen zu müssen. Der körperliche Akt und der Mensch, der ihn ausführte, waren nur das Werkzeug dafür. Und es muss eben ein spezielles Werkzeug sein. Jemand, der möglichst wenig Interesse hat, der weder erwartet noch so aufmerksam ist, dass ich danach etwas schulden könnte. Jemand wie der dumpfe Andreas eben.

Ich hatte das alles Tim schon auf Höhe der Station *Earl's Court* erklärt. Aber ich verstehe, dass es schwer zu fassen und zu verstehen ist, also erkläre ich es noch einmal, so gut ich es eben kann.

»Es hat also eigentlich sogar überhaupt nichts mit Sex zu tun, geschweige denn mit unserem. Das musst du mir glauben, Tim. Es ist nur zufällig beides der gleiche Akt, aber mit vollkommen unterschiedlicher Intention. Kannst du es dir nicht einfach so vorstellen, wie wenn andere Menschen zum Boxen gehen, für den Ausgleich und die Entladung und bestenfalls ein bisschen Gesehenwerden? Das würde dir doch auch nichts ausmachen, oder?«

Uff, das ist ein unpassendes Bild, ich merke es selbst. Aber ich kann es nicht besser sagen. Es hat nichts mit Sex zu tun. Sex mit Tim ist das, was es für normale Menschen ist: intim und echt, reales Vertrauen, reales Verlangen. Ich will geben und nicht nur nehmen, ich öffne mich und lasse in mich hinein. In jeglicher Hinsicht. Aber manchmal will ich eben nicht in mich hineinlassen. Da soll es nur von außen stark rumoren, innen muss es aber verschlossen bleiben. Diese Art von Sex will ich Tim nicht zumuten, das hat er nicht verdient.

»Das ist ein beschissener Vergleich, Jule. Boxen.« Aber er sagt es merkwürdig versöhnlich. Er hat verstanden, was das Problem ist, die Ausgangslage. Er hasst sie sehr, aber er versteht sie. Und vielleicht kann er sie ein bisschen von sich selbst differenzieren. Sie nicht persönlich nehmen.

»Dir ist klar, dass das, wenn wir weiter ein Wir sein wollen, nicht so weitergehen kann?«

Mein Herz springt kurz ob des winzigen »wenn«. Es gibt eine Möglichkeit, dass nicht alles zerstört wurde.

»Natürlich!«, antworte ich automatisch. Über die Konsequenzen werde ich später nachdenken müssen. Jetzt muss der kleine Silberstreif am Horizont Raum für Entfaltung bekommen. Unter der Decke taste ich vorsichtig nach Tims Hand. Ich finde sie, aber er ist noch nicht so weit, entzieht sie mir bei der ersten Berührung und verschränkt die Arme wieder hinter dem Kopf. Auch gut, so kann ich wieder in meine, seine, Achselhöhle sehen.

Auf der Straße ist es ruhig geworden. Die beiden Frauen haben sich entweder getötet oder sind weitergezogen. Nun rumpelt nur noch ab und zu ein Auto über die *West Green Road*, vereinzelt hört man leise Stimmen von den letzten Fußgängern der Nacht. Ein winziger Teil meines wegdösenden Hirns denkt an den halben Joint, der noch auf der Terrasse liegt. Vermutlich hat Jakob ihn aufgeraucht, als er nach Hause kam.

»Du bist so wütend. Es ist so schwer mit dir, weil du immer so wütend bist. Es ist nicht leicht, jemanden zu lieben, der sich selbst so unfassbar hasst.«

»Ich hasse mich nicht!«, sage ich, eher reflexartig und überrumpelt von Tims plötzlichem Ausbruch. »Ich hasse nur die anderen.«

»Du hasst in erster Linie dich, Jule. Lass uns ehrlich sein.«

»Aber ich hasse auch die anderen«, maule ich kleinlaut. Ich bin wieder wach und denke wehmütig an den warmen, dösigen Zustand, in dem ich mich eben noch befand.

»Vermutlich noch nicht mal zu Unrecht«, ignoriert Tim

123

meinen Wunsch, einfach wieder zusammen wegzudösen, ein schönes *Vielleicht* in der gemeinsamen Hinterhand. Ich bin erschöpft von diesem langen Abend, ich kann nicht mehr reden, vor allem nicht über etwas so Großes.

»Ich kapiere schon, was eine Monika mit einem machen kann. Oder dein Vater. Beide sind Idioten. Beide haben dich so falsch behandelt, wie man ein Kind nur falsch behandeln kann. Aber du hörst nicht auf, sie dafür zu bestrafen. Du lässt gar keinen Schorf auf dieser riesigen Wunde zu. Warum kannst du keinen Frieden machen damit? Mit diesen Menschen und am Ende auch mit dir?«

Tim klingt wie ein Therapeut. Woher hat er nur plötzlich all dieses Psychologenfachwissen? Genervt streiche ich mit beiden Händen über mein Gesicht und dann mit dem Zeigefinger über meine Lippen.

Ich möchte keinen Frieden machen. Nicht mit Monika, nicht mit Michael, nicht mit mir. Ich brauche diese Wut. Sie hält mich am Leben, ohne sie wäre alles umsonst gewesen. Ohne die Wut wären meine Eltern mit all dem einfach nur ungestraft davongekommen. Ich brauche die Wut als Signal für die Ungerechtigkeit. Ich halte sie ganz pathetisch hoch wie eine Fahne gegen das Vergessen. Verzeihen ist nicht drin. Außerdem mag ich sie, die Wut. Sie definiert meinen Umriss, ohne sie wüsste ich nicht, wer ich bin. Ohne Wut wäre ich vielleicht ein schönerer Mensch, aber auch weniger Mensch.

Weil ich nicht antworte, redet Tim weiter. »Das muss doch anstrengend sein, immer so wütend zu sein. Dauernd innendrin diesen brennenden Gummireifen mit sich rumzutragen. Wie hältst du das aus?«

Ich bin kurz abgelenkt durch das Gummireifenbild, denn

es passt ganz furchtbar gut. Gummi ist so schwer und hart und stinkt, wenn es brennt. Es ist wirklich ein ganz wunderbarer Vergleich, den Tim da gezogen hat, und ich streichle ganz schnell, wie ein Kolibri, mit der Spitze meines rechten Zeigefingers seine Achselhöhle. Dieses Mal lässt mich Tim gewähren. Um diese winzige Geste des Zugeständnisses nicht zu zerstören, zieht sich der Kolibrifinger schnell wieder zurück zwischen meine Knie.

»Du nimmst so irre viel von dem, was dir passiert, persönlich. Du suchst dauernd einen Schuldigen. Die Welt im Allgemeinen, die Dummheit anderer, irgendwas. Das muss dich doch auffressen!«

Tims Stimme hat sich verändert. Eben war sie noch ganz mahnend, jetzt ist sie warm. Vielleicht muss sie das sein, weil ich andernfalls ganz verrückt werden würde, bei all den Dingen, die er gerade auf meinen Tisch stellt, aber mir ist seine Intention egal. Ich lasse mich einfach von der Sicherheit, die seine Stimmlage nun ausstrahlt, einlullen. Ist ja eh der Moment der Wahrheit, jetzt kann ich genauso gut aufhören zu kämpfen.

»So schlimm ist es auch nicht«, versuche ich es ein letztes Mal halbgar.

»Ist es wohl. Du kannst dich fünfzehn Minuten lang aufregen, wenn dir jemand, der vor dir in den *Kaufhof* geht, nicht die Tür aufhält.«

»Aber wie schwer kann es denn sein, sich für eine Sekunde umzudrehen, um nachzusehen, ob nach mir noch jemand kommt, dem ich die Glastür direkt in die Fresse haue?« Zack. Verteidigungsmodus an.

»Wieso glaubst du automatisch, dass dieser Mensch dir persönlich Schaden zufügen will? Das ist immer deine allererste Bewertung der Situation: Was immer auch passiert, es passiert als persönlicher Angriff auf dich. Wie kommst du darauf? Was ist mit der Möglichkeit, dass dieser Mensch im *Kaufhof* zum Beispiel einfach traurig oder in Gedanken ist? Dass er einen kaputten Arm hat und es für ihn anstrengend ist, die Tür länger aufzuhalten? Selbst wenn er es ganz bewusst nicht gemacht hat, vielleicht ist es nur so, dass es ihm nicht anders beigebracht worden ist. In jedem Fall hat es nichts, wirklich nichts, mit dir zu tun! Warum also all die Wut?«

Tims Plädoyer hinterlässt mich erschrocken. Die Wärme in seiner Stimme ist verschwunden, er klingt wieder anklagend, wie ein Verteidiger der anderen. Ich bin verletzt, weil er nicht der Anwalt der anderen sein darf, sondern doch meiner sein muss, außerdem wirkt es, als würde er diese Dinge schon seit Ewigkeiten mit sich herumtragen und sie erst jetzt auf mir abladen. In die Verletzung mischt sich, und das scheint auf einmal viel wichtiger und ungleich schlimmer, Verunsicherung. Egal, wessen Anwalt Tim ist, er hat seinen Punkt recht überzeugend klargemacht, und zum ersten Mal bin ich nicht mehr so sicher, ob tatsächlich immer die anderen schuld sind. Natürlich hat Tim recht: Ich bin wirklich sehr schnell persönlich getroffen. Auch bei (und eben von) *Kaufhof*-Türen. Mein Hirn zieht unfassbar schnell die einzig mögliche Reaktion aus dem Hut: Enttäuschung. Die diversen Deutungsmöglichkeiten, die Tim angesprochen hat, haben gar keine Chance, vernünftig betrachtet zu werden. Die Wahrscheinlichkeit, dass der Mensch im Auto vor mir vielleicht Fahranfänger und daher unsicher beim Einparken, oder vielleicht einfach nur am Telefon mit seiner weinenden Frau ist und daher automatisch versehentlich zu langsam fährt, ist durchaus realistisch. Und allein der Gedanke daran versöhnt mich umgehend mit diesem traurigen/abgelenkten/unsicheren Menschen. Im echten Leben aber habe ich die Hand auf der Hupe und die Wut im Hals, bevor ich überhaupt *Liebeskummer* denken kann.

Wie machen andere Menschen das? Die Zeitspanne zwischen Aktion und Reaktion ist so unfassbar kurz. Wie soll man bei eintretender Verletzung noch die Zeit finden, um abzuschätzen, ob das Gegenüber tatsächlich aktiv verletzen wollte oder einfach nur diverse andere Faktoren zu einer Aktion geführt haben, die als Verletzung bewertet werden kann. Meine Kopfhaut fängt an zu kribbbeln, und ich werde unruhig. Ich habe das Gefühl, etwas unglaublich Wichtigem auf der Spur zu sein, und denke größer. Weg von *Kaufhof*-Türen und doofen Autofahrern. Wer drückt meine Knöpfe sonst? Monika und Michael finden vorerst keinen Platz in meinem Gedankenspiel, ich bin nicht bereit zu entdecken, dass vielleicht auch sie einfach nur verletzt oder zumindest unsicher sind. Das muss warten. Vielleicht für immer.

Aber Daniel! Der furchtbare, kleine, eitle Daniel aus Andreas' Bar. Ich verachte, wie er sich die Haare im Spiegel einölt, wie er so darum bemüht ist, jemand zu sein, *der Soul*, der er nicht ist. Sein schlechter Geschmack, seine Zielstrebigkeit. All das lege ich feinsäuberlich auf einen imaginären Seziertisch vor mir und schaue es mir unter emotionsloseren Umständen neu an.

Daniels Haare sind kompliziert, er muss sie irgendwie bändigen, warum also nicht mit einem beschissenen Haaröl seiner Wahl? Warum stresst mich eine so kleine, egale Geste? Und plötzlich kann ich ohne große Mühen aus der Entfernung sehen, dass nichts davon gefährlich für mich ist oder auch nur in meine Richtung zeigt. Ganz fasziniert arbeite ich mich weiter:

Daniel wäre gern ein ganz großer Musiker, er ist es nicht. Aber warum sollte er nicht danach streben dürfen? Sein Ziel ist nicht mein Problem. Ich spüre, dass etwas in mir rumpelt bei dem Gedanken an Daniels Ziel. Das kann ich nicht so einfach durchgehen lassen wie seine Haare beispielsweise. Ich forsche auf ganz leisen Sohlen, um niemanden in meinem Kopf aufzuschrecken, dem Gefühl hinterher. Warum stößt mich Daniels Fleiß, seine Beharrlichkeit und letztendlich auch Ausdauer, so ab? Inwieweit kommen mir diese Eigenschaften in die Quere, weshalb wirken sie so bedrohlich, dass ich umgehend darauf mit Ablehnung reagiere?

Und dann ist es plötzlich ganz einfach: weil ich so nicht bin. Weil Zielstrebigkeit eine offiziell eigentlich ganz gut bewertete, erstrebenswerte und im Grunde auch überlebenswichtige Eigenschaft ist, die ich nicht besitze.

Ich bin neidisch und als Folge daraus enttäuscht von mir. Ich verachte Daniel stellvertretend für mich. Tim hat Recht. Es sind nicht immer die anderen. Ein Teil von mir beharrt darauf, dass sie es aber ganz oft sind, nur augenscheinlich nicht immer. Manchmal bin tatsächlich ich das Problem.

Auf einmal bin ich ganz müde. Das Sezierspiel macht mir keinen Spaß mehr.

Ich drehe mich auf die Seite, weg von Tim, der auf einmal wieder ganz still ist, so, als ob das übergelaufene Fass nun wieder einen okayen Wasserstand hätte, vielleicht sogar bereit wäre, wieder ein wenig in sich aufzunehmen.

Kurz bevor ich einschlafe, bäumt sich noch etwas in mir auf, obwohl ich gar nicht sicher bin, ob Tim noch wach ist: »Weißte, kann schon sein, dass es schwerer ist, jemanden zu lieben, der sich selbst nicht mag. Aber auf der anderen Seite muss so jemand vielleicht ganz besonders liebgehabt werden. Als Unterstützung quasi. Wie Stützräder. Solche Leute brauchen Stützräder. So!«

Und dann kann ich diesen Tag endlich loslassen.

14.

»Es ist dir zu sonnig«, stellt Tim fest.

»Ja.«

»Eigentlich ganz bezeichnend, dass du es nur dann magst, wenn das Meer grau und bedrohlich ist.«

Tim malt mit den Füßen Streifen in den Sand. Beziehungsweise in den Kies, denn, wie auch in Brighton, hat der Strand von Eastbourne keinen richtigen Sand.

»Können wir bitte mit dieser ganzen Psychoanalysenummer aufhören, Tim?«, frage ich. Tim fliegt heute Abend zurück, ein Ausflug ans Meer war seine, nicht meine Idee. Obwohl ich sie natürlich goutiere. Dennoch: Ich kann nicht noch mehr kleine Stecknadeln im Kopf gebrauchen, ich bin noch ganz durcheinandergewürfelt von gestern, heute will ich Meer sehen. Notfalls gern stumm.

»Ja. Du hast recht, tut mir leid«, murmelt Tim. »Ist mir nur heute zum ersten Mal so richtig bewusst geworden.«

Ich weiß, dass Tim leidet. Unter mir und der Situation, aber ich kann auch sehen, wie reizvoll die ganzen losen Enden meiner Persönlichkeit für Tim sind. Er möchte sie zusammenführen, Sinn ergeben. Ich möchte das gern nicht. Nicht in dieser Geschwindigkeit, nicht in dieser Konsequenz. Ich muss mich erst mal an die neuen Schleifen im Kopf von gestern gewöhnen.

Ich stehe auf und klopfe mir den Kies vom Hintern. Tim hat natürlich trotzdem recht, das von einem makellos blauen Himmel gefärbte Meer interessiert mich nicht mehr. Es ist schön, aber auf eine egale Art. »Komm, wir gehen auf den Pier, ich will sehen, ob da noch mein Name steht.«

Als ich 15 war, habe ich mit der Schule einen zweiwöchigen Schüleraustausch mitgemacht. Meine ganze Klasse wurde paarweise für 14 Tage auf englische Familien verteilt, Englischunterricht und Ausflüge inklusive. Meine Freundin Franziska und ich hatten bei dieser Gelegenheit unsere Namen auf den Holzboden des Piers gekratzt. Als wir abends wieder bei unserer Gastfamilie waren, bekam ich einen beeindruckend schlimmen Durchfall. Ich erinnere mich nur deswegen daran, weil es unfassbar erniedrigend war, mit einem Wörterbuch in der Hand unserer Gastmutter zu erklären, was genau das Problem war. Ich weiß gar nicht, was danach geschah, ob es Medizin oder Hilfe irgendeiner Art gab, ich weiß nur noch, wie ich panisch, mit unfassbarem Brennen im Unterleib, versuchte, das Wort *diarrhea* richtig auszusprechen.

»Wo habt ihr es eingekratzt?«, unterbricht Tim meine Gedanken.

»Ich weiß es nicht mehr so richtig, ich glaube ganz vorne, direkt am Wasser.«

Die Seebrücke wirkt ramponiert, laut einem Schild ist ein Drittel des Piers vergangenen Sommer abgebrannt. Mir gefällt das gut, ich traue mich aber nicht mehr, es Tim mitzuteilen, die Gefahr, dass ich sofort auf seiner imaginären

Couch liege, ist mir zu groß. Allerdings schreckt mich auch die Größe des Piers ab. In meiner Erinnerung war er bedeutend kleiner und übersichtlicher, aber die Engländer kleckern nicht, was ihre Seebrücken angeht, und so erstreckt sich auch dieses Bauwerk wie ein riesiges Kreuzfahrtschiff vor uns und schüchtert mich ein.

»Ach, lass uns doch nicht draufgehen. Wir finden den Namen vermutlich eh nicht«, sage ich und drehe um, ohne abzuwarten, ob Tim mir folgt.

Ich bin merkwürdig dünnhäutig. Nicht sicher, ob es Tims Anwesenheit ist, der gestrige Abend oder die immer noch ungeklärte Situation zwischen uns beiden, aber ich möchte jetzt gern ohne Menschen sein.

Wir kaufen Tee und laufen ein bisschen am Meer lang. Wir halten uns dabei an den Händen, aber wieder erscheint das nur als ein Akt des generellen Halts, so richtig passen sie gerade einfach nicht ineinander, unsere Hände.

»Vielleicht hätten wir den Hund mitnehmen sollen«, sagt Tim. »Das hätte er sicher super gefunden hier.«

»Es ist ja nicht mein Hund, ich kann ihn nicht einfach mitnehmen, wann immer ich will.«

»Das weiß ich, aber so richtig zu kümmern scheint es ja auch niemanden, oder?« Tims Stimme ist ganz hell und unbekümmert. Er spielt mir ein bisschen Leichtigkeit vor, aber seine Hände sagen etwas anderes. Sie sind steif, und sie schwitzen. Er ist unsicher. Wie ich. Dennoch bin ich dankbar für die Mühe, die er sich macht. Also spiele ich mit, und wir reden ein bisschen über den Hund.

»Vielleicht ist er einfach frustriert. Ich meine, er sitzt den ganzen Tag in diesem furchtbaren Zimmer. Er kann noch nicht einmal Zeitung lesen oder fernsehen.«

Tim scheint sich echte Gedanken um das Tier zu machen, ein Teil von mir ist gerührt.

»Aber schlafen Hunde nicht eh dreiviertel des Tages?«, frage ich.

»Nein. Katzen machen das. Hunde brauchen Unterhaltung.«

»Ich könnte mit ihm Karten spielen.«

Tim lässt meine Hand los, was eher angenehm ist, und ich wische unauffällig unseren Schweiß an meinen Shorts ab. Aber natürlich ist die Sache mit dem Handhalten dieser Tage etwas Fragiles, also greife ich nach ein paar stummen Minuten wieder nach seiner Hand und frage: »O.k. Wie soll man denn einen Hund unterhalten?«

Tim nimmt das lose Ende, das ich ihm zuwerfe: »Spielen! Man könnte mit ihm Bälle werfen im Park!«

»Ich will den aber nicht von der Leine lassen. Er kennt mich gar nicht, was, wenn er sich einfach verpisst?«

»Hm.«

»Also doch was vorlesen?«, sage ich, drücke aber sofort Tims Hand ganz fest, damit er sie nicht wieder zur Strafe loslassen kann.

»Vielleicht könntest du ihm Tricks beibringen? So was fordert Hunde doch auch!«

»Joah.« Ich fange an, mich zu langweilen, »Wollen wir langsam zurück? Du musst ja noch packen.«

»Ich habe gar kein Gepäck. Ich muss also nicht packen. Aber wenn du willst, können wir trotzdem zurück.« Also drehen wir uns um und gehen am Strand entlang Richtung Bahnhof. »Oder wir fahren weiter nach Pevensey und kucken, wie Michael wohnt.« Jetzt drückt Tim meine Hand ganz fest, damit ich mich nicht entziehen kann.

Vor Schreck mache ich gar nichts. Ich starre nach vorn und laufe einfach weiter.

Tim hat mit mehr gerechnet, jetzt weiß er nicht, mit der Situation umzugehen: »Also wir müssen auch nicht. Ich dachte nur, wenn wir eh schon in der Nähe sind und naja, vielleicht, ach, keine Ahnung. Oder nicht. Kein Ding, echt.« Seine Hand drückt meine dabei rhythmisch pumpend, wie den Ball eines manuellen Blutdruckmessgerätes. Ich warte ein Pumpintervall ab und ziehe meine Hand bestimmt aus seiner. In der Furcht, vielleicht zu weit gegangen zu sein, wird Tim panisch: »Sorry, ich wollte nicht … ich weiß, du willst das bestimmt gar nicht, aber ich dachte … ich meine, er hat Krebs!«

»Es ist mir egal, ob er Krebs oder nur noch ein Bein hat! Warum kapiert ihr alle das nicht?«, schreie ich und höre meine Stimme unangenehm stolpern.

»Ach Jule …«

»Es. Ist. Mir. Egal! Es ist nicht mein Problem, warum versucht jeder, es zu meinem zu machen? Was soll der ganze Blut-ist-dicker-als-Wasser-Scheiß? Ich muss mich nicht dafür interessieren, dass mein Vater eine Allerweltskrankheit hat. Das ist keine verdammte Wildcard für Liebe!«

»Aber er stirbt.«

»Bullshit. Jeder, der was auf sich hält, hat Krebs! Heutzutage stirbt man nicht mehr notgedrungen daran!« Ich merke, dass ich immer noch schreie. Wie ein bockiges Kind stehe ich am Strand und keife halbgares medizinisches Wissen in den Wind.

»Jakob hat gesagt, dass er stirbt«, sagt Tim ganz leise. Ich kann ihn kaum hören, weil es so windig ist. Nicht so sehr am Meer, aber in mir drinnen.

Natürlich haben sie sich über mich unterhalten. Die beiden Erwachsenen. Über das kaputte, immer wütende Kind. Ich frage mich nur wann. Gestern kam Jakob erst, als wir schon im Bett lagen und meine Psyche fickten, heute war er schon weg, als ich aufgestanden bin. Allerdings war Tim vor mir wach. Man sprach vermutlich bei einem Morgenkaffee über mich. Und Michael.

Erst als Tim mich relativ grob in eine Umarmung zieht, merke ich, dass ich nicht nur geschrien habe, sondern nahezu hysterisch weine. Wie eine schwere Gummipuppe lege ich mich einfach an Tim ab und beobachte zunehmend fasziniert, wie mein Körper von wütenden Schluchzern durchgeschüttelt wird. Ich möchte gern etwas sagen, klarmachen, dass dies hier keine Trauer- oder Schockreaktion ist, dass ich einfach nur so furchtbar enttäuscht von der Koalition meiner zwei wichtigsten Menschen bin und unfassbar, *unfassbar* erschöpft von diesem komischen Wochenende, das sich so ungewollt und eindringlich mit mir beschäftigt hat.

Es ist nicht dasselbe wie in der Höhle meines Bettes, aber Tims Achselhöhle spendet auch bekleidet und in einem Zug einen gewissen Grad an Beruhigung, also bleibe ich, auch wenn es Tim körperlich stark einschränkt, fast die gesamte Rückfahrt unter seinem Arm eingeklemmt. Ich spüre seine Wärme und atme seinen Geruch. Mein Gesicht ist ganz geschwollen und rot, es scheint sogar irgendwie zu pulsieren, Abkühlung oder frische Luft wären sicher geeigneter für die Rückführung seines Normalzustandes, aber ich weiß nicht, wann ich das nächste Mal an diesem Ort sein darf, also nehme ich so viel Achselhöhle, wie ich kriegen kann.

Von den Umständen abgesehen, ist dies hier eine wirklich wundervolle Kombination: ein Zug und ein Tim. Erneut eine schöne *Höhle in der Höhle*-Situation. Die englische Variante meines Matroschka-Zuhauses.

15.

»Josi war auch mal in England. Für mich ist das nichts, das furchtbare Wetter, dauernd dieser Regen, und das Essen!« Monika kotzt Klischees, während ich auf einen wolkenlosen britischen Himmel sehe. Ich werde diese kleine, hässliche Terrasse vermissen. Jan ist in Aachen bei seiner Familie krank geworden, was mir weitere zehn Tage in seinem Zimmer ermöglicht, aber in einer Woche wird er wieder hier sein und dann muss ich verschwunden sein. So leidenschaftslos, wie ich fast alles mache, habe ich mir verschiedene Anzeigen für freie Zimmer angesehen. In England zahlt man wochenweise Miete, man kann also auch wochenweise einziehen, was mir eine gewisse Spontanität ermöglicht. Dennoch bin ich zurückhaltend, was eine neue Unterkunft angeht. Irgendetwas in mir zögert. Vielleicht ist es auch Zeit, wieder nach Hause zu fahren, vielleicht reichen sechs Wochen Exil für eine Läuterung? Tims Besuch tut sein Übriges. Ihn gehen zu lassen, zusätzlich noch in so fragilem Zustand, macht mich unruhig. »Der Abstand wird euch guttun«, hat Jakob gesagt, aber das ist natürlich eine recht abgedroschene Meinung. Abstand gibt Platz zum Denken und Nachfühlen, aber Denken ist der Feind von Fühlen, und ich kann nicht noch mehr Feinde gebrauchen.

Also muss ich vielleicht nach Hause, um dem Denken die Kontrolle zu nehmen. Ich muss Tim aus den Fängen seines Kopfes befreien.

Monika spricht immer noch, ich habe verpasst, wie sie von Englands Dauerregen zu ihrer verhassten Kollegin gekommen ist, aber in Monikas Welt braucht es gar keine Überleitungen, es kann also durchaus sein, dass sie einfach einen Punkt gemacht und ein neues Thema eingeleitet hat. »Ich meine, ich reiße mir echt immer den Hintern auf. Für alle. Ich denke nie an mich, immer nur daran, wie es den anderen geht, und wie wird es mir gedankt?« Es ist eine rhetorische Frage, natürlich. Die Antwort liegt auf der Hand: gar nicht. Nichts wird Monika je gedankt. Und ganz besonders wenig von Monikas Kollegin. Augenscheinlich. »Diese furchtbare Person. Furchtbar!«

Es ist leichter, mit meiner Mutter zu telefonieren, als mit ihr von Angesicht zu Angesicht zu sprechen. Ich kann meinen eigenen Gedanken nachhängen, wenn sie am Telefon ist, muss keinerlei mimische Reaktion auf die Ungerechtigkeiten der Welt liefern, rhetorische werden eh nicht erwartet. Ich lasse sie einfach auslaufen, meine Mutter, bis sie ganz leer ist.

Obwohl sie noch halbvoll zu sein scheint, überrasche ich uns beide mit einem Einwurf: »Wusstest du, dass Michael Krebs hat?«, stoppe ich ihren Wortfluss.

Am anderen Ende des Telefons ist es still. Nicht lang, dafür aber besonders laut. Dann fängt Monika sich, vor meinem inneren Auge sehe ich, wie sie sich das Haar aus dem Gesicht und dann imaginären Staub vom Knie streicht.

»Ja. Kein Wunder, so wie er lebt. Irgendwann kommt das ganze Unglück, das man anderen beschert, zu einem zurück. So sehe ich das.« Und damit scheint das Thema für sie gegessen. Aber ich lasse sie nicht gehen: »Seit wann weißt du es? Was ist es für ein Krebs? Stirbt er wirklich daran?« Auf einmal will ich es wissen, und ich bin dankbar, dass ich Monika fragen kann und nicht Jakob. Es ist einfacher, in einem so emotionslosen Gespräch die Fakten rauszufinden, als mit jemandem, den ich liebe. Jemand, der verletzt sein könnte, jemand, den ich mit meiner Reaktion verletzen könnte.

»Ach Jule …« Monika windet sich. Nicht, weil sie mich schützen will, sondern weil es ihr nicht gefällt, dass sich das Gespräch von ihr wegbewegt. Egal, wie sehr sie meinen Vater hasst, Krebs gewinnt immer im großen *Schnick Schnack Schnuck* des Lebens, und das gefällt ihr nicht. Dass Michael den ultimativen Joker in der Hand hält. Sie ist eine unfassbar kaputte Hexe.

»Monika, ich will es wissen. Mach nicht so ein Drama draus. Sag es mir einfach«, dränge ich meine Mutter und verspüre etwas Genugtuung dabei.

»Ich weiß gar nichts Genaues, und es interessiert mich auch nicht besonders.« Ein letztes Aufbäumen. Dann gibt sie ganz schnell nach: »Er hat Prostatakrebs. Josi sagt, dass das eigentlich kein besonders tödlicher Krebs ist, aber bei ihm hat er wohl schon stark gestreut. Vermutlich war sich dein Vater zu fein, sich bei einer Untersuchung an die Eier fassen zu lassen, und hat es jahrelang verschleppt. Würde ihm zumindest ähnlich sehen. Mehr weiß ich nicht.«

Ich weiß nicht, ob eine Untersuchung der Prostata das Abtasten der Hoden nötig macht, aber diese Vulgarität hat meine Mutter vermutlich in erster Linie aus Boshaftigkeit benutzt. Ich weise sie nicht darauf hin, mich stört vielmehr, dass Monika es geschafft hat, den dämlichen Josi in dieses intime Gespräch einzubinden, aber er ist eben im entfernten Sinne Mediziner.

»Wird er daran sterben? Hat Josi dazu was gesagt?«, frage ich nach. Ich tue das mit Nachdruck, ich habe keine Lust auf ein weiteres Winden meiner Mutter. Ich will unser Gespräch schnellstmöglich beenden, aber diese eine Information brauche ich noch, notfalls von Josi.

»Weißt du, Jule, wir reden nicht den ganzen Tag nur über Michael. Wir haben auch ein eigenes Leben!« Ich will sie schütteln, diese dumme, verrückte Frau. Aber ich kann auch ein ganz kleines bisschen Verunsicherung in ihrer Stimme hören. Als würde sie diese hässliche Selbstbezogenheit nur wie eine dünne, nutzlose Bastmatte vor sich halten, um sich zu schützen. Vor der Tatsache, dass ihre große, unglückliche Liebe stirbt. Für eine Sekunde bemerke ich, dass ich zum ersten Mal nicht ausschließlich reagiere, sondern vorher verschiedene Möglichkeiten der Bewertung in Erwägung ziehe. Oder es zumindest versuche. Ich spüre einen Anflug von Stolz, denke kurz an Tim, weil ich ihm mitteilen will, dass ich Dinge anders mache, aber dann ist die Sekunde auch schon vorbei, und ich zerschneide die Bastmatte meiner Mutter mit einem sehr scharfen Messer und lege das Telefon einfach auf.

Das Internet ist voll von Dingen, die man mit einem Hund machen kann, um ihn zu unterhalten. Es gibt richtigen, auf Gehorsam aufbauenden Hundesport, Suchspiele und sogar Denkaufgaben wie Hütchenspiele und ähnliches. Alles scheint mir vollkommen ungeeignet für Bruno, denn die meisten Sachen setzen ein Vertrauensverhältnis zwischen

Hund und Halter voraus. Oder zumindest das Ausbleiben des Bedürfnisses, den Menschen zu beißen.

Dennoch kriegt mich dieser fiese kleine Köter irgendwie. Eine winzige Ecke meines Herzens mag den Hund. Seine eigene, kleine Kaputtheit, seine schlechte Laune, seine Reizbarkeit.

Wir waren inzwischen auf diversen gemeinsamen Spaziergängen, für den dritten zog ich bereits keine Ofenhandschuhe mehr an, um den Hund anzuleinen. Seine Freude über einen bevorstehenden Ausflug ist so groß, dass er für den Moment seine Unsicherheit vergisst und keine körperliche Gefahr für mich darstellt. Auch ist das Anleinen inzwischen einfacher, weil ich sein komplettes Geschirr in Terezas Zimmer gefunden habe. Ein schlichtes Lederhalsband und eine schmale Leine aus schwarzem Nylon. Entweder ist die ursprüngliche Halterin mit besserem Geschmack als Tereza ausgestattet, oder das Fehlen von Rosa und Glitzer und sonstigem Schischi lässt auf die eh zu vermutende fehlende Zuneigung für das Tier schließen.

Ich gehe nach wie vor ohne das Wissen von Tereza mit dem Hund raus. Meine Zuneigung ist mir auf merkwürdige Art peinlich, das Ausführen des Tieres eine inzwischen wiederholt geheime Tat, so dass ich den Absprung zur Beichte bereits verpasst habe und nun scheinbar nicht mehr zurück kann. Nach jedem Spaziergang lege ich heimlich Tier und Leine an ihren Ursprungsplatz zurück und schleiche mich aus dem Zimmer. Mehr Beziehung gönne ich uns nicht. Ich habe nicht mehr versucht, den Hund zu streicheln. Unser Deal ist: Ich hole ihn, laufe mit ihm, bringe ihn wieder zurück. Freunde. Ohne benefits.

Dennoch verändert sich etwas in unserem pragmatischen Verhältnis. Als ich gestern Mittag aus Jans Zimmer nach unten kam, kratzte der Hund an der Tür von Terezas Zimmer. Er spürt, dass ich da bin, und verbindet inzwischen etwas mit mir. Er erwartet die Einhaltung einer sich bereits eingeschlichenen Routine.

Er kann nicht wissen, dass er damit ein kleines Knöpfchen in mir drückt. Das Verhältnis zwischen den Erwartungen anderer und mir ist gestört.

Natürlich bin ich vertraut mit fremden Erwartungen. Ich war mein ganzes Leben lang von ihnen umgeben. Vermutlich bin ich genau deswegen ganz besonders schlecht darin, sie zu erfüllen. Erwartungen üben ungeheuren Druck auf mich aus. Allein die Annahme einer solchen Erwartungshaltung lässt mich steif und nahezu handlungsunfähig zurück. So weit, so normal. Gleichzeitig ist es mir aber nahezu unmöglich, die sich vor mir aufbäumende Erwartung einfach zu ignorieren, was vermutlich der gesündeste Weg wäre, mit ihr umzugehen. Stattdessen stehe ich in ihrem großen Schatten, überwältigt von ihrem Druck und gleichzeitig gelähmt von ihrer Berechtigung. Denn machen wir uns nichts vor: Die Erwartung deines Gegenübers nicht zu erfüllen, es noch nicht mal nachvollziehbar und gut sichtbar zu versuchen, gehört sich nicht. Macht dich zu einem schlechten Menschen. Ist eine absichtliche Verletzung eines fremden, auf einem starken Bedürfnis basierenden Gefühls. In der allgemeingültigen Welt macht man das nicht. Das Ignorieren einer Erwartung führt zu einer doppelten Enttäuschung: der meines Gegenübers und meiner eigenen.

Eine klassische lose-lose-Situation.

Als ich das mal versuchte, Jakob zu erklären, diese Ambivalenz, die in mir Pingpong spielt, sagte er: »Ganz oft siehst du aber auch Erwartungen, wo gar keine sind. Wenn du die dann auch noch glaubst erfüllen zu müssen, wirst du irgendwann verrückt.«

»Irgendwann?«, hatte ich zynisch geantwortet, und dann lachten wir und wechselten vorsichtshalber das Thema.

Dass nun sogar ein Tier eine Erwartung an mich hat, fasziniert mich.

Ich schließe die Internetseite mit *Denksportaufgaben für einen ausgelassenen, glücklichen Hund* und sehe mir Videos mit Hundetricks auf *YouTube* an.

Mit gutgelaunter Zirkusmusik unterlegt, vollführt dort unter anderem ein kleiner weißer Hund ungefähr jeden Trick, den man sich so vorstellen kann: Er parkt rückwärts zwischen den Beinen seiner Halterin ein, hüpft ihr auf Kommando auf den Arm, schämt sich und springt durch Hula-Hoop-Reifen. Er sieht furchtbar lächerlich dabei aus, aber auch auf eine etwas armselige Art glücklich. Verschämt stolz, wie der Klassenbeste, bei dem es eben immer vollkommen an Coolness mangelt, aber wenigstens hat er als einziger eine Eins in Chemie.

Trotz dieser fast rührenden Armseligkeit des Protagonisten hinterlässt mich das Video aber einigermaßen beeindruckt. Ich überlege, ob ich den Hund, also meinen Hund, also Terezas Hund, schon mal habe Sitz machen sehen. Nicht in der Lage, mich daran zu erinnern, gehe ich in Terezas Zimmer, wo Bruno, durch mein die Treppe Runtergerumpel bereits erwartungsfroh mit dem Schwanz wedelnd auf dem Boden steht. Ich trete ein und halte mich nicht lange mit Smalltalk auf, sondern sage »Sitz!«.

Es passiert nichts, ich glaube nur eine leichte Verwirrung in den grünen Augen des Hundes zu sehen. So läuft das ja sonst nicht ab mit uns, da kann man schon mal irritiert sein. Ich wiederhole, dieses Mal in einer kieksigeren Version meiner Stimme, das Signal, wieder passiert nichts. »Hinsetzen!«, versuche ich es mit so viel Souveränität in der Stimme, wie ich für ein Tier aufbringen kann, aber der Hund steht weiter einfach nur vor mir, den Schwanz nur noch halb so schnell wedelnd, den Blick fest in meine Augen gerichtet.

»Ach leck mich«, sage ich und drehe mich um, als mir ein Gedanke kommt.

Wieder dem Hund zugewandt, hebe ich den Finger, weil ich das mal irgendwo im Zusammenhang mit dem Signal gesehen habe, und sage bestimmt »Sit!«. Zack, der Hund knallt seinen kleinen Hintern auf den abgelatschten Teppich des Zimmers, wo sein Schwanz wie eine Polsterbürste weiter wedelt. Ich bin zu erstaunt, um den Hund zu loben (»Immer loben! Loben Sie Ihren Hund für alles, was er in Ihrem Interesse tut!«), und starre ihn einfach nur an. Natürlich hätte ich auch früher darauf kommen können, dass er das Signal nur auf Englisch, nicht aber in einer Fremdsprache kennt, für einen Moment schäme ich mich ein bisschen, dann aber setzt ein unverhältnismäßig starkes Gefühl von Stolz ein, und obwohl ich es vollkommen unverdient tue, sonne ich mich eine Weile darin. Der Hund verliert derweil das Interesse an mir und springt wieder auf Terezas Bett, um sich in den geliebten Dekokissen zu vergraben. Von mir gibt es gerade anscheinend nichts mehr zu holen, warum sich also weiterhin mit mir aufhalten. Fair enough, denke auch ich und verlasse das Zimmer.

16.

»Wie geht's dir?«

Ich überlege und stelle fest: »Ich weiß nicht.«

Jakob rührt in Roses riesigem Topf rum, verschwindet fast in den Dämpfen des Inhaltes und hakt nach: »Du musst doch wissen, wie es dir geht?«

»Muss ich?«

»Jule …«

»O. k. Ich bin erschöpft. Ich fühle mich diffus traurig und überfordert. Als würde ich von imaginären Massen bedrängt, und gleichzeitig fühle ich mich merkwürdig zurückgelassen. Ich habe außerdem ein permanentes Bedürfnis nach Meer.«

Jakob lacht und sagt: »Na, das ist doch eine ganze Menge.«

»Ich könnte mit weniger Menge leben.«

»Ich weiß. Tut mir leid.«

»Muss dir nicht leidtun. Kannste ja nix für.«

»Tut mir leid, dass du dich so fühlst. Das klingt irgendwie einsam.«

Ich fühle dem Wort *einsam* ein bisschen hinterher, während Jakob eine große Kelle Rose-Matsch auf meinem Teller ablädt. Ich erkenne Kartoffeln und Möhren, eingefärbt

145

durch tiefbraune Soße. Womöglich hat Rose dieses Mal gar nicht karibisch gekocht.

»Was ist das?«, frage ich Jakob.

»Stew.«

»Ah.«

Schweigend löffeln wir zerfaserte Fleischklumpen in uns hinein und machen dabei schöne Abendbrotgeräusche: das zarte Klimpern des Bestecks auf dem tiefen Teller, ab und zu an unseren Zähnen. Das leise Knirschen unserer Kiefermuskeln beim Kauen und das dumpf schmatzende Schlucken in unseren Kehlen. Eine einlullende, heimelige Geräuschkulisse, die mir einerseits unglaublich fremd ist, gleichzeitig aber eben doch vertraut, als wäre sie wie eine Erinnerung an etwas, das aber nie stattgefunden hat, genetisch im limbischen System meines Hirns eingespeichert. Quasi eine unlöschbare Werksvoreinstellung wie die blöde Aktien-App auf dem iPhone.

Als wir mit dem Essen fertig sind, und somit auch mit den Geräuschen, hängen wir beidem noch ein wenig nach. Jakob lehnt sich zurück und starrt entspannt durch seinen leeren Teller hindurch, ich denke noch ein bisschen auf dem Begriff *einsam* rum.

Es ist ein schönes Wort, es trifft mein Gefühl ganz gut. Auch wenn ich mich nicht einsam im Sinne von grundsätzlich allein fühle. Es ist eher so, als hätte mich eine laute Menschenmasse innerhalb von Sekunden verlassen. Als wäre ich ein Besucher von Woodstock, und eben waren noch alle da und fröhlich und nackig und haben mich irgendwie mitgetragen, und von einer Sekunde auf die andere sind alle weg. Nur ich stehe noch mit den traurigen Resten eines Lächelns auf diesem riesigen Festivalgelände, das noch nach Aufregung und Menschen riecht, aber eben leer ist. Bis auf mich. Ich stehe da und wurde vergessen. Und jetzt weiß ich gar nicht, was ich machen soll.

»Ich weiß nicht so recht, was ich machen soll«, sage ich, ein bisschen überrascht und gleichzeitig beschämt, den Gedanken laut formuliert zu haben.

Ich reiße Jakob ganz offensichtlich aus seiner behaglichen Starrerei heraus, was mir umgehend leidtut. Denn ich störe nicht einfach nur, ich mache ein Fass auf. Offene Fässer sind nicht behaglich. Aber Jakob erkennt auch die Rarität des Momentes und lässt ihn daher nicht einfach vorbeistreichen:

»Was betreffend?«

Ich zögere. Dies ist vermutlich meine letzte Chance, das Thema jetzt doch noch schnell ziehen zu lassen, aber ich tue es nicht.

Ich atme tief ein und sage:

»Alles betreffend. Ich weiß nicht, ob ich vielleicht einfach wieder nach Hause gehen sollte, ich weiß nicht, ob das mit Tim wieder gut wird, ob ich überhaupt will, dass es wieder gut wird. Ich weiß nicht, was ich hier eigentlich wollte und ob ich es bereits bekommen habe oder nur so tue. Ich weiß nicht, wie ich mit dem ganzen Scheiß mit Michael umgehen soll, und ich weiß nicht, warum der Hund mich so hasst.«

Jakob wartet ab, er scheint das Gefühl zu haben, dass mein Fass noch tröpfelt. Ich weiß, dass es sogar erst halbleer ist (nicht halbvoll), aber ich belasse es erst einmal dabei.

Als ich nichts mehr sage, sagt er: »Dann lass uns rausfinden, was du willst. Möchtest du denn nach Hause?«

»Nein.« Ich antworte, ohne zu denken. Wie bei einem

dieser Assoziationsspiele. Dann muss die Antwort ja wohl richtig sein. Statt nach einem Warum zu fragen, sagt Jakob: »Dann bleib.«

Ach kieke, so einfach ist es manchmal, denke ich erst ironisch, dann erleichtert. Bleiben fühlt sich richtig an.

»Und willst du, dass das mit Tim wieder gut wird?«

Jakob spielt, ob bewusst oder nicht ist mir nicht ganz klar, ihm aber vielleicht auch nicht, das Spiel mit. Also bleibe ich am Ball und antworte zügig: »Ja. Aber ich bin noch nicht so weit.« Jetzt habe ich mich selbst überrascht. Ich dachte, Tim wäre noch nicht so weit. Inzwischen hat Jakob begriffen, was wir machen, und schneidet mir die Zeit zum Denken ab: »Was willst du hier?«

»Ruhe. Vor mir.«

»Funktioniert es?«

»Ein bisschen. Aber es ist noch nicht richtig. Im Sinne von fertig.«

»Was willst du von Michael?«

»Liebe.«

Ich merke, wie mir das Blut in den Kopf schießt.

»Was willst du von Michael, was er dir realistisch geben kann?«

»Erklärungen. Eine Entschuldigung.«

»Glaubst du echt, dass der Hund dich hasst?«

Ich muss lächeln: »Nein. Er ist nur frustriert. Er ist wie ich.«

Bevor Jakob »Ich hab es dir gesagt!« sagen kann, sage ich schnell: »Ich weiß.«

Jakob grinst selbstgefällig, reibt sich die Hände, schlägt sich energisch auf die Knie und steht dann auf, um das Geschirr abzuräumen.

Ich drehe uns derweil am Küchentisch zwei Zigaretten und versuche, nicht darüber nachzudenken, was wir eben aus mir herausgetrickst haben.

»Eis?«, fragt Jakob und hält zwei verschiedene Sorten hoch. Ich entscheide mich gegen *Strawberry Cheesecake* und für das mit den kleinen Schokofischen und der Marshmallowpampe drin, und wir gehen auf die Terrasse, um zu rauchen.

»Bin ich verrückt?«, frage ich nach einer Weile. Jakob hat bereits aufgeraucht und hackt nun in dem noch viel zu harten Eis rum, um an die kleinen Fische zu kommen. Er ignoriert meine dramatische Frage und sagt: »Wenn du hier noch nicht fertig bist, zieh doch runter ans Meer. Du willst da eh dauernd sein, und du kannst da genauso gut, wenn nicht sogar mehr, Ruhe haben. Und, naja, Michael ist auch da. In sicherer Entfernung. Du könntest dich ganz langsam an ihn heranscharwenzeln.«

»Naja, so viel Zeit habe ich dafür ja augenscheinlich auch nicht, oder?«

Jetzt sieht Jakob mir direkt in die Augen. »Bist du nur gemein, oder willst du tatsächlich drüber sprechen?«, fragt er, und ich stelle fest, dass ich es nicht weiß. Vorsichtshalber taste ich mich also langsam heran: »Wie viel Zeit hätte ich denn, um mich langsam heranzuscharwenzeln?«

»Keine Ahnung, ich bin ja kein Arzt. Ich schätze ein Jahr? Ruth hat sowas angedeutet.«

Ein kleiner, aber schmerzhafter Stich erinnert mich daran, dass Jakob offensichtlich in regem Kontakt steht, wenn nicht mit Michael, dann zumindest mit seiner Frau.

»Hm.« Ich nehme meinen Löffel und klaue einen kleinen

149

Schokofisch von dem winzigen Haufen, den Jakob auf dem Deckel des Eisbechers für sich gesammelt hat.

»Das sind meine Fische, fang deine eigenen!«, sagt er, aber ich weiß, dass er sie für uns beide gefangen hat. Eisfischen nennen wir das.

Es ist verrückt, aber die Möglichkeit, gar nicht hier in London, sondern im Süden Englands ein Zimmer zu suchen, ist mir trotz meiner spleenhaften Liebe zu offenem Gewässer gar nicht eingefallen. Ich lutsche den Fisch in meinem Mund und den Gedanken in meinem Kopf ein bisschen weniger kantig.

»Ist es nicht irre teuer da unten?«, frage ich Jakob.

»Naja, es ist eben England«, antwortet er. »Aber du hast ja notfalls die Kohle.«

»Vergiss es. Ich fass das Geld nicht an. Lass mich endlich in Ruhe damit.«

Jakob, der sich an mein neues, weichgelutschtes Ich für den Moment gewöhnt hatte, wird nun brüsk vor den Kopf gestoßen und geht in Deckung, man kann es seinem Körper förmlich ansehen.

Eine Weile wiegen wir still, und ein bisschen von dem plötzlichen Stimmungswechsel verunsichert, unsere Fische in dem lauwarmen Schokoeiswasser in unseren Mündern hin und her, dann sagt Jakob sehr ruhig: »Sieh es doch mal so: Du hast dir das Geld verdient. Michael hat einen ordentlichen Anteil an deiner kaputten Birne, warum sollte er nicht dafür zahlen, sie wieder ein bisschen einzurenken? Wenn es das für dich einfacher macht: Denk größer! Denk riesig! Benutze das Geld nicht nur ein bisschen, hier und da oder im Notfall, sondern hau es im großen Stil raus. Scheiß auf ein WG-Zimmer in Brighton oder Eastbourne, miete

150

dich im fucking teuersten Hotel der Stadt ein. Für einen Monat. Oder zwei. Oder was weiß ich. Bestell dir jede einzelne Mahlzeit mit Roomservice aufs Zimmer. Verschleudere die Kohle mit beiden Händen für etwas total Unerwachsenes. Spare nicht, lege es nicht schlau an, baue damit nichts auf. Nur dich! Per Definition müsste er das hassen!«

Jakob, von seiner eigenen Idee offensichtlich überrumpelt, aber auch ziemlich angezündet, sieht mich mit glänzenden Augen an, in einer Hand einen Löffel, in der anderen einen halben Liter *Ben & Jerry's Phish Food*. »Nimm den blöden Hund einfach mit! Tereza wird vor Erleichterung vermutlich den Boden küssen, auf dem du gehst. Miete ihm notfalls ein eigenes Zimmer, wenn er dich nervt. Füttere ihn mit Rinderfilet, kauf ihm Kacktüten aus Seide. Sei einfach scheiße offensiv, du hast gar nichts zu verlieren!« Mein Bruder ist jetzt nahezu hysterisch, er spuckt feinen braunen Schokosprühspeichel auf uns, aber ich merke es kaum, denn meine Kopfhaut fängt plötzlich an zu kribbeln.

Ich schlucke die inzwischen vollkommen geschmolzene Eispampe in meinem Mund endlich herunter und frage: »Denkst du echt, ich kann die Töle einfach mitnehmen?«

17.

Und wie ich kann! Jakob hat nicht übertrieben, als er meinte, Tereza würde den Boden, auf dem ich gehe, küssen, nähme ich ihr den Hund ab. Ich hatte eine sehr plausible Argumentationskette vorbereitet, die sich auf die Vorteile, die sich für Tereza ergeben würden, konzentrierte: Kein nerviges Gassi gehen, wenn sie gerade erschöpft von der Arbeit kommt, kein schlechtes Gewissen, weil der Hund zu wenig Aufmerksamkeit bekommt. Nicht, dass ich glaube, dass irgendeine Form von Gewissen vorhanden wäre, aber man kann Menschen ganz gut schmeicheln, wenn man ihnen eines zugesteht. Leider bekam meine schöne Argumentationskette gar keine Bühnenzeit, Tereza ist schon an Bord, nachdem ich erklärt habe, dass ich gern für einige Wochen den Hund mit ans Meer nehmen würde.

»Machst du Witze, Jules? Das wäre ja fantastisch. Ich will eigentlich in zwei Wochen mit den Mädels nach Ibiza, aber wegen dem blöden Köter geht das nicht, und niemand sonst will auf ihn aufpassen! Du bist ein Schatz!«

»Äh, ich will ihn nicht behalten, nur ausleihen, das weißt du schon, oder?«

Terezas Euphorie verunsichert mich ein wenig. Sie fragt

gar nicht nach, ob ich mich mit Hunden auskenne, wo genau ich hin will, wie lange ich es will und bisher ist mit keinem Wort die eigentliche Besitzerin erwähnt worden. Stattdessen hetzt Tereza durch ihr furchtbares Zimmer, in der einen Hand ein strassbesetztes Handy, in der anderen ein Bikini mit Zebramuster.

»Sollten wir nicht noch das Mädchen fragen, dem der Hund eigentlich gehört?«, frage ich, allerdings hält Tereza in diesem Moment das funkelnde Telefon an die Stelle ihrer dicken braunen Lockenstablocken, hinter der ich ihr Ohr vermute. »Anna?«, kreischt sie die Angerufene an und fährt in hysterischem Tschechisch fort, während sie mir den Rücken zudreht. Auf ihrem bejogginghosten Po stehen die Worte *juicy bitch*, und während ich nur einzelne international verständliche Worte des Telefonates, wie *Ibiza, Heathrow* und *Clubbing* verstehe, möchte ich gern das *juicy* durchstreichen. »Tereza, warte!«, versuche ich mich in das Gespräch einzuschalten, denn jetzt geht es mir ein bisschen zu schnell. »Sollten wir nicht mit der Besitzerin …« Terezas Hand sieht mit ihren bunten Acrylklauen furchterregend aus, während sie mir Einhalt gebietet, ihre Besitzerin schreit weiter Reisepläne durchs Telefon und ich habe das Gefühl, dass meine Anwesenheit nicht mehr erwünscht ist. Also verlasse ich das Zimmer, nicht ohne dem vollkommen gleichgültig dreinschauenden Hund auf dem Bett verschwörerisch zuzuzwinkern.

Der neue Plan macht mich ganz hibbelig. Er verstreut in meinem Körper eine freudige Erregung, die mir fremd und ein bisschen peinlich ist. Um sowohl das als auch sich immer wieder meldende Zweifel zurückzudrängen, bewege

ich mich schnell. Ich google Hotels in Brighton und Eastbourne, direkt nach Pevensey, wo Michael wohnt, will ich
nicht. Nachdem auch die Besitzerin des Hundes ihr Einver-
ständnis für die Leihgabe gegeben hat (es stellte sich heraus, dass auch sie zu der Ibiza-Truppe gehört), versuche ich
mir grundsätzliches Hundebedarfswissen anzueignen. Ich
habe keine Ahnung, was es braucht, wenn man ein Tier
besitzt, und so durchbreche ich zum allerersten Mal den
geheimen Bann und kaufe Dinge von Michaels Geld. Es
macht keinen Sinn, Futter bereits in London zu kaufen, um
es dann in meinem eh zu vollen Rucksack ans Meer zu
transportieren, aber ich möchte möglichst viele Nägel mit
Köpfen machen, um mich daran zu hindern, in letzter
Sekunde den Schwanz einzuziehen. Also gehen Michaels
erste wertvolle Euro für einen kleinen Sack Trockenfutter,
einen Kotbeutelspender inklusive Beutel und winzige Be-
lohnungsknochen aus Wild drauf. Ich kaufe außerdem
eine Packung Tennisbälle und ein Stück verknotetes Tau,
im Internet steht, dass manche Hunde gern zur Beruhigung darauf herumkauen. Von dem überwältigenden Angebot des riesigen *Pets At Home*-Stores eingeschüchtert,
stehe ich mehrere Minuten einfach nur rum und versuche
mich zu sammeln. Natürlich weiß ich, weswegen ich gekommen bin, ich habe sogar eine Liste gemacht, aber angesichts der Fülle bin ich nun doch nicht mehr sicher, ob
ich vielleicht doch auch ein Leuchthalsband (ja), ein Hundebett (nein), Zeckenhalsbänder (vielleicht vorsichtshalber?) oder einen Anschnallgurt fürs Auto (nein) brauche.
Kurz bevor ich aus Verlegenheit einen roten Tierpullover
kaufen kann, besinne ich mich aufs Wesentliche und frage
eine Mitarbeiterin, ob es denn wohl auch im Süden Eng-

lands Läden für Tierbedarf gibt. Ihr Gesicht macht klar, dass meine Frage eher dümmlich war, aber was weiß ich denn.

Auf dem Weg zum Ausgang finden dann doch noch eine Zeckenzange, getrocknete Schweineohren und eine Hundepfeife ihren Weg in meinen Korb. An der Kasse schäme ich mich zu sehr, um die Dinge wieder auszupacken, also zahle ich sie brav und möglichst eloquent und verlasse das Geschäft. Wie ein richtiger Hundebesitzer.

»Wann genau geht dein Zug noch mal?«

Jakob und ich sitzen auf der Terrasse und frieren. Der Sommer ist vorbei, und es ist endlich englisch geworden, das Wetter. Und wie richtige Engländer ignorieren wir den leichten Nieselregen und rauchen zusammen einen letzten London-Joint. Ich kann ihn gut gebrauchen, denn das Vibrieren der letzten Tage hat sich in unangenehm starkes Lampenfieber gewandelt. Ich bin unfassbar gut vorbereitet: Ich habe ein Zimmer in einem schönen und angemessen teuren Hotel in Eastbourne reserviert, ich habe geklärt, dass ich dort, wenn nötig, Wochen bleiben darf, und in Erfahrung gebracht, dass Haustiere (gegen Aufpreis) willkommen sind. Ich habe alles besorgt, was ein Hund braucht, um zu überleben, und ich habe meinen traurigen Rucksack gepackt. Da Jan bereits seit mehreren Tagen zurück aus dem Heimaturlaub ist, habe ich die letzten Nächte mit in Jakobs Zimmer verbracht, der Hund hingegen wohnt weiter bei Tereza, die inzwischen einfach davon ausgeht, dass ich bereits jetzt tagsüber mit ihm spazieren gehe, und daher nach der Arbeit oft gar nicht mehr nach Hause kommt. Es ist eine merkwürdige Situation mit dem Hund, es ist, als würde ich morgen heiraten, dürfte den Bräutigam aus wenig nachvollziehbaren religiösen Gründen aber erst vor dem Altar zum ersten Mal sehen. Wir zögern die ultimative Zweisamkeit bis zur letzten Sekunde hinaus.

»Mittags. Dreiviertel eins.«

»Tut mir leid, dass ich euch nicht bringen kann, normalerweise könnte ich schwänzen, aber die Vorlesung morgen ist wichtig.«

»Kein Problem, ich werde eh nicht gern zu Zügen gebracht.« Ich sage das nur so, als Geste der Höflichkeit, aber ich merke, dass ich das morgen tatsächlich alleine machen will. Jakobs Anwesenheit würde mich nur noch nervöser machen.

»Hast du Bock?«, fragt er, und für den Moment bin ich nicht sicher, ob er das große Ganze oder den Joint in seiner Hand meint. Letzteren nehme ich daher und sage: »Ich hab vor allem Schiss.«

»Wovor?« Jakobs Stimme ist ganz gepresst, weil er versucht, den Rauch so lange wie möglich in seiner Lunge zu halten, aber auch nicht den Moment, in dem ich mich öffne, versehentlich verstreichen lassen will.

»Ich weiß nicht, ob das mit dem Hund so eine gute Idee war. Was, wenn ich ihn verbummle oder kaputtmache?« Tatsächlich komme ich aus der Nummer nicht mehr raus. Alle Flüge nach Ibiza sind gebucht, niemand da, der den Hund statt meiner nehmen könnte.

»Vermutlich würde es gar keiner bemerken«, kichert Jakob, schnippst mir dann aber versöhnlich gegen die Knie. »Ich glaube wirklich nicht, dass da so viel schiefgehen kann. Besorge dir einfach die Adresse von einem lokalen

Tierarzt für den Notfall, und dann bist du besser vorbereitet, als Tereza es jemals war.«

Ein Tierarzt! Fuck. So weit hatte ich gar nicht gedacht. Ich suche nach meinem Handy, um sofort Veterinäre zu googeln. »Entspann dich, Jule. Es reicht vollkommen, wenn du das morgen machst. Und wenn du dir bei Kram nicht sicher bist, rufst du einfach Tim an. Der hat doch auch ein bisschen Ahnung, oder?«

Tim. Ja, der hat Ahnung. Ganz begeistert war er von dem neuen Plan. Meer und Hund. Beides würde mir sicher richtig, *richtig*, guttun. Es war ein merkwürdiges Telefonat, eines, das unser beider Situation vollkommen außen vor ließ und sich ausschließlich auf mich konzentrierte. Als wäre ich ein besonders fragiler Patient, dessen Bedürfnisse jetzt erst mal vor allem anderen kämen. Jemand, den man besser nicht zu fest anpackt, weil er sonst vielleicht zerbrechen könnte. Dabei werde ich lieber fest angepackt. Auch weil das Zerbrechen sich so schön vertraut anfühlt.

Nun denn, ich habe also das *Go!* aller Beteiligten, jetzt muss ich nur noch dafür sorgen, dass der Hund überlebt, und vielleicht hat Jakob recht: Wie schwer kann das denn schon sein?

In meinem Oberkörper breitet sich genau zum richtigen Zeitpunkt die erwartete Wärme von Jakobs Gras aus, und ich lasse mich ein bisschen nach hinten fallen.

18.

Ich bin ein Idiot.

Das alles war ein riesiger Fehler.

Die *Victoria Station* ist, obwohl die Zeit des Berufsverkehrs lange vorbei ist, gerappelt voll. Vielleicht wegen der umliegenden Büros und der Mittagszeit. Vielleicht einfach nur, weil es eben Londons Hauptbahnhof für alles ist. Ich stehe, einen bis zum Anschlag gefüllten 75-Liter-Reiserucksack auf den Schultern, einen Sack Hundefutter in der einen und einen Sack Hund in der anderen Hand, in der Haupthalle und möchte schreien.

Ich habe in den letzten Minuten schon sehr viel gelernt. Es ist nie gut, beide Hände voll zu haben, zum Beispiel. Ohne wenigstens eine freie Hand kann man eine ganze Menge nicht machen. Zum Beispiel Kaffee kaufen oder ihn gar trinken. Es ist auch kompliziert, ein Ticket zu kaufen, zu entwerten und wieder sicher wegzustecken. Um zumindest hin und wieder eine Hand benutzen zu können, habe ich allein in der letzten Stunde sehr oft die drei Kilo Hundefutter abgestellt und wieder aufgenommen. Wirklich sehr oft. Den Hund in der anderen Hand kann man nicht gut abstellen. Diese Hand ist also für den Rest der Reise verloren. Quasi amputiert.

Was ich außerdem gelernt habe: Auf einen Hund muss man aufpassen. Hunde passen nicht auf sich selbst auf, wenn es ein bisschen unübersichtlich wird. Zumindest nicht dieser hier. Das erste Mal habe ich das gemerkt, als ihm, keine 200 Meter von der alten Heimat entfernt, jemand auf die Pfote getreten war, als ich, einhändig, eine U-Bahn-Fahrkarte zur *Victoria Station* kaufen wollte. Der Hund wusste nicht, dass jetzt alle Beteiligten mal kurz stehen bleiben müssen, weil eben am Automaten umständlich rumgefriemelt werden muss. Der Hund dachte, mach doch, was du willst, ich habe anderthalb Meter Freiheit, ich kuck mal, was hier sonst noch geht. Der Londoner U-Bahn-nutzer hingegen interessierte sich natürlich auch nicht für eine unvorbereitete, handamputierte Deutsche mit zu viel Gepäck, er sah so weit, wie ihn seine Scheuklappen eben ließen, und zack flog er über die gespannte Leine und dann eben fast auf den Hund, so dass es eine eigentlich ganz unterhaltsame Slapstick-Kettenreaktion gab, in der erst über die Leine geflogen wurde, ich durch den Ruck fast fiel, und der Hund, erst entrüstet kuckte, dann aber, schmerzhaft getroffen, jaulte.

Der Mann, weil er eben auch nicht aus seiner englischen Haut konnte, entschuldigte sich erst sehr höflich, ohne jedoch stehen zu bleiben, und murmelte sich dann irgendetwas, was das Wort »bloody« beinhaltete, in den britischen Bart.

Ich hatte den Hund also bereits kaputtgemacht, bevor wir überhaupt den Norden Londons verlassen hatten. Nach wie vor ohne freie Hand, versuchte ich panisch einzuschätzen, ob der Hund umgehend in ein Krankenhaus muss. Weil selbiger aber vielleicht ADHS hat, würdigte er mich keines Blickes, sondern war bereits an etwas anderem interessiert, was stetes an der Leine ziehen bestätigte. Da Bruno weder humpelte noch auf sonstige Art zerstört wirkte, stempelte ich den Vorfall als harmlos ab und klemmte das Tier eine Minute später im Drehkreuz zu den Bahnsteigen ein. Wieder: Hätte der Hund ein Gespür für Stresssituationen oder nur ein wenig Konzentration, wäre das nicht passiert, aber wir sind eben kein Team, eingespielt schon gar nicht, also irrten wir als zwei überforderte Einzelspieler, verbunden durch eine Leine durch Londons Untergrund, um jetzt hier in der *Victoria Station Main Hall* rumzustehen und uns scheiße zu finden. Zumindest ich mich. Der Hund hat eine Bananenschale gefunden, die er sehr aufregend findet.

Als eine Dame mit einem enormen Rollkoffer den Hund mit selbigem fast überfährt, platzt mir der Kragen und ich ziehe das Tier ruppig an der Leine ganz nah zu mir und schreie: »Sit!« Genervt, aber tatsächlich folgsam, sieht der Hund mich an und setzt sich sofort neben mein linkes Bein. Überrumpelt davon, wie gut das geklappt hat, und auch ein bisschen stolz, zwinge ich mich kurz innezuhalten, also setze ich das Hundefutter ab und mich kurzerhand neben den Hund auf den Boden und atme tief durch.

Ich habe das hier alles bedeutend weniger unter Kontrolle, als ich dachte. Plötzlich erscheint mir nicht nur die aktuelle Reisesituation, sondern auch der Grund der Reise unglaublich dumm und unüberlegt. Ich mag London. Ich liebe meinen Bruder. Ich habe einen Job hier (den ich gar nicht gekündigt habe, fällt mir ein), und ich könnte jederzeit ein Zimmer bekommen und von meinem eigenen Geld bezahlen.

Dennoch stehe ich, mit allem, was ich in diesem Land besitze, und einigem, was ich eben noch nicht einmal besitze, an einem Bahnhof rum, um schon wieder auszuwandern. An einen Ort, der mir vollkommen fremd ist. Mit einem Tier, das mir vollkommen fremd ist. In die erschreckend greifbare Nähe eines Vaters, der mir vollkommen fremd ist.

Ich bin ein Idiot.

Ich mache einen riesigen Fehler.

19.

Aus der Entfernung sieht er unfassbar glücklich aus. Sein kleiner Hintern schwingt beim Rennen von links nach rechts, die Ohren flattern wie Fackeln im Wind hinterher, sie scheinen kaum mit dem Körper mithalten zu können.

Die Entscheidung, den Hund von der Leine zu lassen, basierte nicht auf Vertrauen, ganz und gar nicht, sondern auf Erschöpfung. Auf beiden Seiten.

Jetzt sind wir hier und hier ist ein Meer, das schön und ganz nach meinem Geschmack ist, da muss mal kurz losgelassen werden, und zwar alles. Auch der Hund. Wir haben es uns beide verdient. Zur Hölle mit einer gesunden Risikoabwägung, jetzt ist es eben, wie es ist. Entweder läuft er in diesem Tempo weiter und verschwindet somit irgendwann aus meinem Blickfeld und Leben oder eben nicht. Wir werden sehen. Solange sehe ich auf ein kühles Septembermeer und atme tief ein und aus.

Mit der Entscheidung, einfach alles durchzuziehen, ist meine Panik nicht weniger geworden. Es scheint mir immer noch wie ein Fehler, dumm und unbedacht, aber jetzt ist es zumindest ein vorerst gemachter Fehler. Wenn man es richtig drauf hat, findet man sich damit irgendwann ab, ohne dauernd über eventuelle Notausgänge nachzugrübeln. Ich bin kein guter Abfinder, aber jetzt bin ich zu müde, um *hätte hätte Fahrradkette* zu spielen. Jetzt sind wir hier und basta.

Es ist kühl, also hole ich einen Pullover aus meinem Rucksack. Wir haben noch nicht im Hotel eingecheckt, ein Schritt nach dem anderen. So sitze ich erst mal an einem fast leeren Strand inmitten einer kleinen Burg aus Gepäck und Hundefutter. Trotz Pullover ist mir kalt, aber ich möchte noch ein wenig bleiben, tatenlos sein, also ziehe ich die Knie an den Körper, damit meine Körperwärme zwischen Brust und Oberschenkel eingeklemmt werden kann, und suche mit den Augen den Hund.

Er ist weg.

Weder links noch rechts vom Wasser. Obwohl es etwas diesig ist, kann ich mehrere hundert Meter nahezu unverstellten Strand in alle Richtungen sehen, aber eben keinen Hund.

Scheiße.

Und dann werde ich einfach ganz ruhig. Ein Abfinder. So ist es jetzt eben. Hund ist weg. Entscheidung getroffen. Thank you very much, my dear.

Ich wende meinen Blick vom hundlosen Strand ab und zum Meer hin, denn das ist noch da, das kann sich so schnell gar nicht verpissen, und starre ein wenig in meine ganz angenehme Leere. Ich möchte unfassbar gern rauchen, aber meine Zigaretten sind irgendwo in meinem Rucksack und ich ganz merkwürdig, aber auch schön sediert, daher tue ich vorerst nichts, bis mir etwas von hinten schmerzhaft in die Niere sticht.

Reflexartig schlage ich hinter mich und mache damit

zum dritten Mal an diesem Tag den Hund fast kaputt. Wie auch die zwei Male davor ist der aber nur mäßig beeindruckt, im Gegenteil: Er schüttelt sich kurz und steht dann sehr aufmerksam hinter mir, die Augen aufgerissen, der Körper angespannt, die Ohren vor lauter Konzentration so weit aufgestellt, dass sie kaum noch in seine Augen hängen.

Ich überlege, ob er mich einfach in den Rücken gebissen hat, der alte Arsch, bemerke dann aber, dass der Hund einen Stock von seinem Strandausflug mitgebracht hat, den er in angespannter Erwartung nun immer wieder mit dem sandigen Maul hochhebt und hinter mir fallen lässt. Eine eindringliche Spielaufforderung, die er vielleicht schon minutenlang hinter meinem Rücken unbemerkt vollführt hat, bis mich eben der Stock traf. Er ist unfassbar dumm, der Hund. Aber er ist zurückgekommen, war nie ganz weg, und das kriegt mich sehr, also wische ich Erschöpfungstränen und Coolness mit ein und demselben Wisch weg und werfe den verdammten Stock, als wenn es kein Morgen gäbe. Und dann läuft es. Alles: der Hund, ich, das mit uns. Auf einmal ist alles gut und richtig, und ich werfe, und er rennt und bringt, und ich werfe wieder, und alles ist in schöner, befreiender Bewegung.

Ich bin ein Anpacker, ein Abfinder, ein Stöckchenwerfer, ein Hundehalter. Jemand, zu dem es sich lohnt zurückzukommen.

Ich bin vollkommen okay.

Und am Meer.

20.

Im Fernsehen läuft der Abspann der *EastEnders*, und ich muss an Rose denken, die in London vermutlich gerade ihr winziges Zimmer mit ihrem beeindruckenden Körper ausfüllt und dasselbe Programm schaut. Oder sie kocht irgendwas für den zu dünnen Jakob und holt die Folge später online nach.

Ich habe gar nicht richtig hingesehen, in meinem Zimmer am Meer war es nur einfach, nachdem alles erledigt war (ankommen, umsehen, auspacken, rauchen), zu still. Also murmelt der Fernseher schon seit zwei Stunden das bedrohliche Gefühl, ganz allein zu sein, angenehm weg.

Der Hund hilft dabei auch, so gut er kann, er schnarcht nämlich recht laut für ein so kleines Tier, während er auf einem der beiden Kopfkissen meines Doppelbettes schläft. Ich hatte etwa eine halbe Stunde damit verbracht, den idealen Platz für das freundlicherweise vom Hotel gestellte Hundebett zu finden. Von direkt vor der Tür (ich fand die Idee schlau, weil alle Beteiligten vielleicht so ein hübsches Wachhund-Gefühl bekommen könnten) über das Badezimmer (falls ihm nachts ein Missgeschick passiert) bis hin zum bisher finalen Platz im winzigen Erker des Zimmers, weil dort die Heizung ist.

Der Hund sah sich alles sehr genau und nicht uninteressiert an, sprang dann recht bestimmt aufs Bett und schlief dort einfach ein.

So richtig kapiere ich das Tier nicht, aber es ist noch da und es macht schöne Geräusche, also lasse ich es vorerst, wo es ist, und wandere etwas rastlos in meinem Zimmer umher, als mein Telefon klingelt.

»Wie ist es?«, fragt Jakob, im Hintergrund höre ich Rose »Sag hallo von mir!« rufen.

Wusste ich es doch, Rose muss die *EastEnders* nachholen, weil erst Jakob gefüttert werden muss.

»Was gibt es bei euch?«, frage ich, ein leises Gefühl von Heimweh, so gut es geht, ignorierend.

»Kokosreis mit Hühnchen.« Jakob sagt das ein bisschen gequält, was darauf schließen lässt, dass sein Abendbrot besser klingt, als es zumindest aussieht.

Ich habe den ganzen Tag vergessen zu essen, erst jetzt bemerkt auch mein Körper das Defizit und verlangt zickig nach Nahrung. Ich freue mich über diesen neuen Programmpunkt, mein Gefühl, bereits alles getan zu haben, was hier heute eben zu tun ist, hat mich ganz gelähmt, aber jetzt ist Schluss damit, jetzt besorge ich Essen! Mein Leben ist sehr aufregend!

»Jetzt sag, wie ist es? Ist das Zimmer gut? Ist das Meer so, wie du es willst? Hast du mein Geschenk gefunden?«

»Ein Geschenk? Nein. Wo ist es?«

»Wirst du schon noch finden. Jetzt erzähl ein bisschen!«

Ich schildere Jakob so gut es geht unsere furchtbare Anreise, spare aber alle Zweifel am großen Ganzen aus. Ich beschreibe ihm das Zimmer, in dem ich jetzt wohne, und erzähle, wie überaus zuvorkommend das Hotelpersonal ist.

166

»Sie haben mir sogar eine kleine Kochplatte ins Zimmer gestellt, damit ich nicht dauernd essen gehen muss!«

Jakob lacht, sagt dann aber: »Das passt nicht zu unserem Plan, Michaels Geld zu verschleudern. Du musst mindestens zwei nicht von dir selbst zubereitete Mahlzeiten am Tag kaufen.«

»Oder ich lasse mich beim Hundekacke-nicht-ordnungsgemäß-entsorgen erwischen. Das kostet 1000 Pfund Strafe, unglaublich, oder?«

Als ich das dementsprechende Schild an der Strandpromenade gesehen hatte, glaubte ich an einen Druckfehler, gleichzeitig tastete ich aber eingeschüchtert meine Hosentasche nach den kleinen Plastiktüten ab, die ich bereits in London gekauft hatte.

Jakob kriegt sich gar nicht mehr ein: »Mach das! *Mach das!* Das wäre ja wohl das Allertollste, dafür Geld auszugeben. Lass den Hund nach Lust und Laune kacken! Und lass dich schön erwischen!«

Ich muss ein bisschen schmunzeln, weil ich über diese attraktive Möglichkeit noch gar nicht nachgedacht habe, allerdings kann ich mir gar nicht vorstellen, dass die höflichen Engländer es tatsächlich so weit kommen lassen würden. Sie würden mich vermutlich sehr distinguiert auf das Problem aufmerksam machen, und ich würde relativ schnell schamvoll einknicken und gehorsam kleine Kacke-Eier mit meinen Kotbeuteln aufsammeln.

»Kann sein, dass ich mich nicht traue, das durchzuziehen«, gebe ich zu.

»Warum nicht? In Berlin ist die ganze Stadt zugeschissen und niemanden stört es. Seit wann bist du so obrigkeitshörig?«, ereifert sich Jakob mit imaginär zum Kampfe erhobener Faust, aber zwischen den Worten höre ich ihn immer noch kichern.

»Keine Ahnung. Ich bin ja hier nur Gast. Und ich will nicht auffallen. Im Gegenteil, ich möchte ja eigentlich ein bisschen verschwinden.«

»Ach, Jule.«

»Ach, Jakob.«

»Geht's denn dem Hund gut?«, wechselt Jakob das Thema.

»Er ist abgehauen«, sage ich die halbe Wahrheit, um mich ein wenig zu rächen.

»Fuck, was?«, jetzt kichert Jakob gar nicht mehr, was mir für einen Moment Befriedigung verschafft.

»Jupp. Am Meer. Ich hab ihn von der Leine gelassen, weil ich dachte, er müsse mal rennen, und naja dann ist er gerannt und war einfach weg.«

»Und? Jetzt ist er aber wieder da, oder?« Jakob klingt ungeduldig und ein bisschen besorgt.

Ich zünde mir eine Zigarette an, um den Moment noch ein wenig hinauszuzögern.

»Jule?!«

»Ja, Mann. Wieder da. Alles gut.«

»Du bist eine blöde Zicke.«

»Fehle ich dir?«, frage ich herausfordernd und schicke ein ganz kleines »Du fehlst mir« hinterher.

»Erzähl keinen Quatsch. Du bist erst einen halben Tag weg!«

Ich schweige und beobachte Bruno, der sich inzwischen sehr entspannt auf den Rücken gedreht hat, wo ich einen guten Blick auf ein paar winzige Hoden habe. Bruno. Ich finde es immer noch komisch, dass der Hund auch einen

Namen hat. Er passt gar nicht zu ihm. In meinem Kopf ist er immer nur *der Hund*. Ich habe ihn noch nicht ein einziges Mal mit Namen angesprochen. Ich überlege, ob ich ihn überhaupt schon mal direkt angesprochen habe.

»Im Ernst, Jule: Das wird toll! Es ist richtig, dass du das machst. Ich bin ganz stolz.«

»Ja.«

»Los, schieß dir was Teures zu essen. Mach Brandflecken in die Bettwäsche. Lass den Hund die Stadt zukacken. Starre auf dein Meer!«

Der kleine Erker des Zimmers ist mit einem winzigen, runden Tisch und zwei gepolsterten Stühlen möbliert. Ich habe die schmale Vase mit Teerosen, eine Dekoschale auf Spitzendeckchen und diverse Broschüren durch meinen Laptop und einen Aschenbecher ersetzt, so dass der Tisch nun aussieht, als würde er einem Autor gehören, der sich ans Meer zurückgezogen hat, um in Ruhe einen weiteren Bestseller fertigzustellen. Der Blick aufs unverstellte Meer durch die von schweren Vorhängen eingerahmten Fenster verstärkt diesen Eindruck um ein Vielfaches, und so sitze ich, wie ein Schreiberling mit Blockade, auf einem der beiden Stühle, warte, die Hände auf dem Schoß gefaltet, auf mein Essen vom Zimmerservice und tue, wie mir geheißen: aufs Meer starren.

Nur kriegt es mich heute nicht. Ich starre und starre, aber ein Gefühl von Wohligkeit will sich einfach nicht einstellen. Also ziehe ich, wie um das Meer zu bestrafen, die Vorhänge zu, und öffne meinem anklopfenden Clubsandwich die Tür.

169

Die extreme Freundlichkeit der Engländer, insbesondere der im Servicebereich, überfordert mich. Ich kann besser damit umgehen, wenn man mich auf gute alte Berliner Art pampig behandelt. So ist meine eigene Pampigkeit nicht störend, gar willkommen, zumindest aber angebracht. Ein unzerstörbares Oxford-Lächeln hingegen macht mich latent bewegungsunfähig. Meine erfolgreich konditionierte Ruppigkeit bahnt sich ganz im Pawlowschen Sinne einen Weg nach oben, wo sie aber eben vollkommen unnötig ist und sich daher übersprunghandlungshaft in steifes Gestotter verwandelt. Aus Scham werde ich erst stumm und dann wütend. Auf mich und auf mein freundliches Gegenüber.

Der Engländer an sich ist hingegen so professionell, sich davon nicht verunsichern zu lassen, zumindest zeigt er es nicht, und so nehme ich mein erstes von Michael bezahltes Essen linkisch und mit roten Wangen in Empfang, unterschreibe die Rechnung und schiebe die sich durch einen speziellen Mechanismus in Zeitlupe schließende Tür mit dem Fuß zu, was nichts an der Schließgeschwindigkeit ändert und mich daher noch unsicherer macht.

Auch dann scheint meine Ein-Mann-Version eines Laurel & Hardy-Filmes kein Ende zu nehmen. Ich versuche, das Tablett auf dem winzigen Autorentisch abzustellen, und fege dabei sowohl Aschenbecher als auch Laptop ungeschickt herunter. Beide fallen auf beteppichten Boden, beide verlieren etwas: der Aschenbecher seinen gesamten Inhalt, mein Laptop einen Briefumschlag, der augenscheinlich zwischen Lap und Top eingeklemmt war. Ich stelle das Abendbrottablett ab, ignoriere die Kippenschweinerei auf dem Teppich und öffne den Umschlag.

21.

Mir fehlt Sex.

Andreas hat in den letzten Wochen mehrfach ange-rufen. Das erste Mal, nachdem ich nicht zur Arbeit erschie-nen bin. Natürlich. Ich bin nicht zum Soul-Dienst angetre-ten und habe mich weder ab- noch überhaupt irgendwie gemeldet. Ich habe diesen und auch jeden seiner zahlrei-chen folgenden Anrufe nicht angenommen, ich habe keine Ahnung, wer jetzt mit Daniel den Soul kaputtmacht, oder ob Daniel vielleicht seine große Chance wittert und den Soul ganz allein kaputtmachen darf, aber ich bin raus. Wenn ich Andreas' wütenden SMS und Mailboxnachrich-ten glauben darf, für immer. Der Gedanke daran, nie wie-der in seinem Restaurant im roten Kleid den *Die Über-raschung*-Blick darzubieten, macht mir gute Laune.

Dann hatte Andreas irgendwann aufgehört anzurufen, aber gestern bekam ich eine SMS: »Süße, Du fehlst mir.«

Was ihm wohl genau fehlt, frage ich mich. Mein son-niges Gemüt? Unsere geistreichen Unterhaltungen? Oder bläst Daniel nicht so gut wie ich?

Aus der Entfernung kann ich Andreas noch furchtbarer finden, als ich es in seiner unmittelbaren Nähe schon ge-tan habe. Ich lösche auch diese SMS und denke an Sex.

Die letzten Tage vergingen wie im Flug. Eine Art Segelflug vielleicht, denn er war eher zäh als rasant. Ich habe nichts zu tun hier am Meer, also gehe ich nur viel mit dem Hund spazieren, schaue mir die Stadt an und sehe raue Mengen englisches Fernsehen. Ich habe jedes Gericht auf der schmalen Hotelspeisekarte bereits probiert, und ich war schon mehrfach auswärts essen.

Im Grunde bin ich der jüngste Rentner im Ort.

Nur zweimal habe ich mich getraut, den Hund im Tageslicht auf die Strandpromenade kacken zu lassen, ohne hinter ihm herzuräumen, aber der Nervenkitzel ist mir zu groß und der daraus resultierende Stress den Spaß nicht wert.

Meine Tage sind geregelt, aber ich bin unausgelastet. Und vor allem einsam. Ich habe ein unglaublich starkes Bedürfnis danach, von einem schweren, warmen Körper bedeckt zu sein. Ein fremder fordernder Mensch, der mich wie ein Korsett fest umschließen und ein bisschen zusammenhalten könnte. Nur ganz manchmal fehlt mir Tims Achselhöhle.

Nun, für anonyme Ficks bin ich im falschen Ort. Zu dieser Jahreszeit sieht man tatsächlich fast nur noch alte Menschen am Strand spazieren. Immer in Paaren, immer ganz verzückt von dem Hund, sich oft nach einem kleinen Plausch verzehrend.

Meine einzigen sozialen Kontakte sind, neben der Frau vom Roomservice, tatsächlich ausschließlich Eastbournes Rentner, die mir von ihren fehlenden Enkelbesuchen erzählen, während ich gleichzeitig beim Zuhören und Nicken versuche, den Hund im Auge zu behalten und ihn nicht noch mal am Strand zu verbummeln.

Ich mag alte Menschen lieber als alle anderen Menschen. Die sind schon irgendwie durch mit dem ganzen prätentiösen Teil des Lebens, sie haben sich oft bereits abgefunden mit dem Jetzt, ihre Masken sind größtenteils schon abgebröckelt, darunter nur noch purer, alter Mensch. Und alte Menschen mögen mich. Warum weiß ich nicht, aber ich mache irgendwas mit ihnen. Vielleicht mögen sie meine Routine. Alte Menschen lieben Routine. Ich bin fast immer zu denselben Zeiten am Strand, treffe oft dieselben gebückten Menschen.

»Kommen Sie mich doch gern irgendwann einmal besuchen, *Dear*, und bringen Sie das zauberhafte Tierchen mit!«, sagen sie oft, wenn sich unser Strandplausch dem Ende neigt, entweder weil ich den Hund nicht mehr sehe oder schlicht keine Lust mehr habe. Es ist eine Floskel, natürlich, aber in ihren wässrigen Augen kann ich sehen, dass auch sie einsam sind. Aber wir werden nie konkret. Ich sage nur: »Ja, irgendwann mache ich das vielleicht einmal«, und mein Gegenüber sagt: »Das wäre wirklich schön, ich mache dann Tee.« Aber nie werden Adressen oder Uhrzeiten genannt. Wir nicken uns freundlich zum Abschied zu und gehen wieder unserer Wege.

Vielleicht sage ich beim nächsten Mal einfach: »Tee wäre super. Wann soll ich wohin kommen? Und hätten Sie auch ein paar von diesen winzigen, schön labberigen Gurkensandwiches?«

Ich bin anscheinend einsamer, als ich es mir eingestanden habe.

Jakobs Geschenk, ein kleines Tütchen Gras, ganz plattgedrückt von den Flügeln meines Laptops, zwischen denen es sich in dem Briefumschlag versteckte, ist fast alle. Ich habe es mir zur schönen Gewohnheit gemacht, es auf der letzten, nächtlichen Runde mit dem Hund am Strand zu rauchen. Ich kann gut einschlafen davon, und es hält meinen Kopf davon ab, zähe Kreise zu ziehen. Allerdings träume ich recht aufregend von der Kifferei, letzte Nacht erschien mir Michael, der, ein den Hintern freilegendes Krankenhaushemdchen tragend, mit Hundekacke nach mir warf und dabei Whitney Houstons »My love is your love« sang. Vielmehr schrie.

Ich versuche gar nicht erst zu analysieren, was mein Unterbewusstsein mir damit sagen will, es scheint auch recht offensichtlich und somit noch verdrängenswerter.

22.

»Wie stellen Sie sich denn Ihr Aufgabenfeld genau vor?«

Sie ist wirklich *very british*. Sie hat die perfekte graue Welle auf dem Kopf, winzige Perlenohrringe, eine einreihige Perlenkette und ein pudriges Gesicht, so dezent wie perfekt geschminkt. Vielleicht möchte Mrs Knox gern ein bisschen aussehen wie die Queen, ganz sicher ist sie aber großer Fan von ihr, wie ein gerahmtes Portrait von Elisabeth II. an der Wand hinter Mrs Knox' Rücken verrät.

Komisch eigentlich, dass so viele Menschen an Schreibtischen ihre Gottheiten an den Wänden hinter sich platzieren. Wäre ich ein Mensch mit und an einem Schreibtisch, ich würde Morrissey so hängen, dass ich ihm immer in die so toll affektierte Fresse sehen könnte.

Mrs Knox will die Chefin aber lieber im Rücken haben, vermutlich damit jeder, der ihr an diesem recht imposanten Schreibtisch gegenübersitzt, direkt weiß, wo der Hammer hängt. Auch nicht doof. Es hat etwas herrisch Belehrendes. Wie das Bild von Erich Honecker, das in der Grundschule immer über der Tafel hing. Gedacht für uns Schüler, für den Schreibtischnutzer unsichtbar.

Aber Mrs Knox verpasst eben auch etwas, denn das Portrait der noch verhältnismäßig jungen Elisabeth ist ein sehr schönes. Es wurde vermutlich Anfang bis Mitte der Achtziger aufgenommen, Madame trägt noch nahezu vollständig braunes Haar, ein safrangelbes, ungewöhnlich modisch aussehendes Kleid, statt den üblichen Kostümen, und, darüber freue ich mich sehr, einen Hund. Auf dem Schoß. Ein etwas zu mopsig anmutendes hellbraunes Tier mit weißem Bauch, ungünstig kurzen Beinen und langsam ergrauendem Gesicht, das, auch darüber freue ich mich, nicht, wie sicher gewünscht, in die Kamera sieht, sondern an der Queen vorbei ins vermeintlich Leere schaut. Die Queen wiederum, denn schließlich ist dies hier kein Schnappschuss und sie immerhin das Oberhaupt der britischen Monarchie, schaut brav mitten in die Linse und somit direkt in mein Gesicht, und ich muss sagen: ganz schön! Sie lächelt ein bisschen steif und eingefroren, aber vor wenigen Sekunden muss dieses Lächeln noch echt und warm gewesen sein, in ihren Augen kann man es noch sehen. Ganz freundliche Königinnen-Augen hat sie, die Elisabeth.

Mrs Knox hingegen hat ein Lächeln, das auch in den Augen schon recht frostig ist, ich nehme es aber nicht persönlich, dieses Lächeln ist vermutlich ihr professionelles Schreibtischlächeln. Wenn sie mit ihren Enkeln spielt, wird es sicher ganz warm. Wenn ihr Mann sie schön küsst, wird es vielleicht sogar ein wenig feurig. Ich bin weder Enkel noch Küsser, daher bekomme ich eben die kühle Version. *Fair enough* denkt der Abfinder in mir und ist erstaunt über so viel Milde.

»Ich weiß nicht so recht. Was gäbe es denn zu tun?«, frage ich zurück.

Die schmalen Augenbrauen von Mrs Knox ziehen sich ein winziges bisschen nach oben. So dezent, dass man es fast nicht bemerkt, aber doch sichtbar genug, um ihrem Gesicht einen leicht geringschätzenden, zumindest aber kritischen Ausdruck zu verleihen.

»Nun, Sie haben keinerlei medizinische oder therapeutische Ausbildung, richtig?«

»Richtig!« Ich sage dies, als wenn es etwas ganz besonders Wertvolles wäre, um mein bröckelndes Selbstbewusstsein noch ein bisschen am Leben zu erhalten.

Ich hatte mir dieses Gespräch einfacher und Mrs Knox dankbarer vorgestellt. Schließlich bewerbe ich mich nicht um einen Job, ich biete ehrenamtlich meine bescheidenen Dienste im Genre Rentnerbespaßung an. Ich sollte mit Konfettipistolen empfangen werden. Finde ich. Nicht aber Mrs Knox. Und selbst Elisabeths Lächeln wirkt etwas kühler als noch vor wenigen Sekunden.

»Nun, damit fällt natürlich schon eine ganze Menge weg. Was können Sie denn?«

Ich fühle mich immer unwohler und beginne, Augenkontakt zu vermeiden und stattdessen nur noch den dicken Hund auf dem Königinnenschoß anzusehen, er scheint mein einziger Freund im Raum zu sein, also starre ich ihn zu meiner Beruhigung autistisch an.

»Wissen Sie, was das für eine Hunderasse da auf dem Bild ist?«, frage ich und nicke in Richtung des Portraits. Es ist natürlich eher unangebracht, diese Frage jetzt zu stellen, aber plötzlich scheint es mir von enormer Wichtigkeit, es zu wissen.

Ohne zu zögern, antwortet Mrs Knox: »Ein Corgi. Die Lieblingsrasse der Royals seit über 70 Jahren. Bis heute hatte ihre Majestät über 30 Stück von ihnen.«

»Oh.« Dreißig Stück! Das ist entweder ein enormer Verschleiß oder, realistischer, eine ganze, aber eben durch natürliche Auslese ständig wechselnde Horde. Ich habe nie über die Königin als Hundeperson nachgedacht. Was sicher daran liegt, dass ich generell nie über die Königin von England nachdenke, aber wenn, dann würde sie vor meinem inneren Auge nie Gassi gehen. Oder gar Hundekot mit schwarzen Plastiktüten aufnehmen. Andererseits ist sie die Queen, sie hat das Hundekotentfernungsgesetz erfunden, sie muss das also vielleicht gar nicht machen. Oder sie lässt es machen. Ob die Queen manchmal Stöcke für ihre fünfhundert Corgis wirft?

»Mögen Sie Hunde?« Mrs Knox fragt mich das freundlich und sehr betont. Ein wenig so, als spräche sie mit einem leicht zurückgebliebenen Kind (oder eben einem sehr alten Menschen), aber ich spüre ihre kalte Ungeduld. Ich bin vermutlich ein schwieriger Fall. So deutsch, so unkonzentriert.

»Ich weiß es ehrlich gesagt nicht«, antworte ich auf die wohl eher rhetorische Frage. »Ich habe einen, aber der ist nur ausgeliehen. Manchmal glaube ich, er mag mich nicht besonders. Und manchmal mag ich ihn nicht besonders. Er wird nicht gern gestreichelt. Das finde ich ungewöhnlich. Wenn ich es trotzdem tue, schnappt er nach mir. Also lasse ich es einfach. Er ist irgendwie schwierig.«

Mrs Knox nickt ganz britisch und sieht über mich hinweg. Ich vermute zu der Uhr, die ich irgendwo im Hintergrund leise ticken höre. Ich werde ihr langsam zu einer Last, wie es eben oft so ist. Also reiße ich mich zusammen: »Ich mag ältere Menschen gern. Und ich habe gerade viel Zeit. Ich hätte Lust, ein wenig mit ihnen zu plaudern, vielleicht etwas vorzulesen, spazieren zu gehen. Ich könnte

178

auch in der Küche helfen oder Kaffee kochen oder Spieleabende vorbereiten. Gibt es das hier überhaupt? Also
Spieleabende?«

Mrs Knox' steifer Körper gibt ein wenig nach, als sie sieht,
dass ich sehr wohl in ganzen Sätzen sprechen kann. Als
hätte man aus einer Luftmatratze das winzige bisschen
Luft entlassen, das sie gefährlich prall macht.

»Unsere Bewohner spielen dienstags am Nachmittag
Rommé und Freitagabend Bingo. Da könnten Sie zum Beispiel die Trommel drehen.« Mrs Knox nimmt sich ein paar
Sekunden, um mich nachdenklich zu mustern, dann wirkt
sie plötzlich entschlossen. Nicht ganz sicher, aber dennoch
entschlossen: »Ich werde Ihnen nicht viel zahlen können.«

»Ich möchte gar nicht bezahlt werden. Ich habe Geld,
was ich nicht habe, ist Beschäftigung. Ich müsste aber den
Hund mitbringen. Ich will ihn nicht so lange allein im Hotel lassen. Wäre das in Ordnung?«

»Sie sagten, er schnappt, wenn man ihn streicheln will.«

»Man muss ihn ja nicht streicheln.«

»Unsere Bewohner werden ihn sicher streicheln wollen,
wenn Sie ihn mitbringen.«

Wir kämpfen jetzt ein bisschen, Mrs Knox und ich.

»Dann werde ich ihnen erklären, dass er das nicht so
gern mag. Sie werden ja vermutlich auch nicht so gern
ungefragt und von Fremden gestreichelt, oder?«

Es ist ein schöner Blick, den Mrs Knox jetzt macht. Er ist
gleichermaßen entrüstet, ob der intimen Suggestion, gestreichelt zu werden, und irgendwie beeindruckt und er-
freut von meiner Logik.

»Sie sind nicht auf den Mund gefallen, junge Dame. Das
gefällt mir. Sie werden es aber mit vielen, manchmal recht

altmodischen, Menschen zu tun haben. Ich hoffe, Sie wissen, wo die Grenzen sind.«

»Natürlich«, sage ich und lächle britisch. Wenn ich wüsste, wo die Grenzen sind, wäre ich ganz woanders in meinem Leben.

»Gut. Eine Frage noch, Sie sagten, Sie wohnen in einem Hotel? Es geht mich natürlich nichts an, aber wenn Sie nur für kurze Zeit hier sind, hat es keinen Sinn für uns. Auch wenn Sie kein Gehalt wünschen, erwarte ich Zuverlässigkeit und vor allem Regelmäßigkeit. Unseren Bewohnern ist Verlässlichkeit wichtig. Ich kann ihnen nicht alle zwei Wochen jemand Neues zumuten. Es ist eine intime Angelegenheit, Menschen in ihrer letzten Wohnstätte zu betreuen. Ich muss Sie also fragen, wie lange haben Sie vor, hier zu bleiben?«

Ich blicke auf die Königin und bemerke ein paar Unregelmäßigkeiten auf dem Foto, die heutzutage im Nachhinein retuschiert worden wären, um das Bild harmonischer oder schlicht perfekt zu machen. Zum einen trägt die Queen scheinbar eine silberne Brosche, die aber zur Hälfte vom Ohr des dicken Hundes bedeckt wird, so dass es aussieht, als klemmte sie an seinem Kopf und nicht an ihrem Busen. Zum anderen sitzt die Queen, ganz neckisch eigentlich, seitwärts auf dem rotgepolsterten Stuhl. Zwischen ihrem Körper und der Lehne zu ihrer Rechten ist der Hund eingeklemmt, was dazu führt, dass sein Hintern wiederum unvorteilhaft durch die Lücke zwischen Lehne und Sitzpolster herausgedrückt wird und somit ein kleines Stück Hundepo im linken Bildrand im Freien hängt. Für einen Moment rührt mich das so sehr, dass mir die Lüge viel leichter von den Lippen kommt: »Keine Sorge. Ich bin nur in einem Hotel, bis ich eine Wohnung gefunden habe. Mein Vater wohnt in Pevensey, und da meine Mutter vor einigen Monaten verstorben ist, habe ich beschlossen, hierher, zum Rest meiner Familie nach England zu ziehen.«

Ich wende den Blick erst von dem Hundehintern ab, als ich fertig gesprochen habe, sehe Mrs Knox dann aber sehr direkt in die blassblauen, perfekt von einem mittelbraunen Eyeliner umrandeten, Augen.

»Oh. Das tut mir sehr leid. Ich wollte Sie nicht … bitte verzeihen Sie. Mein herzliches Beileid! Ich würde mich sehr freuen, Sie hier bei uns im *Seashell Retirement Village* willkommen zu heißen. Ich bringe Sie zu Joan, mit der können Sie über konkrete Zeiten und Aufgaben sprechen.«

Mrs Knox steht auf, streicht sich den Kostümrock glatt, als wären darauf nicht nur Sitzfalten, sondern etwas Unangenehmes, das ich da platziert habe, und kommt um den Tisch herum, um mich aus dem Raum zu geleiten. Ich möchte noch einen letzten Blick auf das Bild der Queen werfen, aber Mrs Knox verstellt mir die Sicht, was ich mehr bedauere, als es angebracht ist. Ich werde das Bild später googeln müssen.

Ich habe mich in eine denkbar ungemütliche Position bringen lassen.

Der Hund, von einem Spaziergang erschöpft und daher besonders grummelig, liegt in meiner rechten Armbeuge, den Kopf auf der Tastatur meines Laptops abgelegt, der wiederum auf meinem Bauch ruht. Beide sind schön warm, das ist ein klarer Vorteil der Situation, auch sehen wir von außen sicher ganz besonders harmonisch, wenn nicht sogar ein wenig herzzerreißend, aus.

Da ich aber augenscheinlich nur einen kaputten Hund verdient habe, trügt der Schein sehr, denn Bruno würde bei der kleinsten Bewegung von mir aufschrecken und dann beeindruckend genervt knurren und, je nachdem wie groß sein Schreck tatsächlich ist, auch reflexartig schnappen.

Ich habe keine Ahnung, was der Köter schon erlebt hat, aber er ist ein wirklich komisch zerrissener Typ. Diese Schlafen-Erschrecken-Durchdrehen-Choreographie zum Beispiel kann ich mir überhaupt nicht erklären. Wenn er seine Ruhe will, könnte er sich ja zum Beispiel eine Runde verpissen. Stattdessen sucht er aber größtmögliche Nähe, nur um nach kurzer Zeit genervt zu meckern und wieder mit eingezogenem Schwanz abzuhauen. Er springt dann meistens vom Bett, schüttelt sich und springt wieder hoch, um sich auf meine Beine zu legen. Solange, bis ich es wieder wage, mich zu bewegen. Dann geht die ganze Hysterie von vorn los.

Das alles ist mir inzwischen selbstverständlich nicht mehr neu, ich habe mich dennoch von der Verlockung, den Körperkontakt suchenden Hund, wie auf meinem eigenen Queen-Hund-Foto, nah bei mir zu haben, ein wenig einlullen lassen und zahle jetzt eben den Preis der totalen Anspannung.

Ich liege also sehr still, versuche, nur flach zu atmen und mit der linken Hand das Foto von der gelben Queen und dem kurzbeinigen Hund mit freiliegendem Hintern zu googeln. Da der Hund das rechte Drittel der Tastatur belegt, gestaltet sich die Suche allerdings etwas umständlich. Die Worte *Hund* oder *Corgi* sind so nur unter Lebensgefahr zu tippen, weshalb ich nur das Wort *Queen* in die Suchmaschine eingeben konnte und mich jetzt durch zahlreiche hundlose Bilder der Königin in diversen Kostümchen, aber eben nicht in dem gelben Kleid scrollen muss, denn auch die Worte *gelb* oder *yellow* liegen, zumindest teilweise, im roten Bereich der Tastatur.

Da mir die Situation jegliche Konzentration abverlangt, achte ich nicht darauf, wer mich anruft, als ich ans Telefon gehe. Mein »Hallo« und die Antwort meines Anrufers gehen allerdings in der zackigen Hundereaktion unter, die mich so erschreckt, dass ich mich reflexartig zu meiner linken drehe, den Laptop ein weiteres Mal auf den Teppich fallen lasse und auch das Telefon irgendwo in den Kissen und Decken meines Bettes verliere.

Der Hund sieht mich eigeschnappt an und wackelt dann mit demütiger Körperhaltung Richtung Fußende des Bettes. »Fick dich!«, zische ich ihm hinterher und suche mein Telefon. Irgendwo unter meinem Kissen höre ich meine Mutter entrüstet meinen Namen rufen. Unschön die Situation. Hätte ich gesehen, dass sie anruft, wäre ich ganz einfach nicht rangegangen. Nun habe ich aber schon hallo gesagt, wenn ich jetzt wieder auflege, mach ich es nur noch schlimmer, also ran an die Mutter.

»Was ist denn bei dir los?«, fragt sie, vorwurfsvoll, weil vorwurfsvoll eigentlich immer geht.

»Nix«, sage ich, kurz angebunden, weil kurz angebunden eigentlich auch immer geht.

»Jule, was war das für ein Lärm? War das ein Hund?«

»Ich hab ferngesehen.«

»Was hast du denn bitte gesehen? Einen Horrorfilm? Den mit dem Hund von Stephen King? Wo der Typ im Auto gefangen ist wegen des Hundes? Oder war es eine Frau? Ich hasse diese Sorte Film. Josi hat den mal mit mir im

Fernsehen sehen wollen, aber ich bin irgendwann einfach ins Bett gegangen. Mein ganzes Leben ist Horror, da muss ich mir so was nicht noch extra im Fernsehen anschauen. Aber Josi mag diesen Kram total. Was erwartet man auch von einem Mann, der in seiner Freizeit mit Freunden Ausflüge zu stillgelegten Militäranlagen macht. Neulich hat er erzählt, dass er mit den Jungs irgendwo Panzer fahren will. Darf man das überhaupt als Zivilist?«

Das ist das, ich will nicht sagen Schöne, aber zumindest Angenehme an meiner Mutter: Sie ist so unfassbar mit sich selbst beschäftigt, dass man mit Kurzangebundensein oft weit kommt, weil sie sich von ihren eigenen Geschichten so schön anzünden lässt und dann ganz vergisst, dass es noch einen Gesprächspartner gibt.

»Keine Ahnung«, sage ich und binde noch ein wenig kürzer.

»Ist auch egal. Ich finde es furchtbar. Immer dieser Hang zu Gewalt und Macht und so. Für so was gibt er unser Geld aus. Aber Blumen oder mal was Schönes zum Anziehen kommen nicht ins Haus, weißte?«

»Kauf dir doch einfach selbst was Schönes zum Anziehen. Oder Blumen«, sage ich und verlasse damit den sicheren Pfad.

»Aber es geht doch um die Geste! Dass auch mal jemand was für mich macht. Dein Vater war ganz genauso. Der hat nie was mit nach Hause gebracht außer ab und zu eine Fahne und irgendwann halt diese Schlampe.«

»Monika, ich will so was nicht hören. Lass uns nicht von Michael reden.«

»Hast du ihn inzwischen mal gesehen?«, übergeht mich meine Mutter. Manchmal bin ich nicht sicher, ob sie nur unaufmerksam oder gar boshaft ist. Also zurück zu Plan A: »Nein.«

»Jule, immer redest du nur so Spatzenbrocken. Ich bin deine Mutter, ich habe dich 15 Stunden lang auf die Welt gebracht, du kannst ruhig mal ein bisschen nett sein.«

»Ich habe nur ›nein‹ gesagt.«

»Aber dein Ton!«

Der Hund robbt sich unauffällig wieder an mich ran. Ich liege inzwischen auf der Seite, weshalb er vorerst in meiner Kniebeuge haltmacht und sich eng in das dort entstandene Dreieck meines Körpers quetscht. Er spielt mit meinen Gefühlen, der kleine Arsch.

»Gibt's was Neues in Berlin?«, versuche ich einen Themawechsel.

»Ach, naja, ich arbeite wie immer viel, Josi ist eben Josi und dein Bruder meldet sich auch nie. Ist er denn gerade da? Kannst du ihn mir mal geben?«

Ich habe meiner Mutter nicht erzählt, dass ich jetzt in Eastbourne bin und Michaels Geld auf den Kopf haue, also sage ich nur: »Der ist noch in der Uni, glaub ich. Ich sag ihm, dass er dich zurückrufen soll.«

Monika seufzt theatralisch und sagt »Jaja. Macht er sowieso nicht. Ich verstehe nicht, dass ihr beide so undankbar seid. Wir hatten es echt nicht leicht damals zu dritt, aber wir waren doch eine Familie. Und wir haben so viel durchgemacht zusammen, und jetzt wollt ihr am liebsten nichts mit mir zu tun haben. Ich verstehe nicht, womit ich das verdient habe.«

Ich schlucke das Bedürfnis, ihr ganz detailliert zu sagen, womit sie das verdient hat, runter und würge Monika ab: »Ich muss jetzt los, grüß den Panzerfahrer von mir.«

»Jetzt warte doch mal! Ich wollte dich noch was fragen! Immer bist du so kurz angebunden.«

»Monika, ich muss los!«

»Jaja, geht ganz schnell. Eine Frage nur. Also. Du hast doch dieses Geld von Michael, richtig?«

Ich bekomme heiße Ohren und sage nichts.

»Jule?«

»Was?«

»Ich hab dich was gefragt. Dieses Geld von Michael, das er dir damals gegeben hat. Das hast du doch noch, oder?«

»Ich habe es dir schon mehrfach gesagt, ich möchte nicht über Michael sprechen. Und auch nicht über das Geld.«

Meine Mutter versucht es jetzt zärtlicher, weil sie weiß, dass ich gleich auflegen werde: »Jaja Schatz, ich weiß. Wir müssen gar nicht über deinen Vater sprechen. Ich wollte nur wissen, ob du das Geld noch hast.«

In meiner Wut vergesse ich die gebotene Vorsicht und drehe mich, ohne den Hund angemessen zu warnen, auf den Rücken. Und obwohl ich ihn fast unter meinem Hintern begrabe, bleibt ein Tumult dieses Mal aus. Bruno positioniert sich einfach neu und döst, allerdings nicht ohne einen kurzen, aber vorwurfsvollen Blick, einfach wieder weg. Vielleicht spürt er, dass ich gerade genug zu tun habe, und ordnet sich der Stressmacherhierarchie unter. Oder es steckt einfach kein nachvollziehbares Muster hinter seinen Reaktionen. Egal wie, für einen kurzen Moment flutet sich mein Herz mit Zuneigung für das mir das Leben zur Abwechslung mal nicht schwerer machende Tier, und ich sage leise: »Feeiiin!«.

»Juliane, bist du noch da? Hast du gerade ›fein‹ gesagt?

Was bedeutet das?« Monika lässt nicht los. Im Grunde hat sie nun die Rolle des Hundes übernommen und sich schön festgebissen.

»Ich habe gesagt, ich möchte nicht drüber sprechen. Auch nicht über das Geld. Und es kann dir auch vollkommen egal sein, ob ich es noch habe oder damit eine afghanische Cannabisplantage gekauft habe.«

Ich weiß nicht, ob sie es weiß, aber meine Zündschnur ist jetzt wirklich enorm kurz, wenn wir hier jetzt nicht alle in die Luft fliegen wollen, muss meine Mutter umgehend aufhören.

»Ich weiß, es war nur weil, ach, vielleicht ist jetzt nicht der richtige Moment dafür«, sagt Monika, augenscheinlich nicht vollkommen empathielos ein wenig kleinlaut geworden. Ich entspanne mich gerade ein winziges bisschen, als sie nachschiebt: »Ich frage mich nur, ob du mir wohl einen Teil davon leihen könntest. Mal ganz davon abgesehen, dass es ja eigentlich eh mir zustehen würde, schließlich habe ich mein halbes Leben mit diesem Schwein verbracht und nicht du. Aber gut, diese Entscheidung hat er wohl ganz eindeutig gefällt, um mich zu bestrafen. Geschieht ihm recht, dass er jetzt an Peniskrebs verreckt.«

Ich lege auf.

Dann bestelle ich, meinen fehlenden Appetit ignorierend, das Teuerste aus dem mir inzwischen schon bekannten Roomserviceangebot und nehme mir vor, danach den Hund so lange im Wert von 1000 Pfund auf die Promenade kacken zu lassen, bis mich irgendwer dabei erwischt. Und vielleicht werde ich dann noch Trinkgeld geben.

23.

Ich habe ein Rad gemietet.

Es ist ein schönes, dunkelgrünes Herrenrad, und die Miete für einen Monat kostet mehr, als wenn ich es kaufen würde.

Ich halte mich an den Finanzplan.

Der Hund ist auch Fan, schließlich bin ich nun endlich so schnell, wie er es gern hätte, und er muss nicht mehr alleine rennen, sondern plötzlich können wir es zusammen tun. Ich frage mich, ob er den Zusammenhang versteht, weiß, dass meine neue Zackigkeit auf dieser neuen geheimnisvollen Apparatur basiert, oder ob er einfach nur denkt, dass ich nun endlich angemessen schnell laufe.

Wenn ich zu den Omis und Opis ins *Seashell* fahre, komme ich mir vor wie ein normaler Mensch. Auf dem Weg zur Maloche. Anfangs habe ich noch eine Thermoskanne mit Kaffee mitgenommen, nicht, weil es vor Ort keinen gäbe, sondern weil es mein Bild von mir selbst als richtiger Arbeiter auf eine ein bisschen armselige Art vervollständigte.

Nachdem ich die Kanne mehrfach dort vergessen hatte und mich dann vor dem eventuell schimmeligen Inhalt fürchtete, habe ich es wieder aufgegeben und trinke nun den wässerigen Omi-Kaffee vor Ort wie alle anderen eben auch.

Es ist, wie ich es vorhergesagt hatte: die Bewohner des Heims lieben mich, und sie lieben den Hund. Den Hund lieben sie natürlich mehr, ganz besonders, weil er so eigen ist. Immer wenn ein neuer Heimbewohner den Hund streicheln will, reißen sich die bereits Eingeweihten darum, nicht ohne Stolz, zu erklären, dass das Tier nicht so gern gestreichelt wird. Ich habe inzwischen rausgefunden, was die Anzeichen für eine mögliche Eskalation sind: Wenn Bruno keine Lust auf Berührung hat oder sich eben irgendwie unwohl mit der Situation fühlt, legt er seine Ohren nach hinten und leckt sich wiederholt übers Maul. Manchmal gähnt er auch. Seine ganze Körperhaltung wird etwas steif. Dann ist es ein guter Moment, mit dem, was auch immer man gerade macht, aufzuhören. Es gibt aber auch Momente, in denen er Lust auf Berührungen hat. Dann empfiehlt es sich, nicht zart zu sein, sondern ihn ordentlich und nahezu ruppig durchzukratzen. Er legt sich dann voll und ganz mit dem gesamten Körper in die Kratzerei, wird komisch schief, und seine Hinterpfoten kratzen auf dem Laminat die Kratzbewegung meiner Hand nach. Es sind seltene Momente und ganz manchmal schwenken sie ohne Ankündigung in Stress um, aber sie machen mich immer ganz glücklich. Vielleicht eben genau deswegen, weil sie nicht ständig verfüg- und abrufbar sind.

Unter den Heimbewohnern ist es inzwischen zu einer Art Sport geworden, die Zeichen richtig zu deuten und früh genug aufzuhören, um möglichst viele gute Momente mit dem Hund zu haben. »Mich hat er nur ein Mal angeknurrt, ganz am Anfang! Und ich durfte ihn schon dreimal krat-

189

zen!« ist der bisherige Rekord. Stolze Besitzerin dieser Medaille ist Ingrid, eine 85-jährige klapperdürre Frau, schwedischen Ursprungs, aber durch und durch Engländerin, der im Grunde bereits alles, was sie an Familie hat, weggestorben ist. Plötzlicher Kindstod ihrer ersten Tochter, Selbstmord ihres Sohnes, als der 40 war, und ein gewalttätiger Ehemann, der trotzdem genug geliebt wurde, um nach fast 60 Jahren Ehe an ihrer Seite an einem Schlaganfall zu sterben.

Ich kenne inzwischen eine Menge dieser Geschichten. Viele davon muten tragisch an, sie berühren mich manchmal, aber ich nehme sie nirgendwo mit hin. Nicht mit ins Hotel, nicht in mein Herz. Ich neige bei fremdem Drama dazu, einen besonders kühlen Kopf zu wahren. Diese Eigenschaft wird gern als fehlendes Mitgefühl missverstanden, aber ich glaube, dass das nicht stimmt. Sicher bin ich mir allerdings nicht.

Es gibt weniger Bewohner des *Seashells*, die gern etwas vorgelesen haben wollen, als ich dachte. Das ist ein bisschen schade, weil mir diese Aufgabe am wenigsten Kommunikation abverlangen und somit am meisten liegen würde. Ich drehe tatsächlich jeden Freitagabend die Bingotrommel und rufe Nummern. Oft mehrfach, nicht etwa weil die Crowd schwer hört (das tut sie natürlich auch, aber ich rufe inzwischen in angemessener Lautstärke), sondern weil alle immer ganz aufgeregt sind und wie ein unkonzentrierter Haufen Kindergartenkinder quatschen und kichern und angeben und darüber die Ankündigung der aktuellen Nummer verpassen.

Und ich gehe eben spazieren. Oft am Strand, ab und zu aber auch durch die Stadt, um ein bisschen mondän anmutendes Windowshopping zu ermöglichen.

»Sie tragen nie Kleider, Jules. Das ist schade, Sie sähen vermutlich ganz hinreißend darin aus. Vielleicht probieren Sie mal eines von meinen? Wir haben ja eine ganz ähnliche Statur, Liebes.« Ingrid hat sich mich als Erste gekrallt und über die letzten drei Wochen ein bisschen ihr Revier markiert. Ich mag die dünne Frau gern, aber ich kann ihr Bedürfnis nach mir nicht stillen. Nicht in dem Maße, in dem sie es sich vermutlich wünscht. Auf der anderen Seite ist Ingrid von allen Heimbewohnern am wenigsten Vergangenheit geblieben, vielleicht sollte ich ihr ein bisschen mehr Gegenwart gönnen.

Manchmal liege ich abends im Bett und versuche, die Vergabe meiner professionellen Nähe zu koordinieren. Denke darüber nach, ob irgendwer zu viel oder eben bedeutend zu wenig bekommt, ob ich mich mehr öffnen müsste, weil man sich mir gegenüber ja auch öffnet, und ich daher vielleicht etwas schulde.

Aber das ist eben auch das Tolle an alten, fremden Menschen. Sie vermitteln einem nicht das Gefühl, dass man etwas schuldet, zu wenig ist. Sie haben, wenn sie an diesem Ort angekommen sind, eh von allem zu wenig. Jeder von ihnen ist aus Mangel an Optionen hier. Außer Ravinder, ein zauberhaft schlechtgelaunter Inder mit wirklich wunderbar schlohweißem, aber beeindruckend dichtem Haar. Der ist hier, weil ihn seine Familie in den Wahnsinn treibt. Das erzählt er immer wieder mit einem imponierenden Schimpfwortvokabular. Besonders schlimm wird es, wenn sie ihn besuchen kommen. Danach ist er immer ganz besonders krawallig. Aber ich habe ihn dabei erwischt, auch immer ein winziges bisschen selig auszusehen, wenn die ganze Horde geht. Und ich glaube, es ist

191

nicht nur, weil sie endlich weg sind. Sondern auch, weil sie da waren.

Ich habe einmal versucht, ihm zum Gefallen nach einem dieser Besuche ein bisschen mitzupöbeln. Da drehte aber ganz plötzlich der Wind, seitdem bin ich mir sicher, dass er seine ganze Familie mit diesem Umzug ins Heim einfach ausgetrickst hat und nun beglückt in ihrer konzentrierten Liebe und Aufmerksamkeit schwimmt. Ravinder hat es richtig drauf. Wenn ich Fünfuhrtee-Sandwiches für alle schmiere, sorge ich dafür, dass auf das von Ravinder mehr Butter kommt. Butter ist Liebe.

Mein neuer Arbeiterstolz ist verhältnismäßig ungewohnt und überrascht mich daher regelmäßig. Wenn ich nach einem halben Tag lesen/plaudern/Kaffee ausschenken/spazieren auf meinem grünen Herrenrad nach Hause fahre, den vollkommen fertigsocializten Hund neben mir an der Leine, dann erwische ich mich manchmal bei einem Gefühl der Zufriedenheit. Es ist nicht die Art des Jobs, es geht nicht darum, etwas Gutes getan zu haben. Ich kenne mich gut genug, um das auszuschließen. Aber ich habe *irgendetwas* getan. Etwas, das ich nicht hasse. Sondern ganz o.k. finde. Und Dinge ganz o.k. finden, ist tatsächlich viel weniger anstrengend, als sie zu hassen.

Und wenn ich dann durch die herbstliche Kälte die Strandpromenade entlangfahre, wissend, dass ich wegen der Dunkelheit das Meer zwar nicht sehen kann, es aber definitiv 180° sind, dann verstehe ich sogar manchmal, warum Menschen fröhlich vor sich hin pfeifen.

Bevor ich aber diesen letzten Schritt der Ausgelassenheit gehen kann, fällt mir wieder ein, dass ich eben nicht nach

Hause fahre, sondern in ein Hotel, dass der kaputte Hund nur geliehen ist und dass das hier nicht mein richtiges Leben ist. Sondern ein Exil. In dem ich Normalität nur spiele. In dem ich meinem wohl sterbenden Vater seit Wochen trotz der plötzlich so räumlichen Nähe aus dem Weg gehe. Weil ich zu feige bin, mich von einem Mann zu verabschieden, den ich nie wirklich begrüßt habe.

Und dann ist es auch schon wieder gut mit der beschissenen Fröhlichkeit.

24.

Es ist wie in einem Film.

Eine wirklich ganz besonders einfallslos klassische Szene, die zu laute Stille und Unwohlsein symbolisieren soll: Die dunkelbraune Kamin-Standuhr im Kolonialstil tickt lauter, als es angebracht scheint. Es scheint fast, als würde sie, panisch und daher etwas ungelenk, versuchen, die unangenehme Situation mit hysterischer Fröhlichkeit zu überspielen. Von der Straße hört man leise Verkehrsgeräusche, Staub segelt langsam und seltsam poetisch durch den breiten Strahl der Nachmittagssonne, der in das stickige Wohnzimmer fällt. Am Ende des Lichts liegt ein dicker Schäferhund, der sich, schwer atmend dem Strahl Stück für Stück folgend, in Zeitlupe durch das Zimmer wälzt. Ich denke an Bruno, den ich extra im Hotel gelassen habe, da ich nicht sicher war, ob er sich mit dem Schäferhund verstehen würde, und weil mich seine hibbelige Anwesenheit vielleicht gestresst hätte. Jetzt fehlt er mir, und ich bereue, dass ich ihn von diesem Termin ausgeschlossen habe.

»Hey Champ, komm mal her!«, locke ich das schläfrige Tier auf dem Boden. Wenn er noch einen halben Meter weiter mit der Sonne geht, liegt er auf meinen Füßen. Ich freue mich darauf und versuche auszurechnen, wann das wohl etwa sein wird, bin aber zu unkonzentriert für die mathematische Herausforderung. Champ öffnet nur kurz ein Auge, schnauft dann irgendwie enttäuscht und schließt es wieder. Ich klopfe meine Hosentaschen ab, um mit Leckerlis Eindruck zu machen, bevor mir einfällt, dass die in meiner Jackentasche sind und die wiederum in unerreichbarer Ferne im dunklen Flur des kleinen Häuschens hängt.

»Er liebt die Sonne!« Ruth sagt das wie die Kaminuhr: ein bisschen panisch, ein bisschen zu fröhlich, ein bisschen ungelenk.

»Ja«, sage ich. Nicht panisch, nicht fröhlich, nur ungelenk.

»Möchte noch jemand Tee?« Ruths Nervosität steigt augenscheinlich, denn der aktuelle Tee wurde erst vor fünf Minuten serviert und bisher von keinem der Anwesenden angerührt. »Oder Kekse? Ich Dummerchen, das hab ich ganz vergessen, ich habe ja noch Kekse in der Küche. Jules? Willst du Kekse? Sie sind allerdings mit Stevia und Vollkornmehl, ist gesünder so.«

»Nein, danke. Nicht nötig, ich hab auch gerade erst gegessen.« Jetzt werde ich ein bisschen panisch, denn wenn Ruth in die Küche geht, um den Vollkorn-Stevia-Mist zu holen, wäre ich ganz allein mit meinem Vater.

»Ach hör doch immer auf mit diesem Vollkorn-Stevia-Mist. Da hat Juliane doch gar keine Lust drauf. Hast du nicht vielleicht wenigstens ein paar Scones?« Michael sagt das nicht so liebevoll und uneigennützig, wie es sich anhört und wie ich es ganz schön fände. Er sagt es einfach nur wie einen Fakt, den sein Gegenüber enttäuschenderweise nicht selbst auf dem Schirm hat. Verachtung liegt anscheinend in den Genen.

195

Ruth, hin- und hergerissen zwischen dem Bedürfnis, Michaels strenge Diät einzuhalten und gleichzeitig eine gute Gastgeberin zu sein, steht murmelnd auf und verschwindet. Der träge Hund folgt ihr mit der überraschenden Zackigkeit, die nur dicke Hunde, die ihren Herrchen in die Küche folgen, an den Tag legen. Jetzt bin ich also tatsächlich ganz allein mit Michael. Selbst die furchtbare Kaminuhr scheint eingeschüchtert und tickt plötzlich nur noch ganz leise.

»Das ist echt nicht nötig, wie gesagt: Ich habe gar keinen Hunger.«

»Aber ich. Und ich habe keine Lust, immer dieses Krebsessen zu essen.«

Er steigt steil ein. Bewundernswert und unangenehm.

»Wie geht's deiner Mutter?«

Herrgott, weshalb kommunizieren die beiden nicht einfach miteinander, statt immer über Drittanbieter?

»Keine Ahnung. Gut. Nehme ich an. Sie arbeitet viel und streitet regelmäßig mit Josi.«

Michael lacht ein kaltes, humorloses Lachen: »Der alte Nazi.«

»Joah, ich glaube nicht, dass er ein Nazi ist. Nur eben etwas speziell.«

Unbegreiflich, dass beide meiner Elternteile mich immer wieder in die Situation bringen, den jeweils anderen ungewollt verteidigen zu müssen.

»Er ist nur scharf auf Monikas Beine. Er wird schon noch sehen, welchen Preis er dafür zahlt.«

Ich atme tief und langsam, wie jemand, der besonnen ist, merke aber, dass mir die Situation zu viel Kraft abverlangt und ich nicht in der Lage bin, besonders lange *beson-*

nen sein spielen zu können. Michael trinkt von seinem Tee und streicht sich die Hosenbeine glatt. Er sieht gar nicht aus wie jemand, der stirbt. Er hat nach wie vor eine aufrechte Statur, volles Haar und genau so viele Falten, wie man eben hat, wenn man Ende fünfzig ist. Heimlich suche ich das Zimmer nach anderen Zeichen der tödlichen Krankheit ab, entdecke aber nirgendwo Sauerstoffflaschen oder Medikamentendöschen, ich bin aber auch nicht sicher, welches medizinische Zubehör Krebs so mit sich bringt.

»Was suchst du hier?«, fragt Michael. Für einen Moment fühle ich mich erwischt, bis ich verstehe, dass er das große Ganze und nicht meine heimliche Krebszubehörsuche meint. Kurz bin ich erleichtert, dann merke ich, dass das große Ganze noch schwerer zu beantworten ist, daher entscheide ich mich, die Dumme zu spielen und Zeit zu schinden: »Nichts. Ich sehe mich nur ein bisschen um.« Bevor Michael mich auf den richtigen Pfad schubsen kann, kommt Ruth, dicht gefolgt von dem dicken Hund, zurück und stellt einen geblümten Teller mit einem Scone und ein Schüsselchen Marmelade auf meine Seite des Kaffeetisches. Michael bekommt einen Teller mit unattraktiv grauen Keksen. »Ist das dein Ernst? Ich darf noch nicht mal einen Scone essen, wenn meine Tochter mich besuchen kommt? Ist das nicht Anlass genug?«

Ruth verdreht genervt die Augen, sie sind aber dennoch voller Liebe, und für einen Moment empfinde ich Zuneigung für ihre Zuneigung.

»Ich habe auch einen Hund! Er ist im Hotel«, sage ich, um uns alle ein kleines bisschen zu entspannen, merke aber schnell, dass ich damit versehentlich zu viele Informationen preisgegeben habe. »Oh! Das ist aber schön, was denn für einen?«, möchte Ruth wissen, mein Vater fragt gleichzeitig: »Warum wohnst du in einem Hotel?«.

Ich entscheide mich, Ruth zu antworten, und erzähle ein bisschen von Bruno, der mir immer stärker als Verbündeter fehlt. »Du hättest ihn mitbringen sollen, Liebes! Dann hätten er und Champ ein bisschen spielen können.«

»Als ob der Köter jemals mit etwas gespielt hätte, was man nicht essen kann!«, unterbricht Michael Ruths und mein freundliches Hundegeplänkel.

»Ach, jetzt sei nicht so muffelig, Michael. Wäre doch schön gewesen, zwei Hunde hier zu haben!« Ruth spricht *Michael* deutsch aus, was schön und holperig klingt. Ich wette, sie musste es oft üben.

»Vielleicht das nächste Mal«, sage ich, weil es irgendwie passt, das zu sagen, merke aber sofort, dass ich mir damit schon die nächste Falle gestellt habe.

»Das wäre wirklich schön, Jules!« und »Wie lange hast du vor zu bleiben?«, antworten beide wieder gleichzeitig. Da Ruth aber nur eine liebenswerte Bemerkung gemacht, Michael hingegen eine richtige Frage gestellt hat, komme ich dieses Mal nicht umhin, ihm zu antworten. »Ich weiß noch nicht«, murmle ich kurz angebunden, aber wahrheitsgemäß.

»Was machst du überhaupt hier? Sei nicht so geheimnisvoll. Warum wohnst du nicht bei Jakob?«

»Wie geht es Jakob überhaupt? Ich habe ihn bestimmt schon seit ein paar Wochen nicht mehr gesehen«, unterbricht Ruth das sich anbahnende Kreuzverhör.

»Ruth, muss der Hund nicht mal raus? Wir kommen gar nicht dazu, uns richtig zu unterhalten!« Für einen Moment wirkt sie geknickt von meines Vaters Abwimmelungsver-

198

such, dann reißt sich Ruth ganz britisch zusammen und sagt: »Du hast Recht, Love. Ich muss allerdings das Abendbrot vorbereiten, Jules, du bleibst doch zum Essen?«, und bevor ich darüber nachdenken kann, hängt sie, wie ein liebenswerter Demagoge, an:

»Seid doch bitte so lieb und geht selbst mit Champ raus. Wenn ihr wiederkommt, ist das Abendbrot schon fast fertig.« Sie unterstreicht die Gültigkeit ihrer Ansage, indem sie bestimmt das Zimmer verlässt, was auch für Michael das Zeichen für »Keine Diskussion« ist, also besteht sein einziger Protest darin, beim Aufstehen den Kopf zu schütteln und sich schnell meinen Scone komplett in den Mund zu stecken.

Einen schwerfälligen Hund zu haben, hat auch seine Vorteile, zumindest beim Gassi gehen: Champ läuft gemächlich zwischen mir und meinem Vater und macht keinerlei Anstalten zurückzubleiben oder vorauszulaufen. »Markiert er gar nicht?«, frage ich. Bruno hebt sein Bein bis zu 20 Mal pro gelaufenem Block, ich hatte das mal fasziniert auf einem abendlichen Spaziergang gezählt. »Seit er keine Eier mehr hat, macht er eigentlich nichts mehr außer fressen und schlafen.« Ich schiele, unauffällig, um den Hund nicht in Verlegenheit zu bringen, hinter ihn und sehe tatsächlich nur ein kleines, schlaffes Säckchen zwischen seinen Hinterläufen. Ich erinnere mich an eine Dokumentation, in der es um Hodenimplantate ging, und frage mich, ob so etwas auch für einen Hund einen emotionalen Unterschied machen könnte. Bevor ich den Gedanken laut äußere, fällt mir wieder ein, dass Hoden vielleicht auch für meinen Vater gerade irgendwie ein Thema sein könnten, daher lasse ich es. Es hätte mir gut gefallen, mit Michael noch ein bisschen über Hunde zu sprechen. Eine eher unabsichtliche Gemeinsamkeit, die wir beide noch eine ganze schöne Weile hätten melken können, aber irgendwann muss ich das Kind mal beim Namen nennen, also tue ich es einfach jetzt, damit ich es schnell hinter mir habe: »Was genau ist es? Hoden- oder Prostatakrebs?«

»Prostata. Bist du deswegen hier?«

Was immer ich mache, es fühlt sich unangebracht und holperig an. Und alles, was ich unangebracht und holperig mache, wird von Michael umgehend aufgedeckt. Ich wünschte, er könnte etwas von Ruths wertfreier Freude über meinen unangekündigten Besuch teilen. Stattdessen recherchiert er in meinen Intentionen wie ein aggressiver CSI-Agent aus einer dieser Abendserien.

»Nein«, sage ich, weil ich das Gefühl habe, irgendetwas sagen zu müssen, auch wenn sich die Antwort falsch anfühlt. Vermutlich bin ich doch deswegen hier. Ein anderer Grund fällt mir zumindest nicht ein, also muss es wohl dieser sein. Aber wie sage ich meinem Vater, dass ich das Gefühl habe, ich müsste noch mal hallo sagen, anstatt es wirklich zu *wollen*?

»Du hast das Gefühl, du müsstest mich noch mal gesehen haben, oder?«

Nun, er ist zumindest ein ziemlich guter CSI-Agent. Fast wie Horatio von *CSI Miami*, nur bedeutend weniger warm.

»Ich weiß es ehrlich gesagt nicht so richtig. Ich war in der Nähe und da dachte ich, es ist doch blöd, nicht vorbeizukommen, wenn ich nur wenige Kilometer entfernt bin. So.« Das »so« war wichtig, damit meine Aussage einen richtigen Punkt hat und nicht das Fragezeichen, nach dem es sich anfühlt.

»Soso. In der Nähe. Wo wohnst du denn?«

Ich erzähle Michael nur das Nötigste von London und Eastbourne. Und obwohl ich ihm überhaupt nichts schulde, kann ich mir regelrecht dabei zusehen, wie ich meine Anwesenheit in beiden Städten rechtfertige. So stolz, wie es geht, erzähle ich von meinem Job im *Seashell*, den unbezahlten Aspekt daran verschweige ich, den gutmenschlichen hebe ich hervor: »Die Alten mögen mich gern, und ich mache meinen Job ganz gut, denke ich. Zumindest sagt das Mrs Knox öfters.« Während ich wie ein Radio-Promoter, der eine neue, aber nur mittelgute Band auf Rotation bringen möchte, plappere, steigt das mir in letzter Zeit so schön fremder gewordene Gefühl der Verachtung in mir auf. Verachtung für mich, weil ich mich wie eine Hafennutte versuche zu verkaufen, und Verachtung für Michael, weil er mich in diese Situation bringt.

»Warum machst du nicht was Vernünftiges? Was mit Zukunft?«

Wir tanzen denselben ungelenken Tanz wie immer. Wir treten uns auf die bereits geprellten Füße, sehen uns verbissen in die Augen und ignorieren den Takt. Wir sind enttäuscht, und wir enttäuschen.

»Naja, wenn eines mal Zukunft hat, dann die Existenz von alten Menschen, oder? Die wird es ja nun immer geben. Und sie brauchen jemanden, der sich um sie kümmert, wenn es die eigene Familie schon nicht tut.«

Ich gehe in Kampfstellung, aber ich kämpfe mit nur geliehenen Waffen und verteidige meine Arbeit im *Seashell* auf die allerplakativste Art, die sich anbietet: reflexartig

201

bete ich ungefragt Argumente runter, die Altenpflege und eben die Menschen, die sie ausüben, in ein wunderschön weichgezeichnetes Licht hüllen, in der Hoffnung, damit verschmelzen zu können.

Und dann, als ich wie ein Käfer, der auf dem Rücken liegt, hilflos und ein bisschen dümmlich nur noch panisch mit den Beinen zappele, dreht Michael seine Käfertochter ganz unverhofft einfach wieder auf die Beine und wechselt das Thema. Und während wir, den dicken Hund wie einen Schild aus Fell zwischen uns, den Heimweg antreten, breitet sich Erschöpfung in mir aus wie bei anderen Ruhe. Und auch wenn das eine nicht das andere ist, nehme ich es dankbar an und höre Michael zu, wie er über britische Immobilienpreise meckert.

Wir sind erst ganz am Anfang vom Ende, aber wir hatten genug Reizthemen für heute, jetzt müssen wir uns beide ein bisschen auf Nichtigkeiten ausruhen.

25.

Dass mir die Stadt gefehlt hat, merke ich erst, als ich in London ankomme. Dieses Mal ist die *Victoria Station* bedeutend leerer als bei unserer Abfahrt, was sowohl der Hund als auch ich mit Erleichterung zur Kenntnis nehmen. Vielleicht bin ich auch nur weniger überfordert als das letzte Mal, in jedem Fall dürften wir aussehen wie zwei Typen, die zusammengehören. Lässig, entspannt, verbunden.

»Ey! Du siehst wie ein richtiger Hundehalter aus!«, bestätigt Jakob mein Gefühl euphorisch in meinen Nacken hinein, während wir uns umarmen, und holt sich dann eine lautstarke Abfuhr beim Hund ab, als er ihn zur Begrüßung streicheln will.

»Pisser!«

»Danke für die Abholung!«, sage ich und gebe Jakob, der nun in respektvollem Abstand vom Hund läuft, meine Tasche.

»Sehr, sehr gern geschehen. Obwohl ich glaube, dass du nur gekommen bist, weil dir die Drogen ausgegangen sind.« Wir lachen ein wenig und wissen beide, dass er nicht komplett Unrecht hat.

Ich genieße es, mich fast übergangslos an den Rhythmus der Stadt angleichen zu können. Ohne zu überlegen, weiß ich automatisch, in welche Richtung wir müssen, welche Bahn wir nehmen, wie lange wir fahren werden. Wir kaufen beim *Tesco* in *Seven Sisters* Lebensmittel und Hundefutter, ein paar afrikanische Biere in einem der vielen kleinen afro-karibischen Lebensmittelläden auf der *West Green Road*. Ich bewege mich, als hätte ich nie woanders gelebt, als wäre ich Zuhause. Ein gemeinhin als positiv geltendes Gefühl, das sich bei mir aber recht zügig in eine wirre Melancholie verwandelt. Wenn ich mich hier zuhause fühle, was ist dann Berlin (Tim) für mich? Oder das Meer, das ich gerade für ein paar kurze Tage hinter mir lasse? Es ist hässlich, dass ich in so kurzer Zeit eine schöne Empfindung mutwillig in etwas Unangenehmes verwandeln kann. Nur mit Kraft meiner Gedanken. Als würde ich mir selbst ein Wohlfühlen nicht gönnen. Uh, Achtung Jule, da kommt was Schönes um die Ecke, zück besser dein Schwert und schlage es in zwei blutige Hälften! »Wie heißt noch mal die mit den Dreads aus *The Walking Dead*, die mit dem Schwert?«, frage ich Jakob, weil ich plötzlich ganz dringend ihren Namen wissen möchte. »Keine Ahnung. Schischonn oder so. Wie kommst du jetzt darauf?«

»Nimm mal«, ignoriere ich seine Frage und drücke ihm die Leine mit Hund dran in die Hand, um auf dem Telefon den Namen zu googeln.

»Ah. Michonne.«

»Michonne. Klingt irgendwie nicht richtig. Aber eigentlich denkt man auch immer nur an ihr Schwert und nicht daran, dass sie auch einen Namen hat. Im Grunde kenne ich den Namen von niemandem aus *The Walking Dead*. Nur von Rick. Ob das so muss? Dass man nur den Namen des Helden aus dem effeff weiß?«

Michonne mit dem Schwert. Das bin ich.

»Überhaupt kann man die ganzen Charaktere eh nur an deren Waffen oder Schicksalen identifizieren. Die mit dem Schwert, der mit der Armbrust, der verrückte Pfarrer, die mit den kurzen Haaren und dem toten Kind. Irre. Oder fällt dir auch nur noch ein weiterer Name ein?« Jakob taumelt ein bisschen, einerseits, weil ihn die Euphorie seiner frischen Erkenntnis ganz schwindelig macht, aber auch weil er mit meiner Tasche, dem Hund und unseren Einkäufen ein wenig zu stark beladen ist. »Im Ernst Jule: Sag mir nur einen Namen von denen!«

Ich lasse kurz von meiner geistigen Schwertschwester ab und überlege.

»Daryl!«

»Ah. Der mit der Armbrust. Sehr gut!«

»Und Carl.«

»Und der *Governor*!« Jakob hat jetzt ganz rote Bäckchen.

»Der zählt nicht. Erstens ist das nicht sein richtiger Name, zweitens ist er tot.«

»Dann weiß ich nicht mehr. Hier«, sagt Jakob und drückt mir Hund und Einkäufe in die Hand, damit er die Tür aufschließen kann. Ich rolle noch ein wenig den Namen Michonne im Mund herum, bevor mir der heimelige Geruch von altem Hähnchenfett aus dem Hausflur in die Nase kriecht.

Wir haben die Wohnung für uns allein, das ist schön, denn ich habe keine Lust auf ein großes Hallo. Hinzu kommt, dass ich ein bisschen Angst habe, dass Tereza vielleicht den Hund zurückhaben möchte, wenn er schon mal in der Stadt ist. Wir stehen natürlich in lockerem Kontakt miteinander, was Bruno betrifft, und ich nehme an, dass dieser lockere Kontakt noch lockerer an die Besitzerin des Tieres weitergegeben wird, besonders leidenschaftlich hat sich jedenfalls keine der Damen geäußert. Insofern ist meine Angst, den Hund unverzüglich herausgeben zu müssen, sobald er in Terezas Blickfeld latscht, vermutlich überflüssig. Dennoch sitzt er jetzt nicht mit Jakob und mir und dem Bier in der Küche, sondern in Jakobs Zimmer. Sicher ist sicher.

Weil Rose keine aufregenden Kochreste hinterlassen hat, essen wir Miracoli zu unseren Bieren. Mich befriedigt das sehr, zum einen, da die Fertignudeln unser bevorzugtes Essen waren, wenn wir uns früher allein um das Abendbrot kümmern mussten, weil Monika irgendwo lag und weinte, und zum anderen, weil ich mal eine Pause von all dem guten Essen aus dem Hotel und den Restaurants Eastbournes brauche. Wir stochern in unseren Nudeln und reden ein bisschen über Jakobs Studium, ein Mädchen, dass er gerade »seine Bettblume« nennt, und die WG. Dann reden wir eine Weile gar nicht, sondern rödeln in der Küche rum, waschen ab, kochen Tee und drehen einen Joint. Mit Jakob kann man ganz prima schweigen, ohne dass man das Gefühl hat, ein Loch stopfen zu müssen, also ziehen wir das ein bisschen in die Länge, bis es albern wird. Jakob schnipst mit den Fingern, um meine Aufmerksamkeit zu erlangen, und macht dann das internationale Zeichen für rauchen, gefolgt von einem fragenden Gesicht. Ich nicke und strecke beide Daumen energisch in die Luft, verweise aber, mit einem Kopfnicken Richtung Wasserkocher, darauf, dass der Tee noch nicht fertig ist, und präzisiere dann mit fünf gezeigten Fingern die verbleibende Zeit bis zum Joint-Anstoß. Jakob führt Daumen und Zeigefinger zusammen, um sein Okay zu geben, und ich nehme mir vor, diese schöne, fast aus der Mode geratene Geste häufiger in meinen Alltag zu integrieren.

Wir haben auch schon mal gemütlicher gekifft, inzwischen ist es aber zu kalt, um entspannt auf der Dachterrasse zu sitzen und nebenbei zu rauchen, also stehen wir an der Brüstung und reichen den Joint zügig zwischen uns beiden hin und her, während wir stumm auf die dunkle Seitenstraße sehen.

»In Eastbourne kiff ich abends immer am Meer. Das ist schön!«

»Ach, du und das Meer immer.«

Ach, ich und das Meer immer. Jetzt vermisse ich es ein bisschen. Hin und her, immer hin und her. Nie ist etwas beständig in mir. Schade eigentlich, immer muss ich es mir so anstrengend machen. Ich denke an Tim und unser Gespräch in Jans Bett unter dem Dach. Wie lange ist das her? Wochen oder bereits Monate? Ich erinnere mich nicht mehr an alles, aber seine Quintessenz hat sich ein bisschen festgekrallt. Bewertungen als mein großes Thema. Falschbewertungen, um genau zu sein. Negativbewertungen, um so präzise wie möglich zu sein.

»Ich kann dich gut leiden«, sagt Jakob einfach so aus dem Nichts und in das Nichts hinein, und dann brennen mir die Augen fast im selben Moment, in dem sich das schöne warme Kiffgefühl im Oberkörper ausbreitet, also

207

nehme ich Jakobs recht neutral geäußerte, aber eben so bedingungslose Liebe und stecke sie in meine imaginäre Brusttasche, um sie mir später immer mal wieder anzusehen.

26.

Das *Pret a Manger* am Covent Garden ist winzig und hat keinen besonders schönen Ausblick. Wir hätten in diverse andere, bessere, bio-re Kaffeeläden in der Umgebung gehen können. Allein der Coffeeshop zwei Türen weiter verspricht das gesamte Programm von fair trade und organic über gluten-free und anderen geiligeili-Kram. In einer Filiale von *Pret a Manger* zu sitzen, ist nur etwa für fünf Cent origineller, als im *Starbucks* zu sein, aber der *Starbucks* hat eben nicht diese beeindruckend große Kühlwand voller Sandwiches und der fair-trade-Laden nebenan erst recht nicht, also frühstücken Jakob und ich eben wie Banausen statt wie Genießer und glotzen dabei auf die vielbefahrene *Long Acre*.

»Was hast du?«

»Lachs, Avocado, Ei und Salat. Du?«

»Ei, Pute, Roastbeef, Mayo, roter Matsch. Getoastet.«

»Geil.«

Ich hab die Engländer lieb, weil sie tatsächlich Toast toasten und ihn dann in einer Plastikverpackung in eine Kühlwand stellen, wo er wieder matschig wird, aber eben getoastet matschig. Schon allein deshalb muss man in einen *Pret a Manger* immer mindestens zu zweit gehen, weil es zu viele tolle Sandwiches gibt und ansonsten zu wenig Mägen. Jakob und ich tauschen also jeweils eins unserer zwei Sandwiches, die in jeder Packung stecken, miteinander und haben so zumindest schon mal zwei verschieden belegte labberige tolle Stullen. Eigentlich möchte ich gern auch noch Porridge essen, aber nach einem großen Milchkaffee und dem doppelten Sandwich bin ich satt.

»Porridge teilen?«, fragt der meinen Magen lesende Jakob knapp.

»Mir ist schon schlecht.«

»Also ja.«

»Ja.«

»Du warst also endlich bei Michael?«

Wir laufen sehr langsam. Die großen Mengen zu verdauenden Frühstücks in unseren Mägen verlangen das, also spazieren wir wie zwei sehr gebrechliche Alte durch die viel zu vollen Wochenendstraßen der Londoner Innenstadt. Jakob wollte lieber an einen ruhigen Ort, einen Park, vielleicht sogar mit Teich, aber ich hatte die letzten Wochen zu viel Ruhe und Langsamkeit, ich brenne darauf, von einer wuseligen Menschenmasse getragen zu werden. Also lassen wir uns von selbiger auf der *Oxford Street* mitreißen, was Jakob alle paar Meter mit entnervtem Stöhnen und leisen Flüchen quittiert. Ich wundere mich ein wenig über seine Dünnhäutigkeit, denn ich schaffe es wirklich ganz besonders gut, in der hysterischen Menge einfach unterzugehen. Das aufgeregte Geplapper der Touristen, den vor sich hin ächzenden Verkehr und die sich gegenseitig in die Parade spielenden Straßenmusiker höre ich nur als dumpfes Gesamtsoundbild, wie unter einer Glocke.

Warum kann ein professioneller Londoner wie Jakob das nicht auch? Vielleicht ist es auch eine ganz besondere Gabe, die ich habe. Das wäre schon schön, so ein Talent, das mir zur Abwechslung mal einen hübschen Vorteil und nicht nur dampfende Kacke beschert. Oder es ist wie bei ADHS-Kranken. Ich hab mal irgendwo gelesen, dass die, wenn sie Kokain nehmen, aufgrund ihrer Fehlfunktion im Kopf, ganz ruhig und entspannt und konzentriert werden, während der ordinäre Kokser ja einfach nur wahnsinnig euphorisch, dynamisch und, nun ja, scheiße wird. Reagiert also der normale Besucher von Londons beliebtester Einkaufsstraße an einem Samstag mit Stress und Überforderung, hat derselbe Auslöser auf mich eine beruhigende Wirkung. Inselbegabung oder neurologische Störung also?

»Wenn ich mit dir schon am denkbar beschissensten Tag der Woche auf der denkbar beschissensten Straße der Stadt rumlaufe, damit du ›Jule – Teil einer anonymen Masse‹ spielen kannst, während ich meine Hände zwanghaft in den Hosentaschen behalten muss, um nicht dem nächstbesten Schweden mit *Topshop*-Tüte eine zu knallen, wäre es schon schön, wenn du wenigstens mit mir redest.«

Ich finde es ärgerlich, dass Jakob mich aus meinem gerade so spannend gewordenen Gedankenexperiment reißt, ganz in der Nähe schien ein sehr aufregender Aha-Moment zu warten, zumindest fühlt es sich jetzt, wo ich ihn nicht mehr haben kann, so an. Schnell versuche ich, stichpunkthaft meine Gedankenkette zu wiederholen, in der Hoffnung, doch noch durch eine geheime Abkürzung an den Knackpunkt zu gelangen, aber dieser Zug ist abgefahren, also kann ich genauso gut Jakob unterhalten, damit er keine Skandinavier verprügelt.

»Entschuldigung. Was hattest du gesagt?«

»Ich habe festgestellt, dass du jetzt doch endlich mal Michael gesehen hast, und wollte wissen, wie es war.«

In dem Moment, in dem ich beschlossen habe, Jakob zu hören, höre ich leider auch den ganzen Rest. Der Lärm, den all die Menschen, die schlecht gestimmten Akustikgitarren, roten Busse und schwarzen Taxis machen, kommt nun geballt unter meine Glocke gestürmt, und zack möchte ich auch einen Schweden hauen. Nun, zumindest ist meine Inselbegabung/Störung nur selektiv anwesend. Ob das jetzt Fluch oder Segen ist, hängt von der eben noch nicht fertig gedachten Argumentationskette ab. Dafür ist jetzt jedoch keine Zeit, sonst platzt bei Jakob nämlich gleich irgendwas Relevantes, also schlage ich abrupt einen Haken und biege in eine Seitenstraße zwischen einer Filiale von *HSBC* und *Russell & Bromley* ab und ziehe Jakob hinter mir her.

»Knutschen wir jetzt?«, fragt Jakob und spitzt nur wenig verführerisch die Lippen.

»Du wolltest Ruhe, hier ist Ruhe.«

Ich hätte auch ein ganz kleines bisschen schlauer abbiegen können, die Straße, in der wir jetzt stehen, ist allerhöchstens zwei Meter breit und per Definition wohl eher eine Gasse, wenn nicht sogar nur eine Lücke zwischen zwei Häusern. Erstaunlicherweise wirkt sie ganz und gar schall- und somit stressdämpfend, also stehen wir einfach ein bisschen in dem schmalen Gang rum, rauchen und sehen auf das vorbeiströmende Volk auf der *Oxford Sreet*.

»Willst du nicht drüber reden? Dann sag es doch einfach, statt mich wie eine Prostituierte in eine Gasse zu zerren!«
Jakob scheint zu frieren, er raucht seine Zigarette von einem Fuß auf den anderen tretend, während er die Hand

wie ein schützendes Dach über die Zigarette hält. Er sieht aus wie ein besonders schönes Exemplar der britischen Arbeiterklasse bei Regen.

»Nein, wir können schon drüber reden, ich glaub, ich will sogar. Mich hat nur die Fragestellung genervt: Was bedeutet ›endlich gesehen‹? Wessen endlich ist das? Deins, weil du so lange darauf gewartet hast? Meins, weil es nun wirklich überfällig von der furchtbar herzlosen Tochter war? Oder ist es Michaels ›endlich‹, ohne das er nicht vernünftig sterben kann?«

»Och Jule. Echt? Jetzt hängst du dich an einem beschissenen Wort auf?«

»Ja, Mann! Dieses eine beschissene Wort gibt mir das Gefühl, Teil einer gefeierten Sundance-Tragikomödie über eine dysfunktionale Familie zu sein, in der alle nur mal den Arsch hochkriegen und ihren wahren Gefühlen freien Lauf lassen müssen, damit das widerspenstige Familienoberhaupt am Ende doch irgendwie verstanden wird und dann geliebt sterben kann. Aber so einfach ist es nicht. Und ich kann das alles nicht beschleunigen oder besser machen oder auf den letzten Metern noch mal all meine aufgestaute Liebe aus einem geheimen Jutebeutel kramen und alles wiedergutmachen. Geht einfach nicht. Sorry.«

Jetzt stehe ich in dieser engen Gasse und heule. Ein Glück, dass Jakob wie ein Engländer raucht, so können meine Tränen seine Zigarette nicht ruinieren.

»Huch. Wo kommt das denn alles her?«, fragt Jakob und tritt mir spielerisch und ganz zart gegen den Fuß.

»Keine Ahnung. War schon die ganze Zeit da, schätze ich. Ach, fuck ey.«

Es fängt an zu regnen, unsere geheime Gasse ist aber so

schmal, dass wir nur vereinzelte Tropfen abbekommen. Also stehen wir einfach weiter ein bisschen rum und rauchen.

»Entschuldige. Ich wollte nicht so durchdrehen. Es ist nur so, dass ich vermutlich eben selbst ein bisschen an dieses scheiß Indiefilm-Ding geglaubt habe. Ich fürchte, ein besonders dummer Teil von mir hat irgendwie gehofft, dass, wenn ich mich erst mal *endlich* überwinde und da hinkomme, Michael sehe, er mich sieht, alles von allein laufen wird. Dass sich die Dinge auflösen, dass es leichter wird als in meinem Kopf. Stattdessen war es so wie immer. Beschissener vielleicht sogar.«

»Das tut mir leid. Aber so dämlich ist es gar nicht. Also diese Hoffnung. Ehrlich gesagt, hatte ich die gleichen Gedanken. Also für dich. Oder euch. Dass es irgendwie o.k. wird, wenn ihr euch erst mal seht.«

»Tja.«

»Tja.«

Der Regen ist stärker geworden, aber ich stehe einfach weiter rum und lasse die Schultern ein bisschen hängen.

»Jule?« Jakob sieht auf einmal furchtbar ernst aus.

»Was?«, frage ich, etwas verunsichert.

»Ich wollte nur fragen: Weinst du, oder ist das der Regen, der von deiner Nasenspitze tropft?«

»Ach, leck mich!«

»Nein, nein! Komm, ich küss den Tropfen weg, probiere, ob er salzig schmeckt!«

»Ey, du trägst echt keine Liebe in dir, mein Freund!«, sage ich, boxe Jakob einen Ticken zu heftig gegen den Oberarm und zerre ihn aus der Gasse. Zeit für eine zweite Runde *Pret a Manger*.

27.

So richtig helle bin ich nicht, das muss man schon mal zu-
geben, vor allem wenn man ich ist. Ich habe mich ein weiteres Mal in das Bermudadreieck aus Wunsch nach Nähe,
Erhalten von Nähe und Eskalation wegen Nähe leiten lassen. Mein Fensterplatz im Zug war anfangs eine große
Freude, sowohl für mich am Fenster, als auch für den Hund
unter dem freien Sitz neben mir am Gang. Der genau richtige Abstand für uns zwei Gestörte. Ich glotzte ein bisschen
die vorbeiziehende südenglische Landschaft durch das von
Kondenswasser etwas schmierige Fenster an, der Hund
roch ein bisschen an seinem Po und lag dann mit seinem
Schwanz auf dem Gang nonchalant im Weg rum. So hatten
wir eine knappe Stunde jeder für sich ein wenig Befriedigung, bis nach und nach mehr Leute auf dem Weg nach
Eastbourne einstiegen und schließlich in *Three Bridges*
eine junge, gehetzt wirkende Frau in Kostüm und Trench-
coat Anspruch auf meinen (zumindest obenrum) unbe-
setzten Gangsitz erhob. Der Hund, offensichtlich einge-
schnappt, weil er seinen Platz freimachen musste und
nicht ich, saß dann tendenziell unglücklich und daher un-
entspannt zwischen meinen Beinen rum, bis er Anstalten
machte, auf meinen Schoß zu springen. Genau da würden

später Experten beim Auswerten der Blackbox den Ursprung der Problematik ausmachen, denn, eigentlich wissend, dass so viel Körperkontakt auf Dauer in die sichere Katastrophe führen würde, war mein Bedürfnis nach ein wenig Liebe vorgaukelnder Nähe so groß, dass ich alle Vorsicht in den Wind schlug und das schmollende Schlappohrhündchen auf meinen Schoß springen ließ. Ganz die Erwartungen seiner armseligen Teilzeitbesitzerin befriedigend, kringelte er sich dort sofort in einen kleinen warmen, unfassbar niedlichen Donut zusammen, und da liegt er jetzt. Bereit, bei jeder zarten Bewegung zu explodieren. Wäre ich allein, wäre das Problem ungleich weniger ausgeprägt, aber die Frau neben mir birgt ein enormes Risiko. Ich habe große Angst, dass auch ihr allein beim Anblick des so süßen, tatsächlich sogar herzzerreißend schnarchenden Tieres das Kuschelhormon Oxytocin in die Birne schießt, und sie den Hund streicheln will. Das wäre verständlich, angesichts des hiesigen Platzmangels und des Tiefschlafes, in dem der Hund sich befindet, aber fatal. Die möglichen, ja sicheren Auswirkungen dieser Situation lähmen mich noch mehr, als es der durch jede kleinste Bewegung aufschreckbare Hund eh schon tut. Aber selbst wenn die Frau den Hund nicht streicheln will, kann es durchaus sein, dass sie Lust hat, ab und an zu atmen, oder sich gar ein wenig zu bewegen. Sie weiß ja nicht, dass das etwas ist, was wir in Brunos Anwesenheit besser nicht tun. Also im Grunde spielen wir hier gerade alle Russisch Roulette, aber nur eine von uns dreien weiß es.

Ein Blick auf die Digitaluhr im Zug sagt mir, dass wir noch 28 Minuten fahren werden, also versuche ich, nur mit der Kraft meiner Gedanken meine Blutzirkulation ein wenig zu verlangsamen, denn alles, was jetzt Ruhe ausstrahlt, kann Leben retten. Als ich anfange, vor Anspannung zu schwitzen, steht die Frau einfach auf und geht. Aufs Klo, ins Bistro, was weiß ich. Aber sie geht und rettet damit diverse Menschen vor einem großen Schreck und mich vor großer Scham.

Der Hund bemerkt ihren Abgang auch, vermutlich hat sie dabei geatmet, schnauft aber nur kurz und legt seinen Kopf dann wieder auf meinen Knien ab. Für einen kurzen Moment finde ich das schon wieder so schön, dass ich in Erwägung ziehe, einfach alles so zu belassen. Dann appelliert aber der in einem sauren Bächlein zwischen meinen Brüsten in meinen BH laufende Panikschweiß an meine Vernunft, und ich nutze den wachen Moment des Hundes, um ihn, vorsichtig anmoderiert von den leisen Worten »Geh mal bitte runter!«, von meinem Schoß zurück auf den Boden zu schicken.

Bruno folgt, nicht ohne leise zu meckern, und lässt sich unter dem Sitz meines Vordermannes nieder. Ich strecke mich, atme mehrere Male sehr tief ein und aus und hoffe, dass die Frau wiederkommt und dass sie eben nicht auf dem Klo, sondern im Bistro war, und dass sie Alkohol mitbringt.

28.

Meine Tage in Eastbourne, gefüllt mit Spaziergängen am Meer, der allgemeinen ortsbedingten Entschleunigung und dem wohlportionierten Arbeiterstolz, den ich bei den Omis und Opis verspüre, vergehen wie gewohnt. Obwohl sich nichts Gravierendes verändert hat, stimmt aber etwas mit meiner sich aus all diesen Parametern ergebenden Befriedigung nicht mehr. Sie fühlt sich nicht mehr natürlich an, sondern geheuchelt.

Das Gefühl, noch nicht fertig zu sein, das mich ursprünglich London in Richtung Meer verlassen ließ, ist ganz plötzlich verschwunden, wie über Nacht scheine ich nicht mehr begründet hier zu sein, sondern nur noch Zeit zu schinden.

In einem unserer seltenen Telefonate versuche ich es Tim zu erklären, aber er sagt nur Erwartbares: »Aber das ist doch toll! Dann bist du vielleicht einfach bei dir angekommen, das wolltest du doch, oder?«

Ich weiß nicht, ob es an dem raren Kontakt zu Menschen liegt oder nur an dem raren Kontakt zu unangenehmen Menschen oder einfach an der Isolation von meiner gewohnten Umgebung, der Großstadt, was weiß ich, aber mein aus der Not fast liebgewonnener Feuerball der Verachtung hat sich in den letzten Wochen, bis auf das kleine

Gastspiel während meines Besuches bei Michael, kaum noch blicken lassen. Wie es mit ungesunden Freunden nun mal so ist, vermisse ich ihn trotzdem ab und zu, aber wenn ich ehrlich bin, habe ich sein Fehlen kaum bemerkt. Schade eigentlich, ich hätte mich über sein Wegbleiben ausgiebig freuen können, denke ich jetzt, als ich es bemerke. Aber noch während Tim diesen furchtbaren Frauenzeitschriftensatz sagt, flammt die Verachtung in respektabler Geschwindigkeit energisch wieder auf, selbstverständlich ohne anzuklopfen, weshalb ich auch kaum Zeit oder gar Spielraum für das Überdenken meiner Bewertung habe und selbst auch mit der Tür ins Haus berste. Wenigstens werde ich nicht laut, sondern nur gemein: »Das ist unfassbar dummes Mädchengelaber, was du von dir gibst. Von mir aus sag dann gern lieber nichts als so vorhersehbaren Klischee-Mist.«

Am anderen Ende der Leitung wird es still. Der Verachtung passt das nicht in den Kram, denn so entsteht Zeit für ein Bewerten meiner Bewertung. Scham und Wut schießen nun in gleichem Maße Adrenalin in meinen Kopf, und ich reibe mir das heiße Gesicht.

»Entschuldige.«

»Ja.«

»Im Ernst, es tut mir leid. Ich wollte dich nicht so anfahren, aber es ist eben ein so gedankenloser Satz gewesen. Wenn es so einfach wäre, wie du es darstellst, dann wäre es ja kein Problem. Es fühlt sich aber ganz doll an wie ein Problem.«

Tim seufzt, eher genervt als erschöpft, ich versuche das allerdings zu ignorieren, denn andernfalls hätte es genug Potential für weitere Aufregung.

»Dann erkläre es mir, Jule, was ist das Problem?«

Unser Moment ist irgendwie vorbei. Mein Bedürfnis, Tim zu erklären, dass ich das Gefühl habe, gescheitert zu sein, ist heimlich und ganz geduckt an meiner Wut vorbeigeschlichen. Wie kann ich den diffusen Kram in meinem Kopf mit jemandem teilen, der auf allen Ebenen so weit weg ist?

Als ich wenig später auflege, habe ich das Gefühl, mehr als nur das Gespräch beendet zu haben.

Ich traue mir nicht mehr über den Weg. Das ist grundsätzlich nicht so schlimm, da ich mir nie besonders über den Weg traue. Allerdings sehe ich mich gerade nicht in der Position, mich darauf auszuruhen. Ich bin trotz allem nicht auf sicherem Boden, bekanntem Terrain, eben fern der eigentlichen Heimat und nur Gast im Leben anderer, ich werde mich hier nicht für immer verstecken können. Warum also nicht einfach gehen, wenn ich tatsächlich das Gefühl habe, fertig zu sein. Vermutlich, weil ich eben nicht fertig bin. Es ist fast zynisch, diesen Gedanken zu haben, während ich an der Tür von Michaels und Ruths muffigem Häuschen klingele. Wäre dies tatsächlich ein Indiefilm über die Familie und die trotz Widrigkeiten tiefverwurzelte Liebe, dann wäre das hier eine gut gelungene Szene. »Ich bin eben noch nicht fertig!«, denkt die schöne, kaputte Indiefilmprotagonistin, fährt sich erschöpft durch ihr schönes verwuscheltes Indiefilmprotagonistinnenhaar, glättet das industriell abgetragen wirkende Joy-Division-Shirt, atmet kurz tief und besonnen ein und klingelt an der Tür des kauzigen und todkranken Indiefilmprotagonistinnenvaters, um die Vergangenheit endlich hinter sich zu lassen.

Zu den Klängen von irgendeiner kleinen amerikanischen New Folk Band laufen die Credits langsam über den Bildschirm.

Im wahren Leben trage ich Parka und Basecap, denn mein Haar ist nicht so schön wie das der Indiefilmprotagonistin, und statt des mürrischen, aber eben doch liebevollen Indiefilmprotagonistinnenvaters wird die Tür von *meinem* Vater geöffnet. Nur mürrisch.

»Ist *das* dein Hund?«, fragt er, die Augenbraue hochgezogen, anscheinend irgendwie belustigt. Ich sehe kurz zu Bruno runter, um sicherzugehen, dass ich nicht auf dem Weg versehentlich Tiere getauscht habe und nun etwas vollkommen Absurdes mit mir an der Leine herumführe, neben meinen Füßen steht aber nur der übliche Schlappohr-Typ und sieht ungeduldig zwischen meinen und meines Vaters Füßen hin und her.

»Ja. Also nur mein Leihhund. Gehört mir ja nicht wirklich.« Ich hasse mich umgehend für den zwar auf den ersten Blick neutral vorgetragenen, aber mich eben doch instinktiv verteidigenden Satz. *Nur ein Leihhund, keine Sorge, war ja nicht meine Entscheidung, hätte ich den Hund ausgesucht, wäre er größer/besser/lässiger/anders.* All das schwingt mit in dieser kurzen Äußerung, und automatisch verrate ich sowohl mich als auch den Hund.

»Soso«, antwortet mein Vater, das Interesse schon wieder verlierend. Er tritt in das Haus und lässt mich einfach an der geöffneten Tür stehen. Bruno riecht den alten Schäferhund oder Lebensmittel, die gerade von Ruth für das Abendessen verarbeitet werden, auf jeden Fall zieht er an der Leine, wir haben jetzt lang genug auf einen ganz besonderen Filmmoment an der Tür gewartet, man muss auch mal loslassen können, findet er und fängt an, ungeduldig zu fiepen.

Also lasse ich ihn von der Leine und ins Haus stürmen.

Ich höre Bruno noch ein paar Sekunden hinterher, aber als es weder scheppert noch jemand schreit oder knurrt, drehe ich mich um und rauche, an die Hauswand gelehnt, eine Zigarette. Meine Hände zittern, was mich ärgert, denn ich möchte gern cooler sein, weniger leicht zu erregen, weniger leicht zu ärgern. Vielleicht ist es auch nur das Wetter: Es ist der Jahreszeit angemessen kühl, der einsetzende Nieselregen malt auf meinem grünen Parka ein gestricheltes Tarnmuster, so dass ich aussehe wie ein Soldat der Nationalen Volksarmee. Heißt dieses Muster eigentlich auch Camouflage? Ich hole mein Handy aus der Tasche, weil ich das jetzt unbedingt wissen will.

»Jules, du holst dir ja den Tod hier draußen!«

Ruth steht, mit beschlagener Brille und eingewickelt in eine Küchenschürze, im Türrahmen und wischt sich erst die Hände, dann die Brille an einem Geschirrhandtuch ab. Wenigstens sie hält sich an ein schönes und warmes Filmklischee. Weil mich dieser fremde, mütterlich anmutende Anblick für einen Moment ganz seltsam rührt, wende ich meinen Blick von ihr ab, kicke meine Zigarette auf die Straße, murmle »Ich komm schon!« und husche an ihr vorbei in das nach schwerem Essen riechende Häuschen.

Die Stimmung ist angespannt. Nach einer kurzen Klärung der Revierfrage, während der Bruno von dem zwar eierlosen, aber dennoch sein Haus verteidigenden Champ kurz in die Schranken verwiesen wurde, liegen beide Tiere nun in gebührendem Abstand voneinander auf dem abgetretenen Teppichboden und heucheln Entspannung. Tatsächlich aber beäugen sie sich gegenseitig argwöhnisch durch halbzugekniffene Augen.

Ähnlich ist die Situation am Tisch darüber. Jeder wurde einmal vom Hausherren in die Schranken verwiesen: Ruth, weil sie den Shepherd's Pie nur für mich und sich selber gemacht hat, Michael hingegen Gemüse und Fisch essen muss; ich wiederum bekam noch mal, falls ich es beim ersten Mal nicht richtig mitbekommen hatte, für meinen irre uncoolen Hund einen Spruch zugesteckt. »Ziemlich dicke Eier für so einen Winzling«, sagte Michael, als Bruno sich für ein Minütchen eher unbedacht mit dem dreifach so großen Champ anzulegen versuchte. Verwirrend eigentlich. Ich dachte immer, dass nur Frauen den Begriff *dicke Eier* für eine negative Beurteilung nutzen. »Wenigstens hat er noch welche«, hätte ich sagen sollen, stattdessen versuchte ich schüchtern und daher unbedingt erfolglos, die Situation zwischen den beiden Hunden aufzulösen. »Lass mal, die machen das schon unter sich aus«, unterbrach Michael mein hilfloses »Aus, Bruno AUS!«-Gestammel und setzte sich auf das Sofa, leise und ein wenig gehässig über meinen Hund lachend.

»Er ist sonst eigentlich ganz entspannt«, log ich verschämt, im Bestreben, das Tier in irgendeiner Form für Michael attraktiver zu gestalten.

Mein Vater holt immer das Beste aus mir raus.

Nun sitzen wir am und unterm Tisch, lecken unsere emotionalen Kratzer und essen stumm.

»Sag mal, dieses Tarnmuster mit den kleinen Strichen drauf, das die Soldaten im Osten immer getragen haben,

223

hat das eigentlich einen Namen? Oder fällt das einfach unter Camouflage?«

Michael legt, anscheinend dankbar für die Unterbrechung seines unattraktiven Abendbrotes, das Besteck auf seinem Fisch ab, wischt sich den Mund mit einer IKEA-Papierserviette und lehnt sich zurück. »Strichtarn. Oder auch *ein Strich/kein Strich*.« Ich lache, da mir der Begriff *ein Strich/kein Strich* ein bisschen albern und unprofessionell unkonkret vorkommt, aber Michael überhört das und fängt an, über die Historie des Strichtarns zu dozieren.

Ich werfe Ruth heimlich einen entschuldigenden Blick zu und übe mich dann weiter in einem Ausdruck des interessierten Zuhörens.

Als Michael mit der Nutzung des Strichtarns in Südafrika (noch bis nach 2003!) seinen Vortrag beendet, steht Ruth auf, um die Teller abzuräumen. Weil sie eine freundliche Frau ist, bittet sie mich, ihr zu helfen, obwohl sie Hilfe vermutlich weder braucht noch möchte. Es ist ein Rettungsring, den ich äußerst dankbar auffangen möchte, aber Michael beschließt, dass wir den Küchenkram doch auch später erledigen können, er würde mich brauchen, um Feuer zu machen.

Verwirrt blicke ich zum Dekokamin im Wohnzimmer, in dem ein trauriges Häufchen holzförmiger Keramikklumpen liegt. Schnell überlege ich, ob es noch einen anderen Kamin gibt, als Örtlichkeit dafür kommt aber nur noch das mir bisher unbekannte Schlafzimmer infrage, und für einen Moment werde ich ein bisschen panisch, weil ich mir unter keinen Umständen vorstellen möchte, Feuer im Schlafzimmerkamin zu machen.

Michael weist mich aber, mit einem kurzen Nicken Richtung Hintertür, an, meinen Strichtarnparka anzuziehen und ihm in den winzigen Garten zu folgen.

»Michael, es fängt bestimmt jede Minute wieder an zu regnen«, wirft Ruth ein, allerdings bin ich nicht mehr sicher, ob es ihr noch um meine Rettung geht oder ob sie bereits wieder im Krebssorgemodus ist. »Papperlapapp«, sagt Michael auf Deutsch und Ruth äfft diese schöne Variation von »Leck mich am Arsch« verärgert, aber leise nach, während sie resigniert in der Küche verschwindet.

»Mach dich mal nützlich und hol Holz aus dem Schuppen. Ich mach solange das Feuer an.« Vielleicht bin ich einfach nur empfindlich, aber der Hinweis darauf, dass ich bisher nicht sonderlich von Nutzen war, trifft mich. Und wieder knicke ich, anstatt mich zu wehren oder die gedankenlose Bemerkung wenigstens ordnungsgemäß zu ignorieren, einfach ein, und laufe wie ein eifriger Diener zum winzigen Verschlag am Ende des kleinen Gartens, um so energisch wie möglich die dort lagernden, bereits zerkleinerten Baumarktholzscheite zur Feuerschale zu tragen.

»Jule, bringt doch nichts, wenn du immer nur drei Scheite hierherträgst. Hinter dem Schuppen steht eine Schubkarre, mach die doch einfach voll.« Ich bekomme umgehend rote Ohren vor Scham über die Enttäuschung, die ich meinem Vater schon wieder bereitet habe. Wenn der Krebs ihn nicht tötet, wird es wohl früher oder später meine nicht auszumerzende Unzulänglichkeit tun. Bei dem Gedanken lache ich auf, und auch wenn ich dies sehr leise tue, hat es etwas traurig Hysterisches.

Ich bin nicht sicher, ob Ruth tatsächlich noch in der Küche zu tun hat oder ob sie uns zwei Lovebirds nur mal wieder ein wenig Zweisamkeit gönnen möchte, ich sitze aber seit bereits 20 Minuten mit Michael allein an der Feuerschale und starre in die Glut. Mein Vater war schon immer ein großer Freund des geschmackvollen Scheins. Er kleidet sich gut und fährt gern repräsentative Autos. Sein kleines Vermögen ermöglicht ihm dieses Hobby. Dass wir die Holzscheite nun in zwei alte, zusammengeschweißte Wäschetrommeln schmeißen, passt nicht in dieses Bild. »Hast du die Feuerschale selbst gemacht?«, frage ich daher, fürchte aber schon, während ich die Worte formuliere, dass ich ihm damit irgendwie zu nahe trete. Selbstgemacht gilt nur bei kleinen Kindern oder besonders kompliziertem Handwerk als geschätztes Kompliment. Ich hetze also noch schnell ein deeskalierendes »Die ist ganz toll! Durch die kleinen Löcher der Trommel sieht sie aus wie der Sternenhimmel! Viel besser als eine normale Feuerschale!« hinterher.

»Die hat Jason gebaut.«

Ich warte, ob noch detailliertere Informationen folgen, nach deren Ausbleiben frage ich nach, wer Jason ist.

»Ruths Sohn.«

Für einen Moment bin ich verwirrt über den eigentlich ganz naheliegenden Fakt, dass Ruth auch ein eigenes Leben hat, eines, das offensichtlich schon vor Michael aktiv war. »Jason«, sage ich leise, um sowohl Namen als auch Information auf mich wirken zu lassen wie einen teuren Wein.

»Kfz-Mechaniker. Lebt in Manchester mit einer Polin und Zwillingen. Ich wollte das alte Ding wegwerfen, aber irgendwie hängt Ruths Herz dran.«

Ich muss lächeln. Einerseits, weil ich bockigen Triumph über diese winzige Niederlage von Michael verspüre, auf der anderen Seite rührt es mich ein wenig, dass er für eine, *seine*, Frau einen Verlust in Kauf nimmt. Er ist klein, aber immerhin ein Verlust.

»Seid ihr glücklich?«, wage ich einen Schritt auf unsicheres, emotionales Terrain.

»Es geht uns gut«, antwortet Michael, ganz Michael.

»Ja schon klar, aber seid ihr *glücklich*? Also miteinander? Seid ihr verliebt?«

»Was heißt ›schon klar‹? Dass es einem mit einander gut geht, ist doch nicht selbstverständlich. Das ist doch richtig was wert«

Jetzt mache ich keinen Rückzieher, ich werde sonst nie wieder in den Spiegel sehen können: »Das weiß ich. So meinte ich es nicht. Aber ich will wissen, ob du glücklich bist. Ob du in deine Frau verliebt bist!«

Michael reibt sich das Gesicht, ich spüre, dass er ungehalten wird, sich aber versucht zusammenzureißen.

»Ich kann mit der Frage nichts anfangen, Jule. Wie gesagt: Es geht uns gut. Ich sorge für sie, sie sorgt für mich, wir kommen gut miteinander aus. Das ist viel und genug. Dieses alberne Konzept der romantischen Liebe, auf das du anspielst, ist Quatsch. Eine Erfindung einer rührseligen kulturgeschichtlichen Epoche.«

»Ach komm, ist das nicht ein bisschen pessimistisch? Du musst doch an die Liebe glauben?«

»Vor Ende des 18. Jahrhunderts gab es Liebe, so wie wir sie heute kennen, überhaupt nicht. Da wurde als Existenzgrundlage geheiratet, als Zweckgemeinschaft. Im Grunde haben sich einfach ein paar Dichter das Prinzip der Liebesheirat ausgedacht. Romantik ist eine Erfindung und nichts Natürliches. Seitdem hat man das Thema in Milliarden Ge-

227

dichten und Romanen und Songs so hochstilisiert, dass nun alle daran glauben. Als wäre Romantik ein in den Genen manifestiertes Gut. Ist es aber nicht.«

Den letzten Satz sagt er ganz bockig, mein Vater. Er scheint zu wissen, wie allein er mit dieser Meinung steht. Ich zünde mir eine Zigarette an und denke ein wenig über die Epoche der Romantik und ihre größte Erfindung nach, als Ruth zu uns stößt. »Ach, das Feuer sieht immer aus wie der Sternenhimmel. Ich liebe das!«, sagt sie und stellt jedem von uns einen Tee auf den Gartentisch. »Ich gehe wieder rein, mir ist das zu kalt. Hier sind Decken für euch. Das Feuer gaukelt einem immer Wärme vor, aber man kann sich trotzdem leicht erkälten!«, zwitschert sie vor sich hin, küsst Michael auf den Kopf und verschwindet wieder im Haus.

»Sie wirkt mir aber sehr wohl romantisch«, sage ich und verkneife mir mein Grinsen nicht. Michael winkt ab, hält aber den Mund.

»Im Ernst, damals mit Monika, oder auch notfalls mit der Freundin, die du danach hattest, da warst du doch verliebt! Das waren doch keine Zweckbeziehungen«, gebe ich nicht auf.

»Gib mir mal eine Zigarette.«

Ich pule unsicher in dem zerknautschten Softpack. »Darfst du denn rauchen?«, frage ich, bereue es aber sofort und reiche ihm daher schnell ohne weitere Einwände eine Marlboro light.

Michael ignoriert meine Frage, inhaliert tief wie ein alter Gefängnisinsasse und blickt ins Feuer. Das ist ja grundsätzlich immer das Tolle an Feuer (und Meer): dass man notfalls einfach reinstarren kann und nie ohne Beschäftigung ist. Nach ein paar Minuten Feuerstarrerei greift Michael überraschend das Thema selbstständig wieder auf: »Das mit deiner Mutter war tatsächlich eine Zweckgemeinschaft. Es wurde zumindest schnell dazu.«

»Hat der König euch gezwungen, euch zu vermählen? Wurden dir Ländereien versprochen?«, frage ich kichernd, den leisen Schmerz über seine Aussage verdrängend.

»Deine Mutter war nicht immer depressiv. Als ich sie kennenlernte, war sie eine ganz aufgeweckte, witzige und liebenswerte Frau. Sie war ganz oft furchtbar albern. Das war schon schön.«

Ich kann mir Monika beim besten Willen weder jung noch albern vorstellen, aber das fiktive Bild, das ich zu Michaels Worten in meinem Kopf male, treibt mir Tränen in die Augen. Dem ersten Instinkt, sie mir schnell und verlegen wegzuwischen, trotze ich und lasse laufen.

Aus den Augenwinkeln sehe ich, wie Michael mir einen scheuen Seitenblick zuwirft, dann aber sofort wieder in den Wäschetrommelsternenhimmel sieht.

»Also warst du doch verliebt«, konstatiere ich.

»Anfangs vermutlich. Ich war jung, ich hatte den Kopf voller Dylan-Songs und war selbst ganz gebrainwashed von der Idee der bedingungslosen Liebe. Wusstest du, dass wir dich fast Sara genannt hätten, wegen des gleichnamigen Songs von Dylan? Ich kam aus einem strengen und lieblosen Elternhaus, und dann war da auf einmal Monika, und sie war fast manisch lebenslustig. Das hat mich schon irgendwie gefangen. Und damals hat man eben schnell geheiratet und Kinder bekommen und plötzlich hatte ich eine kleine Tochter, die die ganze Zeit immer nur schrie, und eine Frau, die aus ihrer postnatalen Depression nicht

229

mehr herausfand. Und ab da war es eben ein Deal, den wir miteinander hatten. Und keine romantische Liebe.«

Die vielen neuen Informationen überfordern mich. Sie stapeln sich in meinem Kopf und kratzen an dem Bild meiner Eltern. Gleichzeitig wird, wie immer in Momenten, in denen meine Eltern übereinander schimpfen, das Bedürfnis geweckt, den jeweils anderen zu verteidigen.

»Wieso kann man eine depressive Frau nicht mehr romantisch lieben? Es ist doch nicht ihre Schuld.« Von dem schreienden Kind ganz zu schweigen.

»Du verstehst das nicht. Es wurde ganz plötzlich alles ganz schwer mit Monika. Ich konnte es ihr überhaupt nicht mehr recht machen. Sie wurde von einem Moment auf den anderen todtraurig, hat mich gehasst, beschimpft, sogar geschlagen und wollte sich trennen. Und ein paar Minuten später wollte sie tanzen und mehr Kinder. Das war mir zu viel, ich konnte da nicht mithalten.«

»Also hast du sie einfach sich selbst überlassen.«

»Nein! Mann, Jule! Wir haben es immer wieder miteinander probiert. Das weißt du doch selbst. Ich hab es wirklich versucht. Und irgendwann ging es eben nicht mehr.«

Ich genieße, dass Michael seine Fassung ein wenig verliert und sich nun im Jule-typischen Verteidigungsmodus befindet. Und dann tut er mir leid. Nicht sehr, aber ein kleines bisschen verstehe ich, weshalb er gegangen ist. Ich hätte es ja auch getan, wenn ich gekonnt hätte. Aber sein Job in dieser Geschichte war ein anderer.

»Du hättest deine Kinder davor beschützen müssen«, sage ich leise.

»Du bist stark, Jule, das warst du schon immer. Schon als ganz kleines Kind. Ich wusste, dass du das schaffst.«

Ich sage ihm nicht, dass ich vermutlich nur stark war, weil ich es sein musste, und dass ich liebend gern ganz schwach und verantwortungslos gewesen wäre und dass ich ihm just in diesem Moment den beschissenen Tod, der ihn erwartet, mehr denn je gönne.

Stattdessen drehe ich mir, mit dem kleinen Rest Gras, den ich noch aus London habe, einen Joint und starre ins Feuer.

Die Neonröhre des Spiegelschränkchens im Badezimmer hüllt mich in ein geheimnisvolles, aber auch kränkliches Licht. Meine ohnehin tendenziell eingefallenen Gesichtszüge sehen noch verhärmter aus als sonst, und einen Moment lang frage ich mich, wie ich mit diesem Gesicht jemals irgendwen hatte ins Bett kriegen können. Meine Gedanken streifen Andreas, sein muffiges Büro und den klebrigen Schreibtisch, auf dem wir regelmäßig vögeln. Vögelten. Präteritum. Ach was, gevögelt hatten. Plusquamperfekt. Wenn, dann richtig und richtig weit weg. Alles scheint plötzlich ein Plusquamperfekt. Unvorstellbar auf einmal, dass ich in Berlin eine Sängerin gewesen war. Eine *Sängerin*. Keine gute, aber eine überzeugend gespielte und exzellent verkleidete. Ich denke an meine billigen Pumps, an Daniels Haare, an all die Smooth Operators und ihre affigen Drinks. Wie ist es möglich, dass ich das, quasi neulich erst, war? Wie habe ich das denn bitte gemacht und vor allem ausgehalten? Für einen Moment flackert so etwas wie Stolz in mir auf. Darüber, dass ich so glaubhaft jemand anderes sein konnte, ohne verrückt zu werden. Und im direkten Anschluss an dieses seltene Gefühl schäme ich mich genau dafür. Scham steht meinem fahlen Gesicht noch weniger als das unvorteilhafte Licht, also lächle ich ruckartig in den Spiegelschrank und öffne ihn dann ganz schnell, denn mein Lächeln sieht wahnsinnig aus, und ich mag mich jetzt nicht mehr sehen.

Der Inhalt des kleinen Schrankes ist unspektakulär. Ich hatte nichts erwartet, als ich ihn öffnete, ich war ja im Grunde nur auf der Flucht vor meinem Gesicht. Trotzdem bin ich, nachdem ich meine Augen einige Minuten lang auf dem spärlichen Inhalt ausgeruht habe und anfange, wieder zu fokussieren, leicht überrascht. Das hier ist nicht der Badezimmerschrank eines todkranken Mannes. Es sei denn, er wäre mit Zahnseide, Einwegkontaktlinsen, Brillentüchern und Slipeinlagen zu heilen, was wiederum eine ganz besonders schlimme Niederlage für die westliche Medizin, für die Hygieneartikellobby hingegen ein enormer Erfolg wäre.

Ich sehe mich im Bad um, auf der Suche nach einer anderen Aufbewahrungsmöglichkeit für Krebsmedikation, finde aber, bis auf einen Wäschekorb, den ich nicht öffnen möchte, und einen Waschbeckenunterschrank, in dem nur weitere (krebsheilende?) Hygieneartikel verstauben, nichts. Da ich schon mal am Waschbecken rumstehe, kann ich genauso gut vollkommen grundlos meine Hände waschen und lasse den Spiegelschrank dabei geöffnet. Ich bin noch nicht bereit, wieder meine gelbliche Visage zu sehen. Während ich meine Hose öffne, um zu pinkeln, überlege ich erneut, ob man als Krebspatient überhaupt Medikamente rumstehen hat. Alles, was ich als Behandlung von Krebs kenne, ist Chemo und Bestrahlung. Beides wird vermutlich nicht im heimischen Badezimmer durchgeführt. Was bleibt also noch? Als ich zum Klopapier greife, bin ich irritiert: Es hat die Haptik einer qualitativ hochwertigen Daunendecke und ist mit kleinen Tannenbäumen und Sternen bedruckt. Ein leichtes Aroma von Zimt steigt mir in die Nase, als ich ein paar Blätter abreiße. Mehrere Sekunden lang hadere ich mit mir und dem Bedürfnis, an dem Papier zu riechen, und sage mir, dass dieser eigentümlich unpassende Geruch nach Backwaren sicher nur aus Ruths Küche kommt. Dann aber kann ich nicht anders und schnüffle doch verschämt am Klopapier. Und tatsächlich ist dieser eh so unverhältnismäßig luxuriöse Hygieneartikel auch noch mit künstlichen Lebkuchenaromen veredelt. Ich muss lachen: Eine Frau, die ihren mürrischen Mann dazu bekommt, sich den todkranken Arsch mit Zimtklopapier abzuwischen, muss eine gute Frau sein. Ich kugle den schönen Gedanken noch ein wenig kichernd in meinem Kopf rum, bevor ich mich frage, ob der Zimt wohl gleich brennen wird beim Abwischen.

»Hast du gut geschlafen, Dear?« Ruth steht wie erwartet in der Küche und brät Pfannkuchen, so dass ich kurz fürchte, dass mir mein Hirn mit dem Klopapier einen Streich gespielt hat und ich doch nur Küchengerüche wahrgenommen habe, allerdings riecht es hier nach Butter und Vanille, den Zimt habe ich runtergespült.

»Ja danke. Hast du den Hund gesehen?«, frage ich, während ich einen Pott mit Kaffee in die Hand gedrückt bekomme. »Sie sind draußen. Alle drei: Bruno, Champ und dein Vater. Ich dachte, du möchtest erst mal frühstücken und nicht gleich mit dem Hund rausgehen.«

Ich bedanke mich artig, nippe an meinem faden englischen Kaffee und stehe ein bisschen steif rum. Ruth wendet die Pfannkuchen und stellt Sirup, Butter und eine Schale Obst auf ein Tablett. »Bleibst du noch etwas?«, fragt sie und wischt sich mit dem Handrücken die Haare aus der Stirn. Genau in dem Moment, als sie »Ich würde mich freuen, dein Vater sicher auch« sagt, antworte ich: »Leider nein. Ich muss zur Arbeit.« Die Lüge kommt mir, wie die meisten meiner Lügen, leicht von den Lippen, dass sie aber zeitgleich mit Ruths liebenswertem Wunsch ausgesprochen wird, tut mir ein bisschen leid. Gerade als ich zu weiteren, detaillierteren Lügen ansetze, um die Geschichte runder und somit glaubwürdiger zu machen, kommen die Hunde in die Küche gehetzt.

»Bruno hatte noch kein Frühstück, ich wusste nicht, was er frisst, und wollte ihm nichts Falsches geben. Hast du denn was für ihn dabei?«, fragt Ruth.

Ich habe tatsächlich, bis auf ein paar Leckerlis in meiner Jackentasche, kein Futter dabei. Es war ja auch gar nicht geplant, dass wir über Nacht bleiben, aber das Feuer, mein Vater und Jakobs Gras hatten mich gestern dann doch ein wenig in ihrer Gesamtheit gelähmt, weshalb ich Ruths Angebot zu bleiben, zögernd, aber dann doch dankbar angenommen hatte. Und jetzt bin ich eine schlechte Hundemutter, weil ich nicht an des Hundes Wohl gedacht habe.

Ruth sieht durch ihre dicke Brille augenscheinlich bis in die Köpfe der Menschen rein und sagt, ohne meine Antwort abzuwarten: »Macht ja nichts. Ich kann ihm was von Champs Trockenfutter geben, wenn er das verträgt. Sonst habe ich auch noch Fleisch im Gefrierschrank, das müsste ich aber erst auftauen. Ich kann auch ein paar Kartoffeln oder Möhren dazu kochen.«

»Selbst der Hund bekommt besseres Essen als ich. Ist

doch albern, Ruth, es ist nur ein Tier. Gib ihm einfach was von Champs Futter, und dann ist es gut«, bremst mein Vater Ruth in ihrer ganzen Liebenswürdigkeit aus.

»Wirklich, das macht mir nichts, es würde nur etwas dauern«, flüstert mir Ruth hinter Michaels sich bereits wieder aus der Küche entfernendem Rücken zu.

»Nein, nein. Das ist ganz lieb, aber eine Schale Trockenfutter ist super! Danke!«, beschwichtige ich alle, außer Bruno, der in Aussicht auf Futter ganz hibbelig zwischen unseren Beinen hin und her springt.

»Na gut«, seufzt Ruth, sichtlich enttäuscht, und schüttet dem Hund eine bedeutend zu große Portion brauner Kügelchen in einen Napf.

»Er hört nicht besonders gut, dein Hund«, sagt Michael, vermutlich aus Rache, weil ich Pfannkuchen und er nur Obst essen darf.

»Ist nicht meiner«, sage ich, den Mund voller Weizenmehlbuttereigemisch, und kippe in stillem Protest extra Ahornsirup auf meine eh schon durchtränkten Pfannkuchen. Na, jetzt hast du es ihm aber so richtig gegeben, lacht mich eine Stimme in meinem Kopf aus, aber Michaels Blick nach zu urteilen, habe ich das tatsächlich. Und man muss die Siege nehmen, wie sie fallen. Auch wenn sie winzig sind.

»Er zieht wahnsinnig an der Leine«, legt Michael nach, nicht bereit aufzugeben, also tue ich es, weil er ja recht hat, und ich keine Lust auf einen Kampf.

»Ja. Trotzdem danke, dass du mit ihm draußen warst.«

»Ich habe Jules gefragt, ob sie noch ein bisschen bleiben möchte«, hilft Ruth meinem Vater auf eher emotionale

Sprünge, »aber sie muss leider arbeiten. Ich hab ihr gesagt, dass wir uns gefreut hätten, wenn sie noch etwas bliebe.«

»Hm.«

Es ist ein abwesendes Geräusch, das mein Vater macht. Er ist in Gedanken schon woanders. Wo genau, lässt er mich zeitnah wissen: »Wie viel verdienst du in diesem Altenheim eigentlich?«

»Michael!«, entfährt es Ruth entrüstet.

»Ich werde ja wohl noch fragen dürfen, was meine Tochter verdient!«, beschließt Michael und sieht mich an. Ich kaue den bereits ausreichend zerkleinerten Pfannkuchenbrei in meinem Mund noch ein bisschen weiter, schinde damit aber nicht genug Zeit, um eine vernünftige Strategie zu entwickeln, also sage ich die Wahrheit: »Nichts. Es ist ehrenamtliche Arbeit.«

Mein Vater zieht die Augenbrauen hoch, und plötzlich sieht er doch krank aus. Oder zumindest dünn. Weniger stark. Aber der Schein trügt. »Und womit bestreitest du deinen Lebensunterhalt hier? England ist nicht billig.«

Ich blicke auf meinen Teller, auf dem ein Rest Pfannkuchen bräsig in einem obszön großen See aus Sirup und geschmolzener Butter liegt.

»Jule?«, fordert Michael jetzt eine Antwort ein und lässt mich mit seinem Blick nicht los, das kann ich spüren. In die Enge getrieben setze ich alles auf eine Karte, sehe ihm direkt in die Augen (sie sind gelblich, da, wo es weiß sein müsste. Ist das auch Krebs? Die Chemo? Oder nur das Alter?) und sage: »Was glaubst du?«

»Mein Geld?« Michaels Blick krallt sich in meinem fest. Ich kann die kleinen Widerhaken, mit denen er sich in meine Augen gräbt, nahezu spüren.

»Michael!«, versucht es Ruth noch einmal.

»Soweit ich weiß, ist es *mein* Geld«, sage ich und halte Michaels blau-gelben Augen stand.

»Jule, ich habe nicht mein halbes Leben lang wie ein Tier gearbeitet, damit du die Kohle jetzt für Klamotten und Schminke und ein schönes Hotelzimmer raushaust.«

»Klamotten und Schminke. Du kennst deine Tochter wie deine eigene scheiß Westentasche«, murmle ich und lasse meinen Blick erschöpft wieder auf den Sirupsee fallen.

»Du weißt, was ich meine, Jule. Das war Geld, mit dem du dir eine Zukunft aufbauen solltest. Ich hab nicht wie ein Bekloppter Immobilien an Gott und die Welt verkauft, damit du dir von dem Geld einen schönen Lenz machst.«

Michael löst seine Widerhaken aus meinen Augen und wischt sich mit beiden Händen über das Gesicht. Er ist erschöpft. Von mir.

»Du bist so schlau, ich wünschte einfach, du würdest mehr aus dir machen. Aus deinem Leben. Deinen Talenten. Stattdessen schwimmst du einfach irgendwie durch dein Leben. Ich dachte, wenn ich dich finanziell ein bisschen unterstütze, könnte ich dir den Einstieg in das Berufsleben erleichtern. Stattdessen habe ich augenscheinlich deinen Müßiggang gefördert.«

Einstieg in das Berufsleben? Ich bin doch keine zwanzig mehr. Und Müßiggang?

»Müßiggang?«, frage ich laut. »Ich bin mit deiner Kohle nicht müßiggegangen. Ich habe in Berlin mein Leben ganz allein bezahlt. Ich hab dein Geld nicht angefasst, nie, die ganzen Jahre über nicht!«

»Und warum nicht? Du hättest dir damit etwas Großes, Eigenes aufbauen können. Dafür war es da.«

237

»Ich nehme an, weil ich wusste, dass es irgendwie an geheime Bedingungen geknüpft ist«, sage ich und verlasse den Tisch, um eine Zigarette zu rauchen.

Meine Hände zittern. Schon wieder. Wie eine alte Frau lehne ich neben der Haustür und rauche ganz tatterig eine Zigarette, die mich bitteschön ein wenig beruhigen soll. Aus dem Haus höre ich leise Erregung. Anscheinend wird Michael von Ruth gescholten, das gefällt mir gut, da will ich nicht stören, ich zünde also mit der fast aufgerauchten Zigarette eine neue an, was aufgrund meiner wenig steten Hände nur so mittelgut gelingt. Ich denke an den Hund, den ich in meiner Rage vergessen habe, zum Rauchen mitzunehmen, und plötzlich tut es mir leid, dass ich ihn hierhergebracht habe. An einen Ort, an dem alles neu und anders ist, alles ein Kampf um Reviere und Futter und Liebe. Und jetzt sitzt er ganz allein unter dem Tisch, an dem gestritten wird, erst mit mir, jetzt sogar ohne mich.

Langsam werden die Stimmen im Haus leiser, versöhnlicher. Ich massiere meine Schläfen, weil den Leuten in Filmen das bei Stress immer wahnsinnig gutzutun scheint, aber wie so oft lügt das Fernsehen, und ich stehe nach wie vor massiv erregt vor Michaels Haus und presse meine kalten Finger gegen meinen Kopf.

Nach meiner dritten Zigarette fängt es an zu regnen. Es ist kein zarter Strichtarn-Nieselregen, den ich aussitzen könnte, sondern ein recht beeindruckender Starkregen, so dass ich keine andere Wahl habe, als in das kleine Häuschen zurückzukehren. Als ich ins Esszimmer komme, verstummen Ruth und Michael, Bruno kann seine Erleichterung allerdings nicht zurückhalten und schießt unter dem

Tisch hervor, um an meinen Beinen hochzuspringen. Vor lauter plötzlicher Liebe dreht es mir fast den Magen um, und ich konzentriere mich stark darauf, den Hund ordentlich durchzukratzen, um nicht anzufangen zu weinen.

»Mein Gott, ist das aber niedlich!«, sagt Ruth. »Da scheint dich aber jemand liebzuhaben!«

Ich nicke, denn reden kann ich noch nicht, und kraule weiter ruppig die Schwanzwurzel des Hundes. Aus dem Augenwinkel sehe ich, wie Ruth meinem Vater unter dem Tisch einen leichten Tritt verpasst, woraufhin er »Ja. Nicht schlecht für einen Leih-Hund« murmelt.

Der Regen ist auf meiner Seite, was ich ihm hoch anrechne. Er hört, ohne mich unnötig lang im Haus gefangen zu nehmen, nach wenigen Minuten wieder auf. Während ich mein Fahrrad aufschließe, flötet Ruth dem Hund ein paar Niedlichkeiten zur Verabschiedung ins Ohr, mein Vater steht etwas steif in der Haustür und sieht mir stumm und nachdenklich zu. Nachdem ich mir das Fahrradschloss umständlich um den Körper gewickelt habe, ziehe ich meinen Parka gerade, nehme den Hund an die Leine und stehe dumm rum. Ich weiß nicht, wie ich halbwegs entspannt aus der Situation verschwinden kann, aber augenscheinlich geht es allen Beteiligten so, weswegen wir alle ein bisschen dumm rumstehen. Ruth versucht die Lage, ein weiteres Mal, mit Liebe aufzulösen und umarmt mich fest. »Es war wieder sehr schön, dich zu sehen. Komm bald wieder, ja?«, dann geht sie ins Haus.

Mit baumelnden Armen stehe ich unschlüssig vor Michael. Wir sehen einander eine Weile gegenseitig auf die Schuhspitzen.

»Jule ...«, versucht es Michael so versöhnlich, wie es ihm möglich ist, aber mehr Worte kriegt er nicht heraus.

»Ich muss jetzt los. Tschüss«, sage ich zu seinem Oberkörper und reiche ihm ungelenk die Hand. Er nimmt sie und zieht mich in eine kurze und steife Umarmung. Als er mich gehen lässt, sagt er: »Trotzdem schön, dass du da warst.«

»Ja?«, frage ich bockig, woraufhin er wieder nur ein hilfloses »Jule ...« hervorbringt. Mit mehr Selbstbewusstsein erwidere ich »Michael!«, setze mich aufs Rad und trete meinen knapp zehn Kilometer langen Heimweg an.

29.

Mrs Knox hat gekündigt. Obwohl der Buschfunk im *Seashell* ausgezeichnet funktioniert, erfahre ich es nicht von den Bewohnern, sondern von einem Mr Larsson, der mich direkt nach Arbeitsantritt abfängt und in Mrs Knox' Büro bittet.

Mr Larsson ist riesig und sehr dünn. Er sieht ein bisschen aus wie Bill Murray, das gefällt mir gut, allerdings ist sein Blick nicht so melancholisch.

»Ich möchte Sie nicht mit den Details behelligen, daher fasse ich mich kurz: Mrs Knox musste ihre Stelle im *Seashell* aus privaten Gründen leider aufgeben.«

Ich sehe hinter Mr Larsson auf das Portrait der gelben Queen und frage mich, was jetzt mit dem Bild geschieht.

»Es tut mir sehr leid«, schiebt mein Gegenüber nach, als ob Mrs Knox' Kündigung einen persönlichen Verlust für mich darstellen würde, und versucht sich an einem traurigen Blick. »Oh, ich kannte sie ja gar nicht richtig«, werfe ich geistesabwesend ein, dann erst bemerke ich, dass es vielleicht unangemessen ist, erwartete Trauer zu negieren. Ich versuche, das Ruder mit »Aber sie war eine ganz wunderbare Frau!« rumzureißen, und verschlimmere die Lage, glaube ich, denn irgendwie klinge ich nun, als wäre sie un-

241

erwartet verstorben, die wunderbare Mrs Knox, und nicht einfach nur gegangen. Zudem klingen meine Worte furchtbar hohl. Eigentlich schade, dass ich wohl nicht besonders glaubhaft Wärme ausstrahlen kann, ich wette, diese Fähigkeit erleichtert das Leben ungemein. Um mich nicht noch mehr mit meinen Versäumnissen auseinandersetzen zu müssen, erde ich mich, indem ich weiter auf Elisabeth und den Corgi schaue. Ob Mrs Knox das Bild abholen wird? Oder bleibt es einfach dort hängen? Vielleicht gehörte es ihr gar nicht, sondern ist Eigentum des Hauses.

»Man hat mich gebeten, Mrs Knox' Aufgaben zu übernehmen, was ich selbstverständlich sehr gerne tue.« Mr Larsson hat es aufgegeben ein bisschen Bill Murray zu sein, und ist stattdessen, was er vermutlich am besten kann: very british.

»Im Zuge dessen würde ich gerne mit Ihnen über Ihre Stelle sprechen.«

Es ist komisch, wie sich plötzlich alles dem Ende neigt. Wie bei einem unmündigen Kind hat meine Umwelt beschlossen, die Sache einfach in die Hand zu nehmen und mich in die richtige Richtung zu leiten. *Wenn das Kind nicht von allein drauf kommt, geben wir ihm mal einen kleinen Schubs.*

Ein Teil von mir ist erleichtert. Es müssen tatsächlich ein paar Dinge in Bewegung gesetzt werden. Alle Zeichen stehen auf Ab- und Aufbruch. Soll Mr Larsson doch die Entscheidung für mich treffen, später kann ich ja immer noch behaupten, ich hätte es selbst getan.

»Juliane?«, er spricht meinen Namen wie den von Julianne Moore aus. Das verwirrt mich, bisher wurde ich in England immer nur mit meinem Nachnamen oder dem englischen Kosenamen von Julia, Juliette und Co, nämlich Jules angesprochen. Ich wende meinen Blick vom königlichen Foto ab und sehe Mr Larsson an.

»Entschuldigung, ich war in Gedanken.«

»Das ist nur allzu nachvollziehbar, uns allen geht der Abschied von Mrs Knox sehr nahe. Ich verstehe vollkommen, wenn Sie im Moment ein wenig aufgewühlt sind«, missversteht er mich und fährt nach einer kurzen Pause fort: »Aus meinen Unterlagen geht hervor, dass Sie bereits seit fast zwei Monaten bei uns arbeiten.«

Er sagt das, als wäre es eine lange Zeit. Als würde es jetzt sehr viel Fingerspitzengefühl benötigen, um mich zu entlassen. Als wäre ich eine Altlast seiner Vorgängerin, eine verrückte Macke, die man sich geleistet hat. Mein Blick wandert wieder über Mr Larssons Schulter an die Wand.

»Ich habe mich ein wenig umgehört unter den Bewohnern, offensichtlich sind Sie sehr beliebt.«

Bevor meine Augen das Bild der Queen treffen können, wandern sie wieder zurück in das Gesicht meines Gegenübers. Unser Gespräch nervt mich. Beziehungsweise Mr Larssons Monolog nervt mich. Die Art, wie er ganz langsam Watte um mich herumwickelt, wie um eine hässliche Vase von Tiffanys. Mir ist das zu intim, die Geste zu zärtlich für jemanden, den ich vor fünf Minuten zum ersten Mal getroffen habe.

Ich möchte ihn anschreien. Sagen, dass er endlich auf den Punkt kommen soll, sich nicht so umständlich um mich sorgen soll, dass ich kein Problem mit Enttäuschungen habe, da mein ganzes Leben darauf aufgebaut ist. *Reiß das beschissene Pflaster doch einfach ab, anstatt ewig daran herumzuknibbeln, du anstrengender Pisser*, will ich sagen.

Mir tut das nicht weh, im Gegenteil, ich trage schon lange keine Pflaster mehr auf meinen Wunden. Ich blute einfach ungeschützt durch die Gegend, also komm endlich auf den Punkt!

Stattdessen schaue ich ihm einfach in die kleinen, dunkelblauen Augen, die mich mit professioneller Zartheit ansehen, und frage: »Denken Sie, ich könnte vielleicht das Bild mitnehmen?«

Nun sieht der kalte Bill Murray verstört aus. Ich habe ihn aus seiner schönen, routinierten Rede gerissen, ihn in seiner Professionalität empfindlich gestört. Fragend sieht er mich an und sagt, während sein Blick meinem an die Wand hinter ihm folgt: »Ich fürchte, ich verstehe nicht, was Sie meinen.«

Dann sieht er, was ich meine, ist aber nicht weniger irritiert. Er stottert sogar ein wenig, was mir gut gefällt.

»Ähm, Sie … ich … Sie meinen dieses Bild?« Zur Sicherheit zeigt er mit dem Finger darauf, eine vollkommen unnötige Geste, schließlich ist es das einzige Bild an der Wand hinter ihm, wenn man von Mrs Knox gerahmten Zertifikaten absieht.

»Ja. Es gefällt mir so gut, und es erinnert mich an meinen ersten Tag hier«, sage ich und schiebe sicherheitshalber noch ein bisschen Gefühl hinterher: »Und an Mrs Knox.«

»Äh, ja, also. Ich weiß nicht. Ich ähm … das muss ich erst, also … ich weiß gar nicht, wem es genau gehört.«

Es ist ganz erstaunlich, wie sehr ich mit der Frage Mr Larssons Eloquenz zertrümmert habe. Er tut mir sogar ein bisschen leid, also entlasse ich ihn aus seinem ihn so quälenden Dilemma und sage: »Kein Problem. Ich verstehe, wenn Sie das nicht tun können. Es war unpassend,

Sie darum zu bitten. Ich hätte es nur gern als ein Andenken an das *Seashell* mitgenommen.« Jetzt bin ich very british und erstaunt, wie gut mir das, von innen heraus betrachtet, steht.

Mr Larsson entspannt sich deutlich langsamer, als ich erwartet habe, er hebt die Augenbrauen erstaunt, wobei er seine hohe Stirn in eine beeindruckende Menge Querfalten legt, und fragt: »Oh. Sie haben vor, uns zu verlassen?«

Nun wird meine neue Eloquenz zurückzertrümmert, und ich lege die eigene Stirn in Falten. Wie viele es sind, kann ich leider nicht sehen, anfühlen tut es sich aber wie ein frisch gepflügtes Feld.

»Nein. Also ja. Keine Ahnung, ich nahm an, Sie würden mich entlassen«, murmle ich und komme mir plötzlich so unsicher vor, dass ich nun nichts gegen das bisschen Watte hätte, in das man mich die ganze Zeit vermeintlich packen wollte.

Mr Larsson glättet seinen Stirnacker vorerst nicht, dann aber erleuchtet ihn irgendetwas und er lacht: »Oh. Nein! Da haben Sie mich falsch verstanden, bitte verzeihen Sie, Juliane. Ich wollte eigentlich darauf hinaus, dass Sie offensichtlich wunderbare Arbeit leisten und dass ich Sie gern dafür bezahlen würde. In meinen Unterlagen steht, dass Sie ehrenamtlich arbeiten.«

Man möchte mich gar nicht feuern, nichts für mich beenden. Im Gegenteil, man möchte mich protegieren, gar bezahlen.

Plötzlich bin ich furchtbar enttäuscht. Mein leichter Ausweg löst sich in Luft auf und winkt mir aus der Ferne zu.

245

30.

Tim hat mir einen Brief geschrieben. Briefe in einem Hotel zu bekommen, hat etwas Geschäftiges und gleichzeitig auch verrucht Geheimnisvolles. Ein Umschlag wird einem, meist zusammen mit der Nennung des eigenen Nachnamens, freundlich, aber diskret an der Rezeption in die Hand gedrückt, den ganzen Weg bis zum eigenen Zimmer trägt man ihn wie etwas Wertvolles, aber vielleicht auch Explosives, das bei einer falschen Bewegung in die Luft gehen kann, respektvoll vor sich her.

Tims Brief beinhaltet einen kleinen Knubbel, etwas, das sich von außen nicht identifizieren lässt. Ich überlege im Fahrstuhl, ob es wohl eine kleine Tüte Gras ist, verwerfe den Gedanken aber sofort wieder. Für einen Moment werde ich bei dem aus dem Nichts hervorschießenden Gedanken an einen Ring panisch, beruhige mich aber fast umgehend durch gezielteres Abtasten des Umschlages. Der Knubbel ist eher eckig, aber immer noch nicht eindeutig zu identifizieren.

Im Zimmer angekommen, gebe ich dem Hund sein Abendbrot und mir eine Verschnaufpause von der Erwartung an meine Post. Ich möchte sie lieber nicht öffnen. Ich möchte stattdessen die *EastEnders* sehen und mit dem Bett zu einer identitätslosen Masse verschmelzen. Ein Brief von Tim erfordert aber so viel Jule-sein wie möglich, davon ist allerdings gerade nicht viel da, also beschließe ich, mir zumindest ein wenig Aufschub zu gewähren, und lasse mir Badewasser ein.

Ein Bad ist, zumindest in meiner Welt, nur ein sehr kurzer Aufschub. Ich bin zu hibbelig für lange Bäder. Dieser vielgehuldigte Moment, in dem heißen Wasser wie ein Fötus zurück in die Gebärmutter einzutauchen und für Stunden zu verschwinden, tut nichts für mich. Oder zumindest nur sehr kurz, nach wenigen Minuten habe ich keine Lust mehr auf Gebärmutter und lasse so regelmäßig 100 Liter Badewasser nahezu ungenutzt im Abfluss verschwinden.

Aber diese wenigen Minuten zwischen mir und der wie auch immer gearteten Realität in Tims Briefumschlag sind vielleicht eine furchtbare Verschwendung von Trinkwasser und somit Ressourcen, aber sie lassen mir ein wenig Luft, und das ist doch auch irgendwie eine Ressource, und somit müssten ja alle wieder irgendwie quitt sein.

Der Knubbel ist ein USB-Stick. Er fällt aus dem Umschlag und auf meinen Bauch, wo ich ihn nach kurzer Untersuchung wieder für später ablege.

Im Fernsehen laufen die *EastEnders*, aber sie dürfen nicht reden, ich habe den Fernseher auf lautlos gestellt. Ganz ausschalten wollte ich ihn nicht. Wie ein Bodyguard beschützt er mich und mein Hier und Jetzt, während ich Post aus dem Dort und Neulich lese. Er erinnert mich an meine neue englische Identität. Das beruhigt mich, auch wenn der Fernseher und ich uns da gewaltig was vormachen.

Tim bringt in seinem Brief auf den Punkt, was ich schon seit geraumer Zeit vermeide, bewusst zu fühlen: dass mein Verschwinden, mein Exil, nach reiflicher Beobachtung uns einander nicht nähergebracht hat. Dass es eben nur das ist, was es ist: Entfernung. So weit, so gewöhnlich. Aber Tim, und dafür liebe ich ihn auf diffuse Art plötzlich ganz energisch, macht Nägel mit Köpfen und geht weitere Schritte: Diese Entfernung tue nicht, was sie in Filmen tut. Sie schmerze nicht, sie steigere kein Verlangen. Sie lasse alles nur verschwimmen und undeutlich werden. Und das, schreibt er, sei erschreckend angenehm und befreiend.

Tim löst zum ersten Mal, seit wir uns kennen, freiwillig und autark eine Schleife, und ich lasse ihn gewähren. Lasse die ganz strapazierten und ausgeleierten Enden einfach lose baumeln.

Und ein bisschen Baumeln fühlt sich gut an.

Auf dem USB-Stick ist ein Lied. Nur eines, sonst nichts. Ich erkenne es bereits an der Beschriftung, auch wenn der vollständige Titel gar nicht angezeigt wird. Die vermutlich von iTunes automatisch übernommene Bezeichnung »06. Azure« steht für die Band Azure Ray und somit, das weiß ich, für den Song »November«.

Ein Lied, das uns all die Jahre begleitet hat. Wir haben nie dazu getanzt, wir verbinden es mit keinem bestimmten Moment, es ist nicht *unser Lied*. Dennoch gehört es irgendwie uns beiden. Und all die Male, die Tim und ich es zusammen gehört hatten, war es nur ganz schlicht und ohne Bedeutung schön, auch schmerzhaft schön, aber eben nur ein Lied. Erst jetzt ergibt es plötzlich einen echten Sinn. Als ob es all die Male zuvor schon wusste, wo

wir früher oder später hin müssen. Jetzt ist die Zeit gekommen.

Im November.

So I'm waiting for this test to end
So these lighter days can soon begin
I'll be alone but maybe more carefree
Like a kite that floats so effortlessly
I was afraid to be alone
But now I'm scared that's how I like to be
All these faces none the same
How can there be so many personalities

II

Manchmal ist es eine Crux mit der englischen Sprache. Ich beherrsche sie eigentlich recht gut, sie ist der deutschen in ihren Bildern und Bedeutungen nicht unähnlich, und dennoch scheinen manche doppeldeutigen Phrasen im Englischen bedeutungsschwangerer, oder für den entsprechenden Anlass geläufiger, als im Deutschen.

Als Ruth also am Telefon »We lost him, he is gone« sagt, klappere ich recht trantütig verschiedene Interpretationsmöglichkeiten, und somit Dinge, die man, *sie*, verloren haben könnten, ab. Mein unterschwelliges Unwohlsein über Ruths zwar liebenswerte, aber eben doch meine Grenze latent überschreitende Ersatzmutterdarbietung behindert dabei meine Motivation, das telefonische Rätsel zu lösen, enorm. Es muss ein Rätsel sein, denn am anderen Ende der Leitung wurde seit diesem einen Satz nichts mehr gesagt, eine gewisse Erwartung an ein Verstehen meinerseits liegt spürbar in der Luft.

Wie gesagt: Es ist eine Crux mit der englischen Sprache. Weil die direkte Übersetzung *wir haben ihn verloren, er ist weg* keine Glocke des konkreten Verstehens in meinem Hirn bimmeln lässt, lasse ich den Moment, in dem Ruth mir mitteilt, dass mein Vater gestorben ist, mit zerstreuten Gedanken über einen eventuell entlaufenen Hund verstreichen.

31.

Der *Langney Cemetery* ist riesig. Ich kenne mich nicht gut aus mit Friedhöfen, aber alles, was ich aus meiner betrunkenen Jugend und späteren, pseudo-respektvollen Spaziergängen über Friedhöfe in Berlin weiß, ist, dass sie oft dunkel und eher klein sind. Natürlich kenne ich nicht alle Friedhöfe der Stadt, dennoch sind die, die ich kenne, kein Vergleich mit dem, vor dem ich jetzt stehe. Vielleicht werde ich aber auch ein wenig von der Darreichungsform beeindruckt: *Langney Cemetery* hat eine fast obszöne Einfahrt. Es gibt gleich zwei eindrucksvolle, mit Blumen gesäumte schmiedeeiserne Tore, eines für die Einfahrt und eines für die Ausfahrt. Der Weg von dem einen zum anderen Tor beschreibt eine weitläufige Schlaufe, an deren Seiten man parken kann. Sollte man es sich bei der Einfahrt spontan anders überlegt haben, kann man, ohne einen komplizierten U-Turn vollziehen oder überhaupt nur anhalten zu müssen, einfach der Schlaufe folgen und ganz beiläufig wieder rausfahren. *Haha, ausgetrickst, ich wollte nur mal kucken, wie es hier so aussieht, ich hab hier ja gar nichts zu erledigen, Tschüssi.*

Diesen prachtvollen Weg mit einem Fahrrad statt einem Leichenwagen, oder zumindest einem Auto, zurückzulegen, hat etwas Schäbiges und auch Unangebrachtes. Weshalb ich mich erst mal vor den Toren zwischenparke und bei einer Zigarette mit meinen Optionen flirte.

Natürlich ist wieder abhauen einen Flirt wert, aber mehr eben auch nicht. Das hier ist kein Spiel, keine lästige Verabredung, mein Vater ist gestorben. Mein Vater ist tot. Er wird bestattet. Hier. Jetzt. Das hier ist schlimm. Auf eine echte Art schlimm, nicht auf eine Ich-bin-genervt-Art schlimm.

Ich ziehe zu stark an meiner Zigarette, so dass sie so heiß wird, dass die Hitze meine Finger verbrennt. Das Gefühl gefällt mir, also ziehe ich ein weiteres Mal so stark, dass die Glut fast meine Finger berührt. Ein schöner Schmerz. Er passt mir gut in den Kram und so schön zum Anlass, vor allem, da ich sonst keinen Schmerz spüre.

Ich blicke schüchtern auf das sich vor mir erstreckende Gelände. Hinter der Schlaufe mit ihren spärlich belegten Parkplätzen sehe ich Häuser. Vermutlich Verwaltungsgebäude, Räume für Mitarbeiter, wahrscheinlich auch die Kapelle für die Abschiednahme. Hinter den Häusern ragt ein hoher Schornstein auf. Wofür der ist, kann man sich ja denken. Ich nehme an, dass Michael den Schornstein schon von innen gesehen hat, es gibt heute keinen Sarg, sondern nur eine Urne, die unter die Erde gebracht wird.

Weil. Mein. Vater. Gestorben. Ist.

Jeder Versuch, mir das Geschehene zu verbildlichen und somit angemessene Emotionen herauszukitzeln, ja herauszupressen, scheitert. Ich stehe, trotz diverser Lagen an Kleidung, frierend vor der letzten Ruhestätte und spüre nichts.

Selbst im Angesicht des Todes lüge ich wie gedruckt.

Vielleicht ist es nicht so schlimm, weil ich nur mich anlüge, aber gelogen wird eben trotzdem und auch noch wenig überzeugend. Denn natürlich ist es nicht so, dass ich nichts spüre, ich spüre sogar eine ganze Menge, eine mich fast ertränkende Menge, aber das, was ich spüre, passt so wenig hierher, dass ich lügen muss, sonst werde ich vielleicht doch noch auf den letzten Metern, hier, zwischen der Ein- und Ausfahrt des *Langney Cemeterys* verrückt.

Ich habe nichts mitgebracht. Ich wusste nicht was. »Von Blumenspenden bitten wir abzusehen«, stand auf der Einladung. Sagt man Einladung? Das klingt falsch. Es suggeriert ein Fest, etwas, wofür man sich ein bisschen hübsch macht, ein Ereignis, das man vorfreudig in einem Kalender stehen hat, vielleicht sogar rot angestrichen. Andererseits standen auf der geschmackvoll schlichten Karte sowohl Anlass, als auch Datum und Uhrzeit fürs Erscheinen und eben ein *how to behave*. Ich mache also zumindest eine Sache richtig und verhalte mich angemessen, indem ich keine Blumen mitbringe. Ich bin außerdem, bis auf meinen Parka und die Turnschuhe, schwarz gekleidet, ich habe also bereits zwei Häkchen für angemessenes Verhalten bei einer Beerdigung auf meiner Checkliste setzen können. Gut.

Ein Wagen fährt, in angemessenem Tempo (wieder angemessen, alles ist angemessen, dies ist kein Ort für Individualität) an mir vorbei durch die Einfahrt. Ich kann nicht erkennen, wer drin sitzt, und selbst wenn ich es könnte, spielte es keine Rolle, ich kenne niemanden außer Ruth und Jakob, und die sind beide schon da. Das weiß ich, denn Jakob hat schon eine SMS mit der Frage, wo ich sei, geschickt. Wie angemessen sich Jakob wohl fühlt? Kann er

Michaels Tod so sehen, wie es erwartet wird? Als den bedauernswerten Verlust eines geliebten Menschen, eines direkten Verwandten? Oder sieht er es wie ich: als einen ekelhaft feigen und augenscheinlich detailliert geplanten Abgang eines Mannes, dem seine Potenz wichtiger war als sein Leben und somit auch seine Hinterbliebenen? Ich werde ihn später fragen müssen. Aber nicht jetzt. Jetzt muss ich mit meinem Rad in die große Schlaufe radeln und meinen Vater beerdigen. So angemessen, wie es mir möglich ist, mit einem Bauch voller gleißender Wut auf den Toten.

Es ist eine überschaubare Runde an Trauernden. Mein Vater hatte offensichtlich nicht viele Freunde in England. Ruths Sohn ist da, inklusive der »Polin«, wie Michael die Frau am Waschmaschinentrommellagerfeuer bezeichnete, und den Zwillingen. Ich kenne all ihre Namen nicht, aber das ist auch nicht wichtig. Sie sind Ruths Rückhalt, das ist gut, so muss ich niemandes Hand halten, sondern kann neben Jakob stehen und mit mir allein überfordert sein. Ich erkenne zwei Männer, alte Freunde von Michael, noch aus Stralsund, aber auch hier fehlen mir Namen. Der Rest der Trauergesellschaft besteht aus mir vollkommen unbekannten Menschen. Vermutlich Kollegen, Golfkumpels, was weiß ich.

Monika ist nicht gekommen. Zu kurzfristig sei die Planung gewesen, zu überraschend der Tod, sie habe natürlich schon gewollt, aber sie würde es einfach nicht schaffen. Josi habe da außerdem diese Sache, wofür er sie brauchen würde, und ein so spontaner Flug nach England würde ein Vermögen kosten, man habe sich ja nun auch nicht mehr besonders nahegestanden, was solle sie da mit seiner neuen Frau am Grab stehen.

Ich habe beschlossen, dazu keine Meinung geschweige denn ein Gefühl zu haben. Auch weil ich nicht sicher bin, ob ich fair richten würde. Wäre *ich* gekommen, wenn ich statt zehn Kilometer, knapp 1000 Kilometer entfernt in Berlin wäre? Hätten mir die Kurzfristigkeit, die Spontanität, eine »Sache«, die jemand hätte, nicht auch in die Hände gespielt? Wie nahe haben wir uns denn gestanden? Wie viel dicker ist Blut denn tatsächlich als das ganze Wasser, das zwischen dort und hier liegt?

Jakob hat allerdings ordentlich gemeckert. Am Telefon vor ein paar Tagen, und auch eben, als wir uns begrüßt haben. Er ist enttäuscht von unserer Mutter, findet ihr Verhalten unangemessen. Da ist es wieder. Das Wort der Stunde. Ich schweige, die Hände in den Taschen meines Parkas vergraben, und versuche, keine Meinung zu Monikas Entscheidung zu haben. Es wäre eh kein Platz in mir. Ich bin bereits voll mit Meinung über Michael.

Es ist lächerlich, wie der Pastor um den Begriff Selbstmord herumschippert. Ich kenne mich nicht gut aus mit Religion, aber jeder weiß: Suizid ist eine Sünde. Nun kann man dem sündigen Schäfchen aber auch nicht einen würdigen Eintritt in das Himmelreich verwehren, deshalb wird Michael ein wenig holperig von Gottes Kumpel verabschiedet und Richtung oben geschickt. Von seiner langen und schweren Krankheit ist die Rede, eine Krankheit, deren Details zu erfahren ich nie die Gelegenheit hatte. Vielleicht hatte ich auch Gelegenheit, genutzt habe ich sie aber nicht. Ich musste doch erst mal wieder reinkommen in das ganze

Jule-Michael-Beziehungsgebilde. Da war noch nicht genug Entspannung, um zu fragen: »Ey, erklär mir das mit dem Prostatakrebs mal genauer. Wann und wie und warum stirbt man daran?« Noch keine Ruhe für Details über Behandlung und Erfolgsaussichten. Noch nicht genug Zeit, um das bisschen Liebe zu finden, das uns verbinden müsste. Wir hatten erst an unseren Oberflächen gekratzt und uns bereits dabei schon ordentliche Schürfwunden zugefügt. Der zweite Teil, der, der den Indiefilm über uns so wahnsinnig berührend und daher besonders erfolgreich machen würde, fehlt noch komplett. Wusste Michael das denn nicht? Dass da laut Protokoll noch was kommen muss? Dass er sich nicht jetzt schon verpissen kann?

Ruth hatte mir nach Michaels Tod dann alle fehlenden Informationen gegeben, ich habe nur mit halbem Ohr zugehört. Prostatakrebs, bedeutend zu spät erkannt, weil Michael, es wundert mich nicht, nie Vorsorgeuntersuchungen hat machen lassen und sich auch, als er bereits Schmerzen hatte, nichts in den Hintern hat stecken lassen wollen. Offensichtlich macht Prostatakrebs lange Zeit keine oder nur geringe Beschwerden. Sie treten erst im Spätstadium auf, wenn bereits ordentlich rummetastasiert wurde. Als Michael endlich bereit war, sich seine äußeren Geschlechtsorgane und eben die Prostata untersuchen zu lassen, war es zu spät. Er hatte bereits Metastasen, ich habe vergessen wo, aber es waren viele. »Nur ein Sechstel der Prostatakrebserkrankten sterben daran. Es ist eigentlich ein gut heilbarer Krebs!«, hatte Ruth mir unter Tränen erklärt. Ich weiß nicht, ob ich es mir eingebildet habe, aber ich meinte, Wut zu hören. Gut getarnt zwischen Trauer

260

und Verzweiflung, aber dass ihr Mann aus nahezu homophob anmutender Verweigerung keine lebensrettenden Voruntersuchungen hat machen lassen, muss wütend machen.

Ob Michael wütend war? Auf sich selbst? Oder hat er dieses Gefühl hinter der Verachtung für andere unfähige Menschen versteckt? Ich könnte es mir gut vorstellen, wie er da mit seinem Prostatakarzinom sitzt und seine Ärzte hasst. Die unausgereiften Behandlungsmöglichkeiten für so fortgeschrittenen Krebs. Vielleicht hat er regelmäßig Krankenschwestern oder Arzthelferinnen angemault, weil sie ihm sein Blut nicht ohne einen blauen Fleck abgenommen, seinen Nachnamen falsch ausgesprochen oder sonst einen Anlass für die Kanalisation seiner Wut und Angst gegeben haben. Michael war in diesen letzten Wochen sicher ganz dankbar für jeden, der seinen Erwartungen nicht entsprach. Da passte ich ihm vermutlich gut in den Kram.

Für Ende November ist es zwar verhältnismäßig mild, dennoch zieht mir die feuchte Luft durch die Kleidung und in die Knochen, während ich an Michaels Grab stehe. Ist es denn bereits sein Grab, wenn er noch gar nicht drin ist? Noch steht Michael in einer Urne aus anthrazitfarbenem Marmor auf einem kleinen, mit rotem Samt bedeckten Tischchen neben seinem Grab *to be*, während der Pastor weiterhin von seinem Kampf gegen den furchtbaren Krebs spricht. Ich starre auf meine Schuhe, zu groß mein eigener Kampf angesichts dieser Farce. Michael hat nicht gekämpft. Gegen nichts. Für nichts. Für niemanden. Nach seiner recht aussichtslosen Diagnose hat er alles, was nur eine Chance auf Leben oder zumindest die Verlängerung dessen sein könnte, verweigert. Aus Gründen, die mich fast wahnsinnig werden lassen vor Wut. Anscheinend ist fast jede Form von Behandlung eines Prostatakrebses, auf die eine oder andere Art, mit Impotenz verbunden. Entfernt man die Prostata, findet, weil dafür dann die Drüsen fehlen, kein Samenerguss mehr statt, andere mögliche Folgen einer solchen Operation sind Libidoverlust, nicht ausreichende Erektionsfähigkeit, ausbleibende Orgasmen. Wird nicht operiert, behandelt man mit Hormonen. Nebenwirkungen sind ähnlich und sehr wahrscheinlich. Alles läuft darauf hinaus, weniger Mann als vorher zu sein. Ich weiß nicht, wie es ist, ein Mann zu sein, wie viel einem tatsächlich fehlt mit weniger Testosteron oder Samen oder schönen, festen Erektionen, aber ich denke, ich hätte das alles in Kauf genommen. Für mich, für die anderen. Michael hat das nicht. Michael hatte Angst, keinen mehr hochzukriegen, und das war wichtiger als alles andere. Als die anderen. Also hat er beschlossen, so zu tun, als wäre er gesund, und als das wohl nicht mehr so überzeugend ging, ist er abgehauen. Mal wieder. Ohne sich vorher mitzuteilen, ohne sich verdammt nochmal zu verabschieden. Ich kann also gar nicht anders, als auf meine Füße zu starren, denn sonst müsste ich schreien und Michaels beschissen geschmackvolle Reiche-Leute-Urne wie einen Fußball zwischen den Gräbern durch die Gegend kicken, bis die Asche nur so spritzt. Das wäre nicht angemessen.

Also höre ich zu, wie von einem schweren Kampf gesprochen wird, einem tapferen Ringen, das letztendlich verloren wurde. Gott nimmt die Kranken ganz besonders gern zu sich auf, Gott mag Kämpfer lieber als die anderen Kinder.

Aber machen wir uns nichts vor, auch wenn hier auf dem *Langney Cemetery* so getan wird, als wäre Michael ein Mann, der all seine Waffen gegen den Krebs geschwungen hat, wo immer Michael hinkommt: Gott wird mit einem Anschiss auf ihn warten.

Als Michaels Urne endlich in das winzige Grab heruntergelassen wird, atme ich auf. Vorbei dieses lächerliche Theaterstück, vorbei meine eigene schlechte Vorstellung einer trauernden Tochter. Alle Anwesenden werfen Erde auf die Urne, ich lasse den Kelch unbemerkt an mir vorüberziehen, ich habe Angst vor einer zu heftig ausfallenden Bewegung, ich muss, solange es geht, in meiner Starre bleiben.

Jakob hat geweint. Ich kann das erst jetzt sehen, weil ich ihm erst jetzt wieder ins Gesicht blicke. Wir stehen an der Ausfahrt des Friedhofs, der Ort, an dem ich mit meinen Optionen geflirtet habe, ohne eine davon ernsthaft in Erwägung zu ziehen, und rauchen. Ich halte mein Fahrrad fest, zum einen, weil es sonst umfallen würde, zum anderen, weil ich sonst umfallen würde. Jakob inhaliert so tief, dass die Zigarette schön knistert, und fragt dann: »Wie geht es dir?«

Ich blicke wieder auf meine Füße, den Trost, den sie mir in der letzten Stunde gegeben haben, suchend, und finde aber nur Schuhe. Turnschuhe, kalt und starr vor Friedhofsbodenmatsch. Ich werde panisch, weil jetzt alles nach oben drängt, aber nicht raus darf. Nicht hier, nicht jetzt. Ich brauche noch mehr Zeit. Zeit, um Fakten und Meinungen und Gefühle besser zu betrachten, zu sortieren, zu bewerten. Es geht alles zu schnell, ich komme einfach nicht hinterher mit den Geschehnissen. Mein Blick sucht andere vertraute Dinge, um sich daran festzuhalten und dann in eine meditative Stumpfheit abrutschen zu können, aber hier ist nichts, was vertraut genug dafür wäre, und die Schuhe funktionieren nicht mehr.

Auch Jakob funktioniert nicht. Jakob ist gerade, vielleicht zum allerersten Mal in unserem Leben, auf der anderen Seite. Bei den anderen. Angemessenen.

Er trauert um seinen Vater. Er leidet. Daran kann ich mich und meinen Blick nicht festhalten.

»Jule? Wie geht es dir?«

Nun gut.

»Was für ein beschissener, alter, eitler Sack! Wie kann der Penner sich einer Behandlung verweigern, nur weil er danach vielleicht keinen mehr hochkriegen würde? Wie kann er das tun?«

»Jule, so einfach war das gar …«

»Unterbrich mich nicht! Du wolltest wissen, wie es mir geht, du hast sogar noch mal nachgehakt! Bitteschön, jetzt sage ich dir, wie es mir geht: Ich bin so unfassbar gelähmt vor Wut. Mein ganzer Scheißkörper vibriert vor Wut. Ich will Dinge kaputtschlagen, treten, zerstören. Ich will über den ganzen verfickten Friedhof schreien, dass mein Vater es verdient hat, Krebs zu kriegen, weil er sein ganzes beschissenes Leben lang immer nur feige war. Ich will ihm sagen, dass er ein furchtbarer Vater war, dass er ein abscheulicher Ehemann war und ein Versager ganz im Allgemeinen. So geht es mir!«

Jakob möchte einlenken und versucht es noch mal mit »Jule …«

»Lass mich! *Lass mich!* ›Jule …‹, wusstest du, dass das die letzten Worte waren, die Michael zu mir gesagt hat? Ein enttäuschtes und beschwichtigendes ›Jule‹! Das ist das Letzte, was ich von ihm gehört habe. Wir sind im Streit auseinandergegangen, ist das nicht zum Kotzen? Dass der dämliche Sack noch nicht mal warten konnte mit seinem scheiß Tablettencocktail, bis er die Dinge mit seiner Tochter wieder geradegebogen hat? Er sagt mir, dass ich zu dumm bin, um aus meinem Leben etwas zu machen, dass seine Kohle an mich verschwendet war, und dann bringt er sich um? Ohne einen Brief, eine Erklärung, eine Entschuldigung, einen Abschied? Was für ein armseliger *Fuckup* muss man denn sein, um das durchzuziehen? Erklär mir das mal!«

Ich habe Jakob stillgeschrien. Nun sieht er auf seine Füße, sie scheinen Gutes mit ihm zu machen. Ich sehe auch auf seine Füße, in der Hoffnung, dass, was immer ihn dort beruhigt, vielleicht auch mich beruhigen könnte, aber so einfach ist es leider nicht. Ich sehe wieder nur Schuhe. Schuhe mit Tropfen drauf, die kein Regen sind, sondern Jakobs Tränen, also sehe ich schnell wieder weg. Jakob hat einen anderen Menschen verloren als ich. Die Beziehung der beiden war immer abweichend von der, die ich mit Michael hatte. Wir haben unterschiedliche Menschen verloren. Jakob leidet wegen eines Mannes, den er geliebt hat. Und ich verfluche denselben Mann gerade lautstark.

»Ach, Jakob, es tut mir leid. Ich weiß, du bist traurig. Ich kann nur einfach nicht … es … ich bin so wütend!«

»Er hat dich liebgehabt, weißt du?«

Er meint es gut. Jakob will Dinge wiedergutmachen, die Michael versäumt hat. Aber es macht es schlimmer.

»Das weiß ich, Jakob, o.k.? Natürlich hat er mich liebgehabt. Er war mein Vater, er muss mich irgendwie liebgehabt haben. Aber er hat das nur auf dem Papier gemacht, in der Theorie. Er hat mir das nie gesagt oder mich sonstwie wissen lassen. Er hat einfach immer nur an mir rumgebastelt, wie an etwas, das zwar grundsätzlich funktioniert, aber noch ganz dringend verbessert werden muss. Da war kein Platz für Liebe. Da ging es immer nur um Optimierung, um einen Zustand, der angestrebt wird und an dessen Horizont vielleicht Liebe warten könnte. Nur Ziel, nie Weg. Das ist keine Liebe, das ist scheiß Waterboarding!«

Jakob schweigt weiter. Ich weiß nicht, ob er das aus therapeutischen Gründen tut, um mich nicht weiter zu erregen, oder ob er, was wahrscheinlicher ist, einfach nichts Linderndes erwidern kann. Er hat andere Erfahrungen mit Michael gemacht. Er beneidet mich nicht um meine, vielleicht habe ich ihn schlimmstenfalls sogar genötigt, sich für seine Trauer zu schämen. Fakt ist, er weint weiter auf seine Schuhe und lässt die Arme hilflos hängen.

»Es ist nicht fair, verstehst du?«, sage ich, leiser. »Er ist sein ganzes Leben vor uns abgehauen, er hat sogar das Land gewechselt. Er hätte es wiedergutmachen müssen. Irgendwie. Er hätte mich nicht vor seinem selbst gewählten Tod noch maßregeln dürfen, die Art, wie ich lebe, in Frage stellen. *Er hätte es irgendwie wiedergutmachen müssen.* Mir die Chance geben, ihn auch liebzuhaben. Und dann eben angemessen traurig zu sein. Er hat mir meine Traurigkeit geklaut, ich habe aber das Recht auf Trauer! Alles, was ich jetzt habe, ist Hass. Das ist nicht fair. Das ist nicht *angemessen.*«

32.

Bis zum Meer sind es vom Friedhof zwei oder drei Kilometer. Eine Strecke, die mit dem Rad in wenigen Minuten zu fahren wäre, zu Fuß brauchen wir etwa eine halbe Stunde. Ich bräuchte weniger, aber Ruth läuft langsam, der alte Hund auch. Sie begleiten mich unabgesprochen. Ich weiß nicht, ob sie mir nur ein wenig Geleitschutz geben wollen oder sich einfach beide, nach so viel Rumstehen, die sechs Beine vertreten müssen. Ich habe nicht gefragt, ich lasse sie einfach mitlaufen. Mein Rad macht beim Schieben leise quietschende Geräusche, was die Stille zwischen uns nur lauter macht.

»Bist du sicher, dass du nicht noch zum Essen bleiben möchtest?«, fragt Ruth irgendwann.

»Hat er echt nichts hinterlassen? Keinen Brief, keine ähm Nachricht? Irgendwas?«

Champ bleibt stehen, um sein Bein an einem Stromkasten zu heben. Ich denke an Michael und seine Enttäuschung über Champs fehlende Begeisterung für das Markieren. Sogar der Hund hat ihn enttäuscht. Jetzt kriegt er einen letzten Strahl zu seinen Ehren.

»Jules, es tut mir so leid!«, erwidert Ruth und meint vermutlich das große Ganze.

»Wusstest du es denn?«, frage ich leise nach.

Ruth scheint hin- und hergerissen, entscheidet sich dann aber für die Wahrheit: »Ja. Er hat es mir am Morgen seines Todestages gesagt.« Ruth lässt die Information sacken. Bei mir, vielleicht auch bei sich selbst. Als ich nichts erwidere, fährt sie nach einiger Zeit einfach fort: »Ich habe geschrien und geschimpft und sogar mit psychiatrischer Einweisung gedroht, aber letztendlich hatte ich keine Chance. Wenn sich jemand wirklich umbringen will, dann tut er es.«

»Hast du ihm dabei geholfen?« Meine Stimme wird immer leiser, ich habe das Gefühl, in Ruths Privatsphäre einzudringen. Ich weiß nicht, wie viel Recht ich auf diese Information habe.

»Nun, das kommt drauf an, wie du Hilfe in diesem Zusammenhang definierst. Er hatte alles vorbereitet. Sich im Internet sehr genau informiert, wie man ohne Schmerzen und mit großer Sicherheit den Tod mit Medikamenten herbeiführt. Er hatte Mittel gegen Übelkeit, so dass er die Tabletten nicht versehentlich erbricht. Er hatte sich damit lange auseinandergesetzt, er brauchte keine aktive Hilfe.«

Ich frage mich, wie ein gemeinsamer letzter Tag aussieht, wenn man am Morgen erfährt, dass man nur noch Zeit bis zum Abend hat. Hat sie ihm endlich ein letztes ungesundes Essen gekocht? Haben sie noch mal miteinander geschlafen? Sich ihrer Liebe versichert? Oder hat Michael Ruth nur in testamentarische Abläufe eingewiesen?

»Er hatte starke Schmerzen, weißt du?« Ruth nimmt im Laufen meine Hand. Ich lasse sie wie einen Fisch in ihrer liegen, obwohl das meinen Gehfluss behindert.

»Man hat es ihm kaum angesehen, und er war auch zu

eitel, um sie zu zeigen. Du kennst deinen Vater ja. Er wollte stark sein.«

Ich lache schal, weil sie ein gutes Bild von meinem Vater zeichnet.

»Jules, er hatte Angst. Vor dem, was da noch kommen würde. Er wollte sterben, solange er noch klar denken konnte. Er hatte bereits die ersten Metastasen im Gehirn, weißt du? Ein paar Tage, nachdem du bei uns warst, hat er angefangen, alle paar Minuten zu fragen, wie spät es ist, weil er sich an die Antwort nicht mehr erinnern konnte. Er hatte Angst.«

Für einen Moment rührt mich Michaels beschriebene Hilflosigkeit. Dann werde ich wieder wütend. »Wir sind im Streit auseinander, Ruth. Er war enttäuscht, als er mich hat gehen lassen. Er hat gesagt: ›Trotzdem schön, dass du da warst.‹. *Trotzdem*! Verstehst du?«

Am Ende der Straße taucht das Meer auf. Es liegt genauso da, wie ich es mag: etwas aufgewühlt, kalt und in voller 180°-Pracht.

»Würde es dir was ausmachen, wenn ich jetzt fahre?«, frage ich Ruth, die offensichtlich immer noch nach Erklärungen sucht. Nach Anekdoten, die es für mich erträglicher machen.

»Schatz, bist du sicher, dass du nicht doch zum Essen bleiben willst? Ich würde mich freuen. Jakob auch.«

»Ich kann nicht. Es tut mir leid. Ich muss mich sortieren. Ein bisschen mit dem Hund am Meer rumlaufen, Abstand gewinnen. Mal geradeaus denken.«

»Ach, du und das Meer. Das habt ihr zwei gemeinsam. Diese verrückte Liebe für das Meer.« Während ich auf mein Rad steige und mich mit der freien Hand von dem alten, eierlosen Champ verabschiede, schüttle ich den Kopf:

»Jakob ist das Meer egal. Er erträgt es nur für mich.«

Ruth kuckt erst überrascht, dann lächelt sie. Es ist ein ganz merkwürdiges Lächeln, es ist winzig, aber unfassbar eindringlich. Sie wirkt plötzlich glücklich und verwirrenderweise erleichtert.

»Jakob? Nein. Also ich weiß gar nicht, wie Jakob das Meer findet. Ich meinte deinen Vater. Weißt du das gar nicht?« Plötzlich bekomme ich Angst. Ich möchte nicht wissen, was Ruth mir sagen will, ich bin nicht bereit für die Brücke, die sie augenscheinlich gerade entdeckt hat, aber es ist bereits zu spät:

»Michael hat das Meer geliebt. Er ist jeden Tag mit dem Hund hingegangen, manchmal auch allein. Er mochte es nicht so gern im Sommer, da war es ihm zu blau, zu munter. Aber im Herbst und Winter ist es perfekt, hat er immer gesagt.«

Mein Herz schlägt heftig in meiner Brust, es drückt gegen die Wände meines Körpers, als bräuchte es mehr Platz.

»Ach Jules, das wusstest du gar nicht? Ihr wart früher dauernd zusammen am Wasser. In Deutschland. Als du ein Baby warst und es deiner Mutter so schlecht ging. Dein Vater ist immer mit dir ans Meer gefahren. Er hat dich stundenlang den Strand hoch- und runtergetragen, um dich zu beruhigen. Und um sich selbst zu beruhigen, vermute ich. Erinnerst du dich daran denn gar nicht?«

Ruth weint plötzlich, allerdings sehe ich ihre Tränen nur verschwommen. Ich starre an ihrem Kopf vorbei auf einen Mülleimer, der hinter ihr steht.

33.

Und bevor ich in das Hotel zurückfahre, um mein Zeug zu packen, das gerahmte Bild der Königin, das ich im *Seashell* geklaut habe, in Zeitungspapier einzuwickeln, meine eindrucksvolle Hotelrechnung zu begleichen, nach London zu fahren und den Hund, der mir nicht gehört, zurückzugeben und endlich nach Hause zu fliegen, sage ich in mein, unser Meer:

»Tschüss Papa«

Es fühlt sich nicht richtig an.

Überhaupt nicht.

Aber es fühlt sich richtig an, es versucht zu haben.